"SALLY ENGELFRIED

DIE KUNST ZU FALLEN

Aus dem amerikanischen Englisch
von Barbara König

Die Originalausgabe erschien 2022 unter dem Titel *Learning to fall* bei Little, Brown and Company, einem Imprint der Hachette Book Group, Inc., New York.

Deutsche Erstausgabe
1. Auflage 2023
© der deutschsprachigen Ausgabe: Atrium Verlag AG,
Imprint WooW Books, Zürich 2023
Alle Rechte vorbehalten
Text © Sally Engelfried, New York 2022
Cover art © der deutschsprachigen Ausgabe: Lukas Michalski, 2023
Cover © der deutschsprachigen Ausgabe: Atrium Verlag AG,
Imprint WooW Books, Zürich 2023
in Anlehnung an die Originalausgabe:
Cover art © Chris Danger, 2022
Cover design by Sasha Illingworth / Gabrielle Chang, 2022
Cover © Hachette Book Group, Inc., New York 2022
Aus dem amerikanischen Englisch übersetzt von Barbara König
Lektorat: Petra Klose
Alle Rechte vorbehalten
Druck und Bindung: GGP Media GmbH, Pößneck
Satz: Pinkuin Satz und Datentechnik, Berlin
ISBN: 978-3-96177-126-4

www.woow-books.de

 Folgt uns auf Instagram unter
@woowbooks_verlag

Für David

KAPITEL 1

Wo war er?

ANKUNFT stand auf dem Schild über meinem Kopf, also wusste ich, dass ich am richtigen Ort war. Ich konnte es einfach nicht fassen. Es passierte tatsächlich wieder.

Jedes Mal, wenn jemand in ein Auto einstieg, wurde ich noch angespannter als sowieso schon. Und das mulmige Gefühl in meinem Bauch, das ich schon den ganzen Morgen hatte, wurde immer schlimmer. Hatte Mom wirklich gedacht, wir könnten darauf vertrauen, dass er auftaucht? Ich war schon vor einer halben Stunde gelandet. Ich zog mein Handy aus der hinteren Hosentasche, aber dann fiel mir ein, dass Mom bestimmt noch im Flugzeug auf dem Weg nach Prag saß. Es würde nichts bringen, sie anzurufen.

Zum tausendsten Mal blickte ich die Haltezone auf und ab. Ob ich meine Großeltern anrufen sollte? Mom hatte mir gesagt, ich könnte mich im Notfall immer bei ihnen melden. Am Oakland Airport gestrandet zu sein, war doch wohl ein Notfall, oder? Ich fing an, durch meine Kontakte zu scrollen. Gerade als ich ihre Telefonnummer gefunden hatte, hupte jemand, und ein ramponierter blauer Toyota kam mit quietschenden Reifen genau neben mir zum Stehen. Mit einem breiten Grinsen sprang mein Vater aus dem Auto.

Langsam schob ich mein Handy zurück in die Hosentasche und starrte ihn an. Es war ewig her, dass ich ihn zuletzt gesehen hatte. Er sah genauso aus wie früher, abgesehen davon, dass der ungepflegte Bart fehlte.

»Daphne!«, rief er über das Autodach und winkte wie wild, als würde ich ihn sonst nicht bemerken.

Irgendwie konnte ich mich nicht bewegen.

Er knallte die Autotür zu, rannte zu mir rüber und nahm mich einfach so in die Arme. »Daf!«, murmelte er in mein Haar. »Es ist so schön, dich zu sehen.« Ich stand mit herabhängenden Armen da, während er mich drückte.

Und sagte kein einziges Wort.

Schließlich ließ er mich los, und ich trat einen Schritt zurück, um ein bisschen Abstand von ihm zu bekommen. »Ich kann nicht glauben, dass du schon zwölf Jahre alt bist«, sagte er mit einem Lächeln.

Wollte er damit Eindruck schinden, nur weil er wusste, wie alt ich war? Ich versuchte es mit dem Kalten Fisch. Dazu neigt man den Kopf etwas zur Seite, hebt die Augenbrauen ein wenig an und guckt so ausdruckslos wie möglich. Doch er sah mich mit so weit aufgerissenen, leuchtenden Augen an, als wäre mein Anblick das Beste auf der Welt überhaupt. Das löste etwas in mir aus, was ich schon lange nicht mehr gespürt hatte.

Ich wandte mich ab, betrachtete das Meer von Autos auf dem Parkplatz und blinzelte ein paarmal. *Drei Jahre,* sagte ich mir. *Drei Jahre, und er ist nur hier, weil Mom einen Babysitter braucht.*

Ich drehte mich wieder zu ihm hin, als er den Griff meines Rollkoffers nahm. »Lass mich das machen«, sagte er. Er sah auf meine Hände runter und dann in mein Gesicht. »Dein Board hast du nicht dabei, hm?«

»Nö.« Diesmal gelang es mir besser, den Kalten Fisch hinzukriegen. »Ich skate nicht mehr.«

»Oh.« Jetzt leuchteten seine Augen nicht mehr ganz so hell. Dann ließ er sein Grübchen aufblitzen, dasselbe, das sich auch auf meinem Gesicht zeigte, wenn ich lächelte. »Zu Hause habe ich noch ein extra Skateboard, vielleicht hast du ja doch wieder Lust.« Er hievte meinen Koffer hinten ins Auto. »Was meinst du?«

Ich zuckte mit den Schultern, den Blick auf den Boden gerichtet. Mein Vater räusperte sich. »Na, dann steig mal ein. In zwanzig Minuten sind wir zu Hause.«

Im Auto trommelte er mit den Händen auf dem Lenkrad rum, während er darauf wartete, dass die Ampel an der Flughafenausfahrt auf Grün schaltete. »Dann bist du also nicht die Königin des Skateparks? Machst keine Tricks?«

»Nö.« Ausdruckslos und dumpf presste ich das Wort hervor. »Keine Tricks.«

Ich starrte aus dem Fenster, aber er ließ nicht locker. »Oma und Opa freuen sich schon sehr darauf, dich zu sehen.«

»Oh.« An meine Großeltern hatte ich bei dieser Reise gar nicht gedacht, erst als Mom ihre Telefonnummer in mein Handy eingab. Ich sollte sie sofort anrufen, wenn ich meinen Vater auch nur einen Schluck Alkohol trinken sah, »selbst wenn es nur ein Schlückchen Bier ist«, hatte Mom beharrt.

»Morgen Abend gehen wir zu ihnen zum Abendessen.«

»Okay.« Vielleicht war ich nicht gerade begeistert davon, hier bei meinem Vater zu sein, aber es würde bestimmt nett sein, meine Großeltern mal wieder zu sehen. Das letzte Mal war so lange her, dass ich schon gar nicht mehr wusste, wie sie aussahen. Doch jedes Jahr an Weihnachten und zu jedem Geburtstag schickten sie mir eine Karte mit einem druckfrischen Fünfzig-Dollar-Schein. »Nur weil sie dir Geld schicken, bedeutet das nicht, dass du ihnen irgendetwas schuldest«, erinnerte mich Mom gerne, aber das hieß wohl, sie machten sich doch irgendwie etwas aus mir, wenigstens ein bisschen.

»Also, zu Hause ist es etwas chaotisch. Ich bin noch dabei, alles herzurichten.« Mein Vater gab sich Mühe, das Gespräch weiter am Laufen zu halten.

»Alles gut.« Ich spürte, wie er mich ansah, starrte aber weiter aus dem Fenster. Ich hätte nicht gedacht, dass es in Oakland so viel anders sein würde als in Los Angeles. Der Himmel hier hatte eine andere Farbe – weiße Wolkenfetzen ließen das Blau noch blauer aussehen, verglichen mit der grellen Helligkeit von L. A. Wäre Mom jetzt hier, würden wir versuchen herauszufinden, was sonst noch anders war: Standen die Häuser enger zusammen? Waren die Bäume grüner? Aber neben mir saß nur mein Vater, also guckte ich weiter aus dem Fenster und machte mir allein Gedanken darüber, bis er vor einem kleinen Haus mit einer breiten Veranda und abblätternder grüner Farbe hielt.

»Ja«, mühte er sich weiter. »Ich glaube, das wird hier irgendwann richtig schön werden. Deine Großeltern waren so froh, als ich endlich … Na, jedenfalls haben sie mir mit dem Haus geholfen. Ohne sie hätte ich es mir nie leisten können, hier zu wohnen.«

»Nicht schlecht«, murmelte ich. Sie haben ihm ein Haus *geschenkt*? Wusste er nicht, wie oft Mom unsere Mitbewohner wegen der Miete anbettelte oder dass wir mal vor ein paar Jahren bei ihrer Freundin Sheri zwei Monate auf dem Gästesofa schlafen mussten?

Mein Vater redete weiter. »Es ist sehr renovierungsbedürftig, nichts Besonderes. Mein Freund Gus ist Bauunternehmer und wohnt nebenan. Wir haben eine Abmachung: Ich helfe ihm zuerst bei seinem Haus, und dann hilft er mir bei meinem. Aber als ich vor ein paar Monaten erfahren habe, dass du kommst, haben wir die Reihenfolge umgedreht, damit wir dein Zimmer fertig machen konnten. Und wir haben es geschafft.«

»Vor ein paar Monaten?«, sagte ich und war so überrascht, dass ich vollkommen vergaß, weiter den Kalten Fisch zu geben. »Aber Mom hat die Rolle doch gerade erst bekommen.«

»Stimmt.« Wieder trommelte er mit den Fingern auf dem Lenkrad rum, warf mir einen kurzen Blick zu und guckte dann schnell wieder weg. »Na ja, ich habe einfach gehofft, dass sie sie bekommt.«

»Oh.« Das war seltsam. Seit zwei Jahren führten mein Vater und ich einmal im Monat ein peinliches Telefongespräch, und soweit ich wusste, redeten Mom und er nur in der Minute miteinander, bevor sie mir das Telefon weiterreichte. Wieder hatte ich so ein komisches Gefühl im Bauch, weil ich Mom und unser Zuhause plötzlich total vermisste. Es fühlte sich falsch an, diesen Vater zu besuchen, den ich kaum kannte, in einem Zimmer zu wohnen, das mir gehörte, aber das ich noch nie gesehen hatte, mit Großeltern zu Abend zu essen, an die ich mich kaum erinnern konnte.

Aber es spielte keine Rolle, wie sehr ich Mom oder unsere kleine Wohnung vermisste. Sie war nicht zu Hause, und wir hatten die Wohnung an einen befreundeten Schauspieler untervermietet. Und so wütend ich auch auf sie war, weil sie mich weggeschickt hatte, wusste ich schon, um was es hier ging: Dass sie diese Filmrolle bekommen hatte, war eine große Sache. Es würde unser Leben verändern, hatte sie gesagt.

Und außerdem würde ich bald bei Mom in Prag sein, und dann konnte mir mein Vater egal sein.

Mein Vater sagte nichts mehr, als er die Treppenstufen zur Veranda hochging. Er fummelte mit seinem Schlüsselbund rum und ließ ihn zweimal fallen. Als er endlich die Tür aufgeschlossen hatte, blickte er über die Schulter und lächelte. Ich folgte ihm nach drinnen, als mir etwas klar wurde. Ich war nie irgendwo gewesen, wo mein Vater wohnte. Er hatte mich immer abgeholt. Oder Mom hatte mich zu irgendeinem Treffpunkt gefahren. Das machte diese ganze Situation noch merkwürdiger.

Meine schwarzen Vans hinterließen Spuren auf dem Holzfußboden in dem kleinen Wohnzimmer. Alles wirkte etwas unfertig – es gab ein abgewetztes braunes Sofa und ein Bücherregal, in einer Ecke standen noch Kartons, und an der Wand lehnte ein Stapel Bilderrahmen. Mein Vater lachte ein bisschen verlegen, als er mir die Küche zeigte, die klein und dunkel war, mit einem hässlichen gelblich grünen Herd. »Die renoviere ich auch noch irgendwann. So oft koche ich zwar nicht, aber sogar ich kann sehen, wie scheußlich es hier aussieht.« Als ich nicht antwortete, verschwand das Lächeln aus seinem Gesicht. Er führte mich den Flur hinunter und zeigte auf eine Tür. »Badezimmer.« Dann auf die nächste Tür. »Mein Zimmer.« Und dann öffnete er am Ende des Flurs eine Tür. »Und hier ist dein Zimmer.«

Mir blieb vor Staunen der Mund offen stehen.

Es war riesig.

Noch nie hatte ich ein eigenes Zimmer gehabt. Mom und ich zogen oft um. Bis vor Kurzem hatten wir immer ein Haus mit anderen Leuten geteilt; als wir also letztes Jahr in unsere eigene Einzimmerwohnung gezogen waren, war es unglaublich schön gewesen, endlich für uns zu sein. Wir hatten das Zimmer mit einem Vorhang geteilt, damit wir beide einen eigenen Raum hatten. Jetzt, da Mom mit dem Film etwas Geld verdienen würde, überlegten wir, ob wir uns bald was Größeres leisten könnten.

Aber das hier? Dieser große, viereckige Raum voller Licht? Der jetzt mein Zimmer war? Ich stellte mich in die Mitte und drehte mich einmal um die eigene Achse, um jeden Zentimeter dieses Raumes, der mir gehörte, solange ich hier war, auf mich wirken zu lassen. Eine Wand war mit dunkler, kräftiger blauer Farbe gestrichen, der Farbe des Nachthimmels. Die anderen Wände waren von sanftem Weiß, und durch das große quadratische Fenster konnte man den Garten sehen. Auf der einen Seite des Betts stand ein kleiner Tisch, auf der anderen ein niedriges Bücherregal. Ich setzte mich aufs Bett, federte sanft auf und ab und dachte an meine schmale Matratze zu Hause auf dem Fußboden. Meine beste Freundin Samantha fand es cool, dass ich auf dem Fußboden schlief, aber ich beneidete sie um ihr großes Doppelbett mit dem Metallrahmen.

Mein Vater trat hinter mir in den Raum. »Deine Großmutter hat mich davon abgehalten, dir rosa Bettwäsche zu kaufen. Ich kann mich erinnern, dass dir das gefallen hat, aber sie hat gesagt, dass du da inzwischen bestimmt schon rausgewachsen bist.« Ich fuhr mit der Hand über die Bettdecke, über die seidigen lilafarbenen und die samtigen dunkelblauen Streifen. »Dann habe ich überlegt, jede Wand in einer anderen Farbe zu streichen, aber durch das Weiß wirkt der Raum schön hell. Wenn es dir nicht gefällt, können wir die blaue Wand neu streichen. Was meinst du?«

Kalter Fisch, sagte ich mir, sah mich um und spürte, wie mein Vater mich beobachtete. Glaubte er wirklich, ein hübsches Zimmer würde all die Zeit, die wir nicht miteinander verbracht hatten, einfach auslöschen? »Es ist nicht schlecht«, sagte ich ausdruckslos. Ich ging zum Fenster, um ihn nicht ansehen zu müssen. In Wahrheit war ich völlig begeistert von dem Zimmer. Aber nie im Leben hätte ich das zugegeben. Ich tat so, als würde ich mir den Garten ansehen, obwohl es außer Unkraut und ein paar kaputten Gartenmöbeln nichts zu sehen gab.

In der Nähe war ein lautes *Schrapp-Knall! Schrapp-Knall!* zu hören. Mein Herz fing an, immer schneller zu pochen, bis es im gleichen Takt schlug. »Was ist das?«

Mein Vater stellte sich neben mich. »Das? Oh, das ist die Bowl von Gus.«

»Eine Bowl?«

»Ja, er hat eine Bowl zum Skaten im Garten. Du kannst sie dir nachher ansehen. Ich leihe dir ein Board. Ein paar von uns skaten da jeden Dienstag. Wir nennen es die Silver Bowl Session.« Mein Dad tippte sich an die grauen Schläfen. »Weil wir Skater langsam alt und grau werden.«

Ein Skatepark gleich nebenan? Ich drückte mein Ohr an die kühle Scheibe. Dieser *Klang*. Irgendwas daran war so befriedigend, so richtig, als würde sich etwas in mir zurechtrücken. Das alte Gefühl stieg in mir hoch, von den Sohlen meiner Vans bis in meinen Kopf. Meine Finger zuckten bei dem Gedanken, sich ein Skateboard zu schnappen und diesen Klang selbst herzustellen.

»Ziemlich cool, oder?« Die Begeisterung meines Vaters erinnerte mich daran, meine eigene zu verbergen.

»Schon«, sagte ich.

Eine Stimme war aus dem Vorgarten zu hören. »Joe, bist du zu Hause?«

»Wer ist das?« Ich wandte mich vom Fenster ab.

»Das ist bestimmt Gus. Will sich wahrscheinlich ein Werkzeug ausleihen. Na komm, ich stell dich ihm vor.«

Er war schon im Flur, aber ich blieb noch kurz stehen. Ich wollte diesen Klang noch einmal hören, aber jetzt war es still.

Ich seufzte leise und ging aus meinem Zimmer, um diesen Gus kennenzulernen.

KAPITEL 2

Ein großer Typ in einem Overall voller Farbspritzer stand im Hauseingang und fragte meinen Dad, ob er sich einen Multimeter ausleihen könnte, was auch immer das sein sollte. »Ich habe Rusty versprochen, ihre Stereoanlage im Auto zu reparieren. Oh, hey, Daphne!« Gus hatte hellbraune Haut und dichtes schwarzes Haar, das ihm lockig in die Stirn fiel. Sein Lächeln breitete sich über sein ganzes Gesicht aus, und die Lachfältchen in seinen Augenwinkeln zeigten, dass er ein Mensch war, der oft lächelte. »Ich habe dich nicht mehr gesehen, seit du so groß warst!« Er streckte seine Hand in der Höhe seiner Hüften aus.

Überrascht starrte ich ihn an. Ich konnte mich nicht an ihn erinnern.

»Sieht so aus, als wärst du inzwischen groß geworden.« Er lachte in sich hinein, lehnte sich dann zur Haustür hinaus und rief: »Hey, Arlo. Komm mal kurz rüber!«

Eine Minute später tauchte hinter ihm ein Junge auf. »Arlo, das hier ist Joes Tochter Daphne«, sagte Gus. »Ihr seid beide gleich alt. Ist es nicht cool, dass ihr diesen Sommer beide jemanden habt, mit dem ihr abhängen könnt?«

Im Ernst jetzt? Mom würde nie von mir erwarten, dass ich mich mit dem Kind einer Freundin anfreundete, nur weil wir im selben Alter waren.

»Hey«, sagte Arlo. Er sah genauso aus wie Gus. Er ließ die Schultern auf eine Art hängen, die viele große Jugendliche an sich haben, um kleiner zu wirken. »Im selben Alter zu sein, ist bekanntermaßen die beste Voraussetzung für eine echte und wahre Freundschaft.«

Ich musste lachen. Das wollte ich eigentlich gar nicht, aber mir gefiel die bedächtige, sarkastische Art, in der Arlo das sagte. Das Gesicht meines Vaters leuchtete auf, und Gus lächelte auch wieder. Na toll. Jetzt dachten sie bestimmt, dass ich das alles so in Ordnung fand, zu denen gehörte, die das Beste aus jeder Situation machen – neues Haus, neue Freundschaft, was auch immer.

Nur, so war ich eigentlich tatsächlich. Mom gab gerne vor ihren Freundinnen damit an, dass kein Kind auf der ganzen Welt so unproblematisch war wie ich. Aber bei meinem Vater konnte ich mich nicht entspannen, konnte dieses komische Gefühl in meinem Bauch nicht loswerden. Ich fühlte mich überhaupt nicht unproblematisch, so gar nicht. Und vor allem, ich *wollte* es auch gar nicht sein. Warum auch?

Mein Vater sagte: »Im Kühlschrank ist Limonade, Daf. Bedient euch einfach, du und Arlo. Und nehmt euch alles, was ihr braucht. Ich muss meinen Multimeter suchen gehen. Er ist irgendwo in der Garage.« Er ging mit Gus nach draußen, und Arlo und ich starrten einander an.

»Yak-Gesicht, stimmt's?«, sagte ich und zeigte auf sein T-Shirt.

Er hob die Augenbrauen und sah mich an. Er war eindeutig beeindruckt. »Du bist auch *Star Wars*-Fan?«

Ich lachte. »Eigentlich nicht.« Wenn Sam bei unseren Filmabenden mit Mom an der Reihe war, suchte sie sich immer einen *Star Wars*-Film aus. Ich beschwerte mich dann gerne, dass es davon etwa neun Millionen gab, aber eigentlich störte es mich nicht wirklich. »Äh, willst du Limonade?«, fragte ich.

»Gern.« Er folgte mir in die Küche. Ich öffnete drei Schränke, um Gläser zu suchen, bis Arlo den Schrank neben der Spüle aufmachte und zwei rausholte.

Ich sah zu, wie er an den Kühlschrank ging und die Limonade rausholte. »Dein Dad und du seid wohl oft hier«, sagte ich.

Da zog er wieder die Augenbrauen hoch. »Gus ist der Freund meiner Mom. Er ist nicht mein Dad.«

»Ach, ich dachte …« Ich hielt inne.

»Dass wir beide braune Haut haben und deswegen verwandt sein müssen?«

Mein Gesicht lief rot an. »Nein, so habe ich das nicht gemeint …«

Arlo lachte. »Alles gut. Mein Vater ist Mexikaner und

Gus auch. Der erste Latino, mit dem meine Mom nach meinem Dad ausgeht, und er spricht noch nicht mal Spanisch.«

»Und du?«, fragte ich und war ganz erleichtert, dass er nicht beleidigt war.

»Sí, por supuesto«, sagte er. »Aber meine Mom nicht, und so langsam komme ich aus der Übung. Wenn ich meine *abuela* und meinen Dad in Arizona besuche, möchte ich gerne mit ihr reden können. Mir bleibt wohl nichts anderes übrig, als nächstes Schuljahr Spanisch zu nehmen, sonst vergesse ich es ganz. Ich komme in die Siebte. Du auch?«

»Ja.« Ich trank meine Limonade.

»Und deine Mom ist eine Art Filmstar oder so was?«

Ha. Das würde ihr gefallen. Ich lehnte mich an die Spüle. »Nein, noch nicht. Aber sie ist Schauspielerin.«

»Dein Dad hat von ihr geschwärmt.«

Er hat von ihr geschwärmt? Ich hätte gedacht, dass er gar nicht wirklich wusste, was sie eigentlich machte. »Sie hat gerade eine richtig gute Rolle bekommen. In einem großen Film. Gerade ist sie auf dem Weg nach Tschechien.«

»Ach. Ich habe gehört, dass es viel billiger ist, da zu drehen«, sagte Arlo. Ich nickte und war überrascht, dass er so was wusste. »Und was ist mit dir? Bist du auch Schauspielerin?«

»Ich? Auf keinen Fall!«

Arlo verschluckte sich fast an seiner Limonade, als er meinen entsetzten Gesichtsausdruck sah. »So schlimm also?«

»Ich glaube, es kann nur eine Schauspielerin in der Familie geben.«

»Wieso?«, fragte Arlo.

Ich musste daran denken, wie oft Mom zum Vorsprechen ging und dann nichts dabei rumkam, wie gedrückt ihre Stimmung danach immer war und wie ich sie nachts schniefen hörte, was bedeutete, dass sie weinte, ich es aber nicht mitkriegen sollte. »Ich weiß nicht«, sagte ich. »Man braucht ganz schön viel Kraft, um Schauspielerin zu sein. Meine Mom ist besessen davon.«

»Ich versteh schon. Meine Mom ist auch besessen.« Er machte eine dramatische Pause. »Von Männern!«

Ich lachte, aber Arlo sagte: »Nein, wirklich. Egal, was der Typ für ein Hobby hat, wir machen mit.«

Ich sah ihn an. Er tat so, als wäre es witzig, aber der scharfe Ton in seiner Stimme sagte mir, dass er das gar nicht komisch fand. »Was denn so zum Beispiel?«

»Na ja, in den letzten zwei Jahren hat sie …«, er zählte an seinen Finger ab, »Pitbulls gerettet, an der Börse investiert, geangelt und sich fürs Akkordeonspielen interessiert. Und jetzt natürlich fürs Skaten.«

Ich riss die Augen auf. »Deine Mom skatet?«

»Nö«, sagte er und schüttelte den Kopf. »Sie hat ein paar Stunden genommen, aber dann ziemlich schnell aufgegeben. Meistens feuert sie Gus an und versucht, mich mit ihm zusammenzubringen, weil ich auch skate. Das nervt, ist aber wenigstens besser als diese Akkordeon-Bands!« Er tat so, als würde er ein Akkordeon zudrücken und aufziehen und führte dabei einen kleinen Tanz auf, der uns beide zum Lachen brachte.

»Und was ist mit dir?«, fragte Arlo, als unser Gelächter verklang. »Dein Dad ist ja ein krass guter Skater. Dann skatest du bestimmt auch, oder?« Er nickte in Richtung meiner Klamotten. Ich sah an mir runter, und erst dann fiel mir auf, dass ich einen Fehler gemacht hatte. Ich trug mein übliches oversized T-Shirt, meine ausgebeulten Ben-Davis-Shorts und meine Vans. Vielleicht hätte ich mir besser von Sam ein paar ihrer Vintage-Kleider aus dem Secondhandladen leihen sollen. Denn so sah es aus, als passte ich perfekt zu meinem Vater. Und das tat ich nicht. Überhaupt nicht. Doch ich wollte die gute Stimmung zwischen Arlo und mir nicht trüben. Also zuckte ich irgendwie mit den Schultern und fragte ihn, ob er heute Abend auch bei Gus sein würde.

»Du meinst die Skate-Session der alten Männer?«, fragte er.

»Äh, ich glaube, mein Vater hat das irgendwie anders genannt.«

»Ja.« Arlo lachte. »Ich ärgere sie gerne ein bisschen. Die Typen sind doch viel zu alt, um so begeisterte Skater zu sein. Ich werde da sein. Was ist mit dir?«

»Ich glaub schon.«

»Cool. Dafür, dass sie schon so uralt sind, skaten sie ziemlich gut. Ich filme sie meistens dabei.« Er rückte den Gurt über seiner Brust zurecht und gab der Kameratasche an seiner Seite einen sanften Klaps. »Ich mache diesen Sommer einen Kurs übers Filmemachen. Als ich Gus davon erzählt habe, hat er mir einen Haufen klassischer Skaterfilme gezeigt, *Dogtown and Z-Boys*, Spike Jonze, lauter so Sachen. Es hat mich irgendwie total inspiriert.«

Ich hätte ihn gern noch mehr gefragt – von dem Film hatte ich noch nie gehört –, aber draußen rief eine Frauenstimme nach ihm: »Arlo! Wir müssen los!«

»Meine Mom.« Er stand auf. »Bis später.«

»Bis später«, wiederholte ich.

Nachdem Arlo und Gus gegangen waren, goss sich mein Vater auch ein Glas Limonade ein und setzte sich hin. »Du scheinst dich ja gut mit Arlo zu verstehen. Das ist doch schön, dass du diesen Sommer schon einen Freund hast, nicht wahr?«

»Ich habe ihn gerade erst kennengelernt. Wir sind keine Freunde.« Der Teil von mir, der bei dem Gespräch mit

Arlo etwas aufgetaut war, erstarrte wieder. Wenn mein Vater dachte, dass es für mich jetzt in Ordnung war, hier bei ihm zu sein, nur weil ich mich mit dem Nachbarsjungen unterhalten hatte, dann irrte er sich. Ich wollte sowieso nicht lange genug hierbleiben, um Freundschaften zu schließen. »Kann ich in mein Zimmer gehen? Ich will Mom eine Nachricht schreiben.«

Mein Vater kratzte sich im Nacken. »Sie ist doch noch im Flugzeug, oder?«

Mist. Ich hätte nicht gedacht, dass er das wusste. »Ich will, dass sie eine Nachricht von mir hat, wenn sie landet.«

»Klar. Natürlich.« Er nickte, aber als ich aus der Küche ging, runzelte er die Stirn und starrte auf den Tisch, das Limonadenglas vergessen in seiner Hand.

Nicht mein Problem.

Ich zog mein Handy raus, ließ mich aufs Bett fallen und wurde wieder wütend. Ich schrieb meine Nachricht an Mom:

Kann noch immer nicht glauben, dass du mich bei jemandem zurückgelassen hast, den ich kaum kenne. 😩

Ich schob die Kissen an das Kopfteil des Bettes – drei Stück, alle groß und kuschelig, mit Bezügen, die zur Bettwäsche passten. Ich lehnte mich zurück und verschränkte die Arme. Ich sah mich im Zimmer um – in *meinem*

Zimmer – und stellte mir vor, wie ich es Sam beschreiben würde. Sams Eltern waren auch geschieden, deswegen verstand sie, wie schwierig das mit meinem Vater war. Trotzdem konnte ich mir nicht vorstellen, wie ich ihr erklären sollte, wie glücklich mich dieses Zimmer machte, aber gleichzeitig auch so wütend auf ihn.

Ich sah nach oben. Die weite weiße Zimmerdecke über mir, das riesige weiche Bett unter mir, das Fenster, durch das die Sonne fiel – das alles gab mir das Gefühl, dass auch in mir drin alles weit wurde. Ich seufzte und ließ die Arme fallen. Vielleicht könnte ich einfach den peinlichen Unterhaltungen mit meinem Vater aus dem Weg gehen, indem ich hier abhing, bis ich meinen Plan umsetzen konnte.

Ich nahm wieder mein Handy und schrieb noch eine weitere Nachricht an Mom.

Hast du schon gefragt? Wann kann ich dich besuchen kommen?

Es gab keinen Grund, warum mein Plan nicht aufgehen sollte. Ich war schließlich schon ein paarmal mit am Set gewesen. Ich wusste, dass ich mich still und unauffällig verhalten und im Wohnwagen bleiben musste, bis mir jemand sagte, dass ich rauskommen durfte.

Aber ich schickte die Nachricht nicht ab. Ich schämte mich ein wenig für meine wütende SMS von gerade eben.

Als Mom die Rolle in dem Film bekommen hatte, hatten wir beide geschrien und waren durchs Wohnzimmer getanzt. Wir waren so laut, dass unser Nachbar rüberkam, um zu gucken, ob alles in Ordnung war. Als ich sie später fragte, ob ich auch mit nach Prag kommen konnte, hatte Mom mir gesagt, sie wolle nicht den Eindruck erwecken, dass es schwierig sei, mit ihr zu arbeiten. Ein paar Tage danach hatte sie mir gesagt, dass ich zu meinem Dad sollte. Ich war so wütend auf sie! Sie versprach mir, dass sie sich was überlegen würde, ich ihr aber Zeit lassen sollte. Ich seufzte wieder und löschte die SMS.

> Sag Bescheid, wenn du landest! Und schreib mir, wenn du die Stars triffst! Warte mal! Du musst sie gar nicht treffen, bist ja jetzt selber einer! ☺

Das würde ihr gefallen. Wegen Prag würde ich sie später fragen.

Schrapp-knall! Nebenan wurde wieder geskatet. Ich legte mich auf die Kissen zurück und schloss die Augen. Der Klang der Skateboards in der Bowl wiegte mich in den Schlaf.

KAPITEL 3

Als jemand an meine Tür klopfte, schreckte ich hoch. Ich griff nach meinem Handy, um zu sehen, wie spät es war. Schon vier Uhr nachmittags? »Ja?«, sagte ich und versuchte, nicht verschlafen zu klingen.

Mein Vater steckte den Kopf durch die Tür und sah sich um. Dachte er, ich hätte mich schon eingerichtet, oder was? In dem Moment beschloss ich, nichts an meinem Zimmer zu machen, was ihn auf die Idee bringen könnte, ich würde mich hier zu Hause fühlen. Es lohnte sich eh nicht, bald würde ich wieder weg sein. »Zeit, zu Gus zu gehen. Bist du so weit?«

Ich zuckte mit den Schultern.

»Daphne. Bitte komm doch mit. Ich habe allen von dir erzählt.« Er ließ ein frustriertes Schnauben hören – es war leise, aber ich konnte es trotzdem hören. »Sie wollen dich echt kennenlernen. Gus und Rusty machen danach für uns alle Tacos. Kommst du?«

Er fragte mich auf so hoffnungslose Art, dass mir klar wurde: Würde ich sagen, dass ich keine Lust hätte, dann würde er die Tür schließen und mich in Ruhe lassen. Aber plötzlich war die Vorstellung, den ganzen Abend lang allein in meinem Zimmer zu hocken, gar nicht mehr so toll. Außerdem wollte ich mir die Bowl von Gus angucken. Ich hatte noch nie gehört, dass jemand eine im Garten hatte. Ich schwang meine Beine auf den Boden. »Dann komm ich halt mit«, murmelte ich, als würde ich ihm damit einen riesigen Gefallen tun.

Als wir beinahe zur Tür raus waren, sagte er: »Oh! Fast hätte ich es vergessen!« Er verschwand den Flur runter und kam mit einem Board und einem Helm wieder. Er hielt mir das Skateboard hin. »Hier, das kannst du benutzen.« Ich trat einen Schritt zurück, weg von seinem Angebot. Worte sprudelten in mir hoch. Aber ich konnte keins davon sagen.

»Na, eigentlich« – er wackelte mit dem Board – »kannst du es haben. Den Helm auch. Beides den ganzen Sommer lang benutzen. Und dann mit nach Hause nehmen, wenn du willst. Das, das ich dir zum Geburtstag geschenkt habe, ist bestimmt schon zu klein für dich, stimmt's?« Er lächelte, als wäre die Tatsache, dass er mir vor drei Jahren mal was zum Geburtstag geschenkt hatte, etwas, auf das man stolz sein könnte.

Mein Gesicht wurde rot, und fast wären die Worte doch aus mir rausgesprudelt: *Du meinst, als ich dich das letzte Mal gesehen habe? Als du mir versprochen hast, mir beizubringen, wie man auf dem Board fährt? Als ich mir geschworen habe, nie wieder auf ein Skateboard zu steigen, nach dem, was passiert ist?* Stattdessen presste ich die Lippen zusammen und senkte den Blick. »Ich will es nicht.« Ich schob mich an ihm vorbei, die Hände zu Fäusten geballt.

Ich stolzierte aus der Haustür hinaus, wusste dann aber nicht, in welche Richtung ich weitergehen sollte, also musste ich auf ihn warten. Ich folgte ihm über den vertrockneten Rasen zum Tor nebenan. Aus dem hinteren Garten schallte laute Musik, und als mein Vater über den Zaun griff, um das Tor zu entriegeln, hörte ich einen Jubelschrei und dann ein hämmerndes Geräusch, das mein Herz höherschlagen ließen. »Was war das?«, fragte ich.

»Da ist wohl jemandem ein Trick gelungen.« Mein Vater grinste. »Die, die zugucken, hauen dann mit ihren Boards auf die Kante der Bowl. So drücken wir unsere Wertschätzung aus, du wirst schon sehen.«

Die Musik und das Kratzen und Kreischen der Skateboard-Rollen wurden immer lauter, während wir zwischen den Bäumen und blühenden Stauden, die sich über den Steinpfad ergossen, durch den eigentlich ganz gewöhnlichen Garten gingen. Noch konnte ich die Bowl nicht sehen, aber mit jedem Schritt, der uns näher zu dem Krach führte, schlug mein Herz schneller.

Im hinteren Teil des Gartens lehnte eine Leiter an einer niedrigen Mauer. »Komm, wir gehen hoch«, sagte mein Vater mit lauter Stimme. Als wir oben waren, richtete sich mein Blick sofort auf den Skater in der Bowl, und mir stockte der Atem. Von den anderen Leuten, die um den Rand herumstanden, kriegte ich kaum was mit.

»Los, Daf, hier können wir nicht stehen bleiben.«

Ich konnte nicht aufhören zuzugucken. Es war Gus. Erst eine Minute später kapierte ich, dass ich meinem Vater erlaubt hatte, meine Hand zu nehmen und mich in eine Ecke zu ziehen. Ich riss mich los und sah zu, wie Gus bis an die Coping, also die Abschlusskante der Bowl, fuhr. Die eine Hand am Board, die andere an der Coping, schoss er aus der Bowl. Und hing dann kopfüber, während seine Füße irgendwie noch am Board klebten, als es in die Luft schwang. Dann sauste er wieder nach unten und landete mitten in der Bowl.

»Wow«, hauchte ich. Und genau wie mein Vater gesagt hatte, fingen alle an, mit einem Grinsen im Gesicht mit ihren Boards auf die Coping zu schlagen.

»Ein Frontside Invert«, sagte mein Vater. »Ziemlich gut, nicht wahr? Er hat das schon eine ganze Weile geübt.« Ich nickte, meinen Blick immer noch auf die Bowl gerichtet. Auf der anderen Seite ließ sich jetzt ein anderer Typ hineinfallen.

»Na komm, Daf. Ich will dich allen vorstellen.«

Ich sah mich um. Arlo stand auf der anderen Seite, und wir winkten einander zu. Rechts neben uns wartete ein Typ mit langen schwarzen Haaren, bis er an der Reihe war, das gekippte Board in der Hand. Auf seinen Armen wanden sich bunte Tattoos, zu viele, um sie genau erkennen zu können. Er drehte sich zu uns um, als mein Dad versuchte, die Musik zu übertönen, und rief: »Diego, das hier ist Daphne.«

Mein Vater legte seine Hand auf meine Schulter, als würde es der Typ sonst nicht kapieren. Ich wand mich aus seinem Griff.

»Hi«, sagte ich. Diego lächelte mich an, und ich war froh, dass es ihm genauso schwerfiel wie mir, seinen Blick von der Bowl loszureißen. Dann wandten wir uns alle wieder um und guckten weiter zu.

Mein Vater zeigte auf den Typen, der gerade in der Bowl hin- und herfuhr. »Das ist Isaiah, unser aufsteigender Stern«, sagte er.

Gus' Trick war echt cool gewesen, aber Isaiah fuhr so gewandt, als wäre das Skateboard nichts als eine Verlängerung seiner Füße. »Siehst du, wie er die Schultern locker lässt und sie sich mit dem Board mitbewegen? Das ist der Schlüssel«, sagte mir mein Vater ins Ohr, und ich nickte – genau das war mir auch aufgefallen –, und es überschwemmte mich wieder, dieses verlässliche Gefühl von damals, als ich noch klein war und kein Board hatte und mein Vater mit mir in die Skateparks ging. Ich konnte mich noch daran erinnern, wie es sich in mir drin anfühlte, wenn die Skater ihre Tricks machten, sodass ich mir vorstellte, mein Inneres wäre eine winzige Bowl. Mein Vater kommentierte dann immer ihren Stil, genau wie jetzt auch, und die Tricks und Begriffe kamen ihm leicht über die Lippen. Damals habe ich sie mir wieder und immer wieder in Gedanken vorgesagt, wie ein Gebet: *Ollie, Nollie, Kickflip, Shove It, Backside, Frontside, Fakie, Grind.* Ich presste die Kiefer aufeinander. Das war vor langer Zeit. Ich schob den Gedanken weg.

»Isaiah ist wirklich so gut, dass er uns alte Männer etwas einschüchtert«, sagte mein Vater gerade. Er hatte natürlich nicht mitbekommen, dass ich gerade einen Moment lang in der Zeit zurückgereist war. »Tyler dort drüben besitzt einen Skateshop.« Er zeigte auf einen Mann mit einem buschigen, grau melierten Bart, der Isaiah mit höchster Konzentration beobachtete. »Er versucht gerade, für Isaiah ein paar Sponsoren zu finden. Suuuper!«, rief mein Vater, als Isaiah genau neben uns die Coping hochschoss. »Frontside 5-0«, erklärte mein Vater. Isaiah grinste ihn an und machte weiter. Mein Vater hörte auf zu reden, und wir sahen beide zu, wie Isaiah zurück aufs Deck sauste und Arlo zunickte.

Ich beobachtete, wie Arlo in die Bowl fuhr. Ich war neugierig, wie er sich im Vergleich zu den Typen machen würde, die seit Jahren auf dem Board standen, aber auch … tja, ziemlich alt waren, alle außer Isaiah, wobei der auch schon erwachsen war. Arlo fuhr nicht so elegant wie Isaiah, aber er konnte echt skaten. Er fuhr ein paarmal durch die Bowl, dann zur Coping hoch und mit einem 50-50-Grind mit beiden Achsen hinauf. Dann machte er eine 180-Grad-Drehung, also einen Kickturn, aber auf dem Weg nach unten kippte er nach vorne und vom Board runter. Ich holte tief Luft, peinlich berührt, aber Arlo lachte nur, rannte die Transition hoch und stellte sich neben mich.

Dann fuhr Diego runter und skatete eine ganze Weile, und weil ich dort stand, wo er vorher gewartet hatte, deutete er mir mit einem Heben seines Kinns an, dass ich nun an der Reihe war.

Ich schüttelte den Kopf und war *so was* von froh, dass ich kein Board hatte. Da schob mir Arlo sein Skateboard in die Hände. »Na los«, sagte er. Ich schubste ihn weg. »Nein!«, sagte ich mit so schriller Stimme, dass ich die Musik übertönte. Arlo sah verwirrt aus. Hinter mir sagte mein Dad: »Daphne?«

Ich schob mich voller Panik an Arlo vorbei. Ich musste hier weg! Weg von der Bowl. Weg von allen. Aber jemand stand vor mir, und ich kam nicht vorbei.

»Ich bin dran!«, rief mein Vater. Ich drehte mich um, als er in die Bowl fuhr. Erleichtert ließ ich die Schultern sinken. Alle sahen zu, wie mein Vater skatete, als wäre nichts passiert. Vielleicht war es ja niemanden aufgefallen, wie sehr ich allein bei dem Gedanken an einen Drop

In überreagiert hatte. Aber Arlo sah mich an. Er hob die Augenbrauen. Ich zuckte mit den Schultern und schenkte ihm ein halbherziges Lächeln. Dann wandten wir uns beide wieder der Bowl zu.

Ich hatte meinen Vater nicht skaten sehen, seit ich ein Kind war. Damals dachte ich, er wäre der beste Skater der ganzen Welt. Aber ihm jetzt zuzugucken, war gar nicht so viel anders. Bei ihm sah es immer so leicht aus, als wäre er auf dem Board geboren und als würden die Gesetze der Schwerkraft für ihn nicht gelten. Er glitt die Coping hoch und rutschte wieder runter, um das Ganze auf der anderen Seite zu wiederholen. »Rock to Fakie«, flüsterte ich, der Begriff dafür, dass man die Rampe hochfährt und anschließend rückwärts wieder hinab. Er rollte hin und zurück und drehte dann das Board in Frontside-Richtung um 180 Grad, als wäre das kinderleicht. Dann landete er wieder neben mir, und Tyler war dran. Mein Vater lächelte mich an und wackelte mit den Augenbrauen, guckte, ob er Eindruck gemacht hatte.

Hatte er.

Doch ich wandte mich von ihm ab und blickte auf die abgewetzte und verschrammte Farbe auf dem Deck, auf die Spuren aller bisherigen Skate-Sessions, die sich in das Holz eingegraben hatten. Glaubte er, ich wäre jetzt dankbar, nur weil er für mich übernommen hatte, sodass ich alles andere vergessen würde? Plötzlich war meine Begeisterung, den Jungs beim Skaten zuzugucken, verschwunden. Ich war froh, als eine Stimme von unten uns zurief, dass die Tacos fertig waren.

Ich folgte Arlo zu dem großen Tisch, wo Gus gerade einer Frau in Tanktop und Shorts und mit rotbraunen Haaren half, die verschiedenen scharfen Soßen hinzustellen. Sie lächelte mich an, und ich konnte sehen, dass sie über dem Schlüsselbein und unten auf dem Hals ein großes Tattoo eines Vogels in Rot, Orange und Schwarz hatte. Arlos Name stand in geschwungenen Buchstaben auf ihrem Arm und schloss mit einem kleinen roten Herzen ab. »Du musst Daphne sein! Ich bin Rusty«, sagte sie. »Komm, lad dir den Teller voll!«

Ich dankte ihr, nahm den Teller, den sie mir hinhielt, ging einmal um den Tisch und häufte mir Bohnen und Fleisch und Salsa auf meine Tortilla.

Am Ende des Taco-Fließbands verteilte Gus Bierflaschen aus einer großen roten Kühlbox. Ich beobachtete meinen Vater genau. Die blaue Flasche, die Gus ihm zuwarf, war das gleiche Sprudelwasser, das auch Mom trank. »Willst du auch?«, fragte mein Vater. Ich nickte, und er gab mir die Flasche. Ich behielt ihn weiter im Auge. Als er sich auch eine Flasche Wasser nahm, entspannte ich mich.

»Daphne, hier drüben!« Arlo saß auf der Seite und winkte mich zu dem Stuhl neben ihm. Ich warf meinem Vater einen Blick zu. Er hatte zwei Stühle für uns hingestellt. Er machte ein langes Gesicht, aber er rang sich ein Lächeln ab und sagte: »Klar, setz dich ruhig zu Arlo.«

Ich setzte mich neben Arlo und stellte meine Wasserflasche auf den Boden neben meine Füße. Ich balancierte den Teller auf meinen Knien und biss von meinem Taco ab. Arlos Blick glitt von meinem Vater zu mir, und er hob leicht die Augenbrauen.

»Was denn?«, fragte ich. »Warum guckst du mich so an?«

Er zuckte mit den Schultern. »Ich dachte nur … na ja, so, wie dein Dad immer von dir spricht, dachte ich, ihr wärt ein Herz und eine Seele oder so.«

Ich blickte ihn finster an. »Nö. Das sind wir ganz sicher nicht.«

Arlo lachte. »Ach nee. Was für eine Überraschung. Was ist denn da los?«

Ich zuckte mit den Schultern. Auf keinen Fall würde ich ihm erzählen, warum ich nicht gerade begeistert davon war, Zeit mit meinem Vater zu verbringen. »Ich habe ihn ein paar Jahre lang nicht gesehen«, sagte ich. »Wir haben keine besonders enge Beziehung.«

»Bei mir ist das auch so«, sagte Arlo. »Ich sehe meinen Dad nur ein paarmal im Jahr. Er hat in Arizona eine neue Familie.« Er runzelte die Stirn.

»Oh.« Ich entspannte mich ein wenig. Arlo und ich hatten einiges gemeinsam: alleinstehende Mütter und abwesende Väter. Als ich Sam kennenlernte und wir die beiden Neuen an der Schule waren, hatte ich mich auch so gefühlt. Es war nur eine kleine Gemeinsamkeit, aber eine wichtige. Wir mussten uns gegenseitig nichts erklären, und das war ganz schön toll.

Arlo und ich aßen schweigend unsere Tacos. Dann sagte er: »Hier ist ein Skatepark um die Ecke, wusstest du das?«

Ein Skatepark? Ich legte meinen Taco zurück auf den Teller. Das alte vertraute Verlangen überwältigte mich, so sehr und so verzweifelt, dass ich mir die Fingernägel in die Handfläche grub: Ich wollte nicht skaten. »Nein, das wusste ich nicht.«

»Morgens gehe ich meistens zu meinem Filmkurs, aber nachmittags habe ich immer frei«, sagte Arlo. »Falls du ihn dir also mal angucken willst, sag Bescheid. Und das Gute ist: Wenn wir zusammen skaten gehen, kann meine Mom mich nicht zwingen, Gus bei der Arbeit an seinem Haus zu helfen.« Als ich nicht antwortete, hakte er nach: »Also, kommst du mit?«

Ich biss von meinem Taco ab und kaute, den Blick auf den Teller in meinem Schoß gerichtet. »Nee«, sagte ich schließlich und schüttelte den Kopf. »Skaten ist nicht so mein Ding.«

KAPITEL 4

Es war etwa neun Uhr abends, als wir wieder zurück bei meinem Vater waren. Unbeholfen standen wir beide im Wohnzimmer rum. »Was machst du denn sonst abends so?«, fragte er. »Nach dem Abendessen, meine ich. Zu Hause?«

»Wie meinst du das?«, fragte ich. »So was wie Zähne putzen zum Beispiel?«

Er lachte. »Nein, ich meine, was macht ihr, deine Mom und du, wenn ihr abends zu zweit seid?«

Im Ernst jetzt? Als könnten er und ich gemeinsam den Abend verbringen, und dann wäre er plötzlich der perfekte Vater? Sollte ich ihm jetzt wirklich vorschlagen, zusammen einen Film zu gucken? Es uns auf der Couch gemütlich zu machen, Popcorn und M&Ms mit Erdnüssen zu essen und mit *ihm* zusammen die Leistung der Schauspieler und Schauspielerinnen zu beurteilen?

»Ich weiß nicht«, sagte ich. »Ich bin ganz schön müde. Ich glaube, ich geh in mein Zimmer.«

»Oh. Ja klar«, sagte er. Wieder machte er ein enttäuschtes Gesicht, aber ich wandte mich ab und ging den

Flur runter. War ja schließlich nicht meine Schuld, dass er nicht wusste, was er mit seiner Tochter anfangen sollte.

Ich sank in die dicken Kissen auf meinem Bett und seufzte. Endlich konnte ich mich entspannen. Ein eigenes Zimmer zu haben, mit einer Tür, die ich zumachen konnte, war wohl das Beste an diesem Besuch. Der leise Klang des Fernsehers schwebte den Flur hinunter, und in mir stieg das Bild von meinem Vater auf, wie er allein dort draußen saß. Dann, wie er so rasch an der Bowl übernommen hatte und mich in meinem Schrecken gerettet hatte. Ich schüttelte den Kopf, um die Bilder loszuwerden. Er war einfach an der Reihe gewesen, mehr nicht.

Mein Handy piepte. Eine Nachricht von Mom! Ich war froh über die Ablenkung.

> Hey, Babygirl. Ich bin im 🚗, auf dem Weg zum Hotel. Lass uns nachher facetimen, wollte nur kurz Bescheid sagen. Wie war dein Abend?

Mein Finger schwebte einen Augenblick lang über der Tastatur, bevor ich eine Antwort tippte. *Haben bei seinen Freunden zu Abend gegessen.* Die Bowl erwähnte ich nicht.

> Klingt nett! Irgendjemand in deinem Alter?

Ein Junge, Arlo. Ist ganz okay.

Ein Junge! Wie okay ist er denn? ♥ ♥ ♥

Nein! ☺ So war das nicht gemeint!
Wie geht's dir? Schon Leute getroffen?

Ach, du willst ja nur wissen,
wie die Stars so leben. ★ ★ ★

Wenn deine Mutter ein Star ist, kommen die anderen
einem gar nicht mehr so besonders vor. ☺

☺ Noch nicht, aber hoffentlich eines Tages.

Den ganzen Tag lang war ich angespannt gewesen, war bei allem, was ich tat und sagte, vorsichtig gewesen. Es tat so gut, mit Mom rumzuwitzeln, selbst wenn sie Zehntausende von Meilen entfernt war. Aber ihre nächste Nachricht fand ich dann nicht mehr so witzig.

Hey, danke, dass du deinen Vater erträgst, während ich hier bin. ☺ Am Ende wird uns das beiden guttun. ☺

Mein Finger schwebte über dem Handy. *Aber es fällt mir so schwer, bei ihm zu sein*, wollte ich schreiben. *Die Art, wie er mich mit seinem Hundeblick anguckt, kann ich nicht ertragen! Du hast gesagt, du holst mich hier raus!* Aber ich wusste, wie wichtig diese Rolle für die Schauspielkarriere meiner Mutter war. Wie nervös sie war, weil sie diese Chance bekommen hatte. Wenn ich sie unter Druck setzte, wäre sie noch gestresster. Ich musste noch ein bisschen abwarten.

Wenigstens habe ich mein eigenes Zimmer!

Stimmt. Ich habe gehört, dass seine Eltern
ihm geholfen haben, das Haus zu kaufen.
Muss schön sein.

Ich hatte eigentlich überlegt, ihr ein Foto von meinem Zimmer zu schicken oder vielleicht sogar ein kleines Video zu machen, aber ihre Nachricht hielt mich davon ab. Mom hatte zwar nie etwas dazu gesagt, aber ich war mir ziemlich sicher, dass mein Vater nie Alimente bezahlt hatte. Das wollte ich ihr nicht noch unter die Nase reiben, weil wir uns nie ein Haus hatten leisten können. Während ich darüber nachdachte, tauchte schon die nächste Nachricht auf meinem Bildschirm auf.

Babygirl, bin erschöpft. Muss jetzt los, damit ich mich
vor der ersten gemeinsamen Lesung des Drehbuchs
noch hinlegen kann! 😴 😌

Dann machte ich mein Handy aus.

Am nächsten Morgen stand ich früh auf, aber nicht so früh wie mein Vater: Ich konnte hören, dass er schon unter der Dusche war. Sehr gut. Ich hatte zwar Hunger, aber wenn ich jetzt losging, musste ich nicht mit ihm reden. Und viel wichtiger: So würde er nicht mitkriegen, was ich vorhatte.

Ich zog mir meine Klamotten an, schlich ins Wohnzimmer, wo noch das Board und der Helm lagen, die er mir gestern aufzwingen wollte. Ich nahm sie und verließ das Haus.

Der dünne Nebelschleier verlieh der Nachbarschaft eine geheimnisvolle Stimmung, so ganz anders als der Juli im südlichen Kalifornien, wo es morgens meistens klar und sonnig war. Ich trug das Board unter dem Arm, bis ich am Ende der Straße um die Ecke bog. Ich warf einen Blick über die Schulter, um sicherzugehen, dass niemand zu sehen war, stellte das Skateboard auf den Bürgersteig und setzte den Helm auf.

Ich starrte auf das glitzernde Schleifpapier des Boards. Gestern den Freunden meines Vaters beim Skaten zuzugucken, hatte sich angefühlt, als wäre ich nach Hause gekommen, zurück an einen Ort, den ich längst vergessen hatte. Der Klang der Rollen auf dem Sperrholz, ihre Achsen, die über die Coping knirschten, all das hatte etwas in mir ausgelöst; das Klick-Klack der Boards, die durch die Transition fuhren, hatten mein Herz höherschlagen lassen. Es hatte etwas in mir geweckt, was ich lange weggeschoben hatte.

Mit dem linken Fuß auf dem Boden, stellte ich meinen rechten Fuß auf die Schrauben vorne und zog ihn dann gleich wieder weg, als könnte das Board mich beißen oder so.

Das war wohl ein bisschen übertrieben.

Ich holte tief Luft und stellte meinen Fuß wieder aufs Board, den rechten Zeh nach vorne, mit dem linken Fuß drückte ich auf das Tail, also das hintere Ende des Boards. Ich verlagerte mein Gewicht, benutzte meinen Körper, um das Board zu wenden. Plötzlich überfiel mich eine Erinnerung: wie ich das erste Mal auf meinem eigenen Skateboard stand, die Hände meines Vaters mich festhielten, während ich versuchte, ins Gleichgewicht zu kommen. »Du hast genau wie ich einen Goofy-Fuß«, hatte er gesagt und gelacht, als ich mir Sorgen machte, dass etwas nicht stimmen könnte. »Nein, nein, das bedeutet nur, dass du deinen rechten Fuß vor den linken setzt. Das machen viele Leute so. Tony Hawk zum Beispiel.« Er war genauso aufgeregt darüber, dass wir beide zum ersten Mal zusammen Skateboard fuhren, wie ich.

Wut stieg in mir auf, und ich sprang vom Board. Mein Vater sollte bloß nicht denken, dass wir etwas gemeinsam hatten. Das war das Letzte, was ich wollte. Ich griff nach der Spitze des Boards, wollte das Ganze sein lassen. Aber dann erstarrte ich, das Board gegen mein Bein gedrückt. Zu beschließen, nicht zu skaten, sorgte dafür, dass ich mich schlechter fühlte, nicht besser!

Ich ließ das Board wieder auf den Boden fallen. Warum machte ich so eine große Sache daraus? Außer mir musste ja niemand davon wissen.

Ich stellte meinen rechten Fuß aufs Brett und stieß mich mit dem linken Bein ab. Schon diese einfache Bewegung zauberte ein Lächeln auf mein Gesicht. Ich hätte besser langsam anfangen sollen, aber mein Körper übernahm die Führung. Er erinnerte sich an alles: wie ich mein Bein lang ausstrecken musste, um das Maximum aus jedem Push rauszuholen; wie ich mein Gewicht verlagern musste, um das Board über die Unebenheiten im Bürgersteig zu lenken; und wie ich den Tic-Tac einsetzen musste, indem ich mein Gewicht nach hinten verlagerte, auf das Tail, damit sich die Nose vorne hob und ich um die Ecke biegen konnte.

Ich puschte mich eine lange Straße entlang, die Rollen surrten unter meinen Füßen, während ich leicht in die Knie ging, um das Gleichgewicht zu halten und dahinzugleiten. Ich war nicht mehr geskatet, seit ich zehn Jahre alt war, aber es kam alles zu mir zurück: nicht nur, wie man es machen musste, sondern auch, wie richtig es sich anfühlte. Wie frei.

Damals hatte Skaten mich meine Sorgen vergessen lassen, über Mom und darüber, dass wir so oft umzogen. Heute übte es den gleichen Zauber auf mich aus: Meine Wut war vergessen, während ich den Bürgersteig runterfuhr. Ich dachte nicht mehr darüber nach, dass meine Mom mich nach Oakland geschickt hatte, nicht darüber, dass mein Vater zu erwarten schien, dass alles zwischen uns gut war. Es gab auf dieser Welt nur mich und mein Board.

Wie hatte ich vergessen können, wie sehr ich das liebte?

Hier in Oakland waren die Straßen schmaler, gesäumt von hohen Bäumen und Vorgärten voller Blumen, ganz anders als bei uns in Glendale, wo die Leute entweder leuchtend grünen Rasen oder Kakteen-Gärten hatten. Ich nahm das alles in mir auf, genoss die kühle Morgenluft auf meiner Haut und lächelte darüber, wie die Schwingung der Rollen meine Fußsohlen kitzelte.

Aber als ich die 16th Street hinunterfuhr, erlitt mein Himmelhochjauchzen eine Bruchlandung. Mein Herz schlug genauso laut in meiner Brust wie die Boards gestern auf der Coping. Nur dass ich gerade nicht einen Trick von jemandem feierte, sondern mein Herz mir sagte, ich sollte besser umkehren.

Ich hatte den Skatepark entdeckt.

Hinter dem Basketballplatz konnte ich die Rampen aufsteigen sehen. Ein älterer Typ dribbelte einen Basketball und warf Körbe, aber sonst war niemand zu sehen. Ich schob mein Board am Maschendrahtzaun vorbei zum Eingang des Skateparks, hielt an und sah mich um.

Ich konnte eine große Bowl sehen, Treppenstufen zum Runterfliegen, Rails für die Grind-Tricks und senkrechte Wände. Alles war voll von Graffiti und den Spuren von Millionen Rollen von Tausenden Boards, die darübergefahren waren. Es war einfach perfekt.

Ich öffnete das Tor, skatete an den einfachen Transitions vorbei zur Bowl. Gestern hatte mich allein der Gedanke, einen Drop In zu machen, in Panik versetzt. Aber hier, in diesem Skatepark, schien alles möglich zu sein. Ich hatte wieder den alten Refrain im Ohr: *Ollie, Nollie, Kickflip, Shove It, Backside, Frontside, Fakie, Grind.* Wieder zurück auf dem Board zu stehen, fühlte sich toll an, aber jetzt wollte ich richtig loslegen.

Angefangen mit dem Drop In! Aber das war lächerlich. Oder?

Ich stieg vom Board und sah mich um, ob mich auch wirklich niemand beobachtete. Dann nahm ich mein Board und rannte die steile Seitenwand der Bowl hoch. Ich ging etwa bis zur Mitte der Bowl und kaute auf meiner Unterlippe rum. Vorsichtig schob ich mein Board über die

Coping, drückte dann meinen linken Fuß auf das Tail, sodass das Board halb in der Luft schwebte, während mein anderer Fuß noch auf der Abschlusskante stand. Wenn ich meinen rechten Fuß auf das Board setzen würde, würde ich in die Bowl hineinsausen.

Ich guckte nach unten, und Erinnerungen stiegen in mir auf: gemeines Gelächter, Blut, das mein Knie hinunterläuft, mein unnatürlich abgewinkelter Arm. Und mein Vater war weit und breit nicht zu sehen.

Ich nahm mein Board, drehte mich um und verließ die Bowl.

Nichts hatte sich geändert. Ich war noch immer eine totale Versagerin.

KAPITEL 5

Sogar als ich noch klein war, habe ich immer sofort gemerkt, wie genervt Mom war, wenn ich sie gefragt habe, wann ich meinen Vater wiedersehen würde. Wirklich schlechtgemacht hat sie ihn nie, aber ihre Stimme bekam dann so einen bestimmten scharfen Ton, und sie sagte dann Sachen wie: »Dein Vater hat es nicht für nötig befunden, mich darüber zu informieren, wo er sich gerade aufhält.« Immer nannte sie ihn dann »dein Vater«, als hätte er gar nichts mit ihr zu tun.

Also lernte ich, nicht nach ihm zu fragen und zu verbergen, wie schmerzlich ich ihn vermisste. Je länger er wegblieb, desto mehr schmerzte es, und manchmal war das monatelang der Fall. Ich konnte Mom nie fragen, ob er mich vergessen hatte oder Schlimmeres; ob ich vielleicht etwas falsch gemacht hatte und er mich deswegen nicht sehen wollte. Also war ich immer in höchster Alarmbereitschaft, überprüfte Moms Handy, um zu gucken, ob sie in letzter Zeit mit ihm in Kontakt gewesen war, hielt nach seinem uralten silbernen BMW Ausschau, wenn ich von der Schule nach Hause lief. Ein paarmal hatte er das gemacht, war einfach so überraschend aufgetaucht. Das war jedes Mal ein geradezu magischer Moment gewesen. Sobald ich ihn sah, verschwanden all meine Zweifel, und wir machten einfach da weiter, wo wir das Mal zuvor aufgehört hatten. Mein Dad grinste mich mit seinem Grübchen an und sagte: »Auf was hast du heute Lust, Daf?«

Meistens gingen wir dann in den Skatepark. Erst guckten wir eine Weile den anderen Skatern zu, und dann suchte mir Dad eine Stelle aus, wo ich sitzen konnte, ohne im Weg zu sein, aber so, dass ich trotzdem alles sehen konnte, und ich sah ihm beim Skaten zu. Hin und wieder schaute er zu mir rüber und rief: »Alles okay, Daf?«, und dann nickte ich eifrig und war stolz auf meinen Vater, den Skater.

Als er mich an meinem zehnten Geburtstag anrief, hatte ich ihn schon länger nicht gesehen – ein ganzes Jahr lang nicht. Sein Anruf war genauso aufregend wie das neue Handy, das Mom mir geschenkt hatte. Ich ging mit meinem Telefon in die Küche, damit Mom unser Gespräch nicht mithören konnte. Ich hasste die Art, wie sie die Lippen zusammenpresste, wenn ich mit ihm sprach.

Er wollte von mir wissen, was ich mir zum Geburtstag wünschte. Als er hörte, dass ich mir nichts anderes wünschte, als von ihm den Ollie beigebracht zu bekommen, das Hochspringen mit dem Board, sagte er: »Mehr nicht?«, und lachte so, als wäre das keine große Sache. Ich erinnerte ihn nicht daran, dass er mir schon bei unseren letzten beiden Telefongesprächen versprochen hatte, mir ein paar Skateboardtricks beizubringen. Ich sagte einfach Ja, und er versprach, mich nächsten Freitag im Skatepark zu treffen.

Das war, kurz nachdem ich mich mit Sam angefreundet hatte, also erzählte ich meiner Mom, ich würde nach der Schule zu ihr gehen. Das war gelogen. Mom hätte vielleicht kein Problem damit gehabt, dass ich mit Dad in den Skatepark gehe, aber sie hätte ihn ständig daran erinnert, dass er gut auf mich aufpassen soll. Was, wenn er dann keine Lust mehr gehabt hätte? Außerdem war der Skatepark ja gleich um die Ecke von der Schule. Ich war noch nie allein dorthin gegangen, aber ich wusste, wie man hinkam.

Am Freitag stand ich am Eingang zum Skatepark, das Geräusch der Rollen auf dem Asphalt in meinen Ohren. Ich war total aufgeregt, aber so ganz allein traute ich mich nicht rein. Dann skateten vier Sechstklässler aus meiner Schule an mir vorbei und riefen: »Hey!« Dass da Leute waren, die ich kannte, gab mir den Mut, einmal den gesamten Skatepark abzuskaten und mir das Ganze richtig anzuschauen.

Ich stellte mir vor, wie ich eines Tages durch die verschiedenen Bowls skaten würde, über die Treppenstufen segeln, auf den Rails grinden. Ich skatete an ein paar alten Typen – die sogar noch älter waren als Dad – in der nierenförmigen Bowl vorbei. Am anderen Ende des Parks waren ein paar winzige Kinder mit ihrem Vater, ein Junge und ein Mädchen, beide genau gleich groß – sie waren wohl Zwillinge. Ihr Vater hielt sie an den Händen und zog sie hinter sich her, während sie vorsichtig das Gleichgewicht hielten. Ich war mir sicher, das hätte Dad auch mit mir gemacht, hätte Mom ihm erlaubt, mir in dem Alter ein Board zu schenken. Aber sie hatte immer gesagt, das sei zu gefährlich.

Ich schob mein Board in die Mitte des Parks. Dad war nirgendwo zu sehen. Ich guckte einer Gruppe älterer Jungen zu, die die kleinere Bowl in Beschlag genommen hatten – drei weiße Jungs mit zotteligen Haaren, die ihnen in die Augen hingen, und ein Schwarzer Junge mit kurzen Dreads. Sie alle trugen T-Shirts mit Logos von Skaterfirmen und abgewetzte Vans. Man sah ihnen an, dass sie jeden Tag, den ganzen Tag, hier im Skatepark abhingen. »Die Einheimischen« würde Dad sie nennen. Sie waren die lauteste Gruppe im Park, lachten, wenn jemand hinfiel, jubelten, wenn jemandem ein Trick gelang.

Ich puschte mich bis zu einem Snake Run, wo ich über die sanften Rampen rippen konnte, und ich genoss das Gefühl in meinem Bauch, während ich dahinglitt. Seit ich mein Board bekommen hatte, hatte ich Dad am Telefon schon ein paarmal gefragt, ob er mir Tipps geben könnte. Er hatte mir geraten, die Tricks erst mal zu lassen. Es wäre viel wichtiger, dass ich mich erst mal auf dem Board wohlfühlte. Ich nahm ihn beim Wort und skatete einfach überallhin. Ich war stolz auf all die blauen Flecken und Kratzer von meinen Stürzen. Dad sagte, das gehörte bei einem Skater dazu, je mehr Narben, desto besser.

Ich hörte auf, nach meinem Dad und auf mein neues Handy zu gucken, um zu sehen, ob ich vielleicht eine Nachricht oder einen Anruf von ihm verpasst hätte. Stattdessen beobachtete ich, wie ein Typ mithilfe des Ollies auf ein Rail sprang und einen 50-50-Grind hinlegte. Ich lächelte und stellte mir vor, wie ich einmal selbst auf dem Rail sein würde, wenn Dad mir beigebracht hatte, wie man den Ollie macht.

Der Ollie war der wichtigste Skateboard-Trick überhaupt. Egal, wie oft ich den Trick schon gesehen hatte, staunte ich doch jedes Mal wieder, wie die Skater in die Luft springen konnten und ihr Board einfach an ihren Füßen blieb, als wäre das Skateboard Teil ihres Körpers. Ich konnte diesen magischen Moment, wenn ich das selbst ausprobieren würde, kaum erwarten. Mit Dad an meiner Seite würde ich das bestimmt schnell lernen.

Da Dad noch immer nicht aufgetaucht war, beschloss ich, schon mal richtig zu skaten. Es brauchte etwas Mut, um zu den Sechstklässlern rüberzufahren, aber sie nahmen mich gleich in ihre Gruppe auf. Wir fuhren abwechselnd eine abgeflachte Rampe hoch und schossen dann so schnell wie möglich auf der anderen Seite wieder runter, lachten, wenn wir uns hinlegten, und fingen wieder von vorne an. Es machte so viel Spaß, dass ich ganz vergaß, warum ich eigentlich hier war, aber als einer der Sechstklässler sagte: »Ich bin raus«, machten die anderen sich auch aus dem Staub. Einer von ihnen sagte, dass ich wieder vorbeikommen und mit ihnen skaten sollte, und ich grinste und versprach, auf jeden Fall zu kommen. Die Art, wie unsere Boards uns miteinander verbanden, uns zum Teil einer Gemeinschaft machten, war einfach toll.

Als der Letzte von ihnen verschwunden war, ging schon die Sonne unter. Wo war Dad? Ich stand mitten im Park und sah mich um. Der Vater mit den kleinen Kindern versuchte, sie zu überreden, nach Hause zu gehen. Fast alle anderen waren auch schon weg. Ich zog mein Handy raus. Es war fast halb sieben. Ich war schon seit drei Stunden hier. Und keine Nachricht von Dad.

Krach! Etwas knallte in meine Seite, ich stolperte, konnte mich aber gerade noch fangen. Es war einer der Einheimischen. An der Seitenlinie jubelten seine Freunde. »Von einem kleinen Mädchen den Weg abgeschnitten bekommen«, rief einer.

»Tut mir leid!«, rief ich. Es war mir so peinlich, dass

ich die Grundregel, beim Skaten nie jemandem im Weg zu stehen, verletzt hatte. Ich wusste eigentlich, dass man im Skaterpark nicht einfach so mitten in der Gegend rumsteht. Ich rieb mir die Stelle an den Rippen, wo er in mich reingeknallt war, und wartete darauf, dass er sich entschuldigte. Aber der Typ poppte sein Board hoch, nahm es in die Hand und sagte mit einem höhnischen Grinsen: »Bleib mal lieber im Baby-Park. Das hier ist für richtige Skater.«

Er fuhr zurück zu seinen Freunden, die alle zuguckten und mich auslachten, als hätte ich kein Recht, hier zu sein.

Dad sprach immer von der Gemeinschaft der Skater, wie Skater aufeinander aufpassten, solange du kein Angeber warst, der nur so tat, als wäre er ein Skater, weil es cool war. Wenn man sein Bestes gab, sagte Dad, würde niemand über einen urteilen. Ich warf mein Board auf den Boden, hüpfte drauf und fuhr wütend davon. Diese Typen hatten mich eindeutig verurteilt.

»Ich bin eine richtige Skaterin«, sagte ich laut. Ich fuhr noch mal über die Rampe, um es mir zu beweisen, aber es machte keinen Spaß mehr. Ich wünschte, die Sechstklässler wären noch hier. Dass sie nicht mehr da waren, ließ mich daran denken, wer auch nicht da war. Ich biss mir auf die Unterlippe und kämpfte gegen die Tränen an. Kam Dad denn gar nicht mehr?

Ich zog wieder mein Handy raus. Mit den SMS kannte ich mich noch nicht so gut aus, deswegen machte ich es kurz: *Dad, wo bleibst du?*

Nein. Das klang, als wäre ich wütend auf ihn. Ich löschte die Nachricht und versuchte es noch mal.

Ich bin im Park! Kommst du?

Nein. Er hatte doch versprochen zu kommen. Er war bestimmt auf dem Weg, da war ich mir sicher. Wahrscheinlich saß er gerade im Auto und konnte deswegen nicht antworten. Ich löschte *Kommst du?* und ergänzte stattdessen ein Skateboard-Emoji und ein Herz. So. Jetzt wusste er, dass ich hier war, und musste sich keine Sorgen machen.

Ich stellte mir vor, wie er in den Skatepark eilte, ganz hektisch, weil er im Stau gesteckt hatte, sich umsah und mich genau in dem Moment entdeckte, als ich den perfekten Ollie hinlegte.

Na ja, den Ollie konnte ich ja noch nicht, aber vielleicht könnte ich etwas anderes machen, das ihn beeindrucken würde.

Ich skatete zu der Bowl mit dem gemeinen Skater-Jungen und seinen Freunden und kletterte nach oben. Einer von ihnen skatete gerade in der Bowl. Als er rausrollte, versuchte ich, stark und selbstbewusst zu klingen: »Kann ich jetzt mal?«

Der Typ, der in mich reingekracht war, zuckte mit den Schultern und sagte: »Bin ja nicht mehr drin, oder?«

Aber der Junge, der wie ich eine Beanie trug, war etwas netter. »Ist ganz schön steil«, sagte er. »Hast du schon mal einen Drop In gemacht?«

Ich zuckte mit den Schultern, weil ich ihm nicht die Wahrheit sagen wollte.

»Na los«, murmelte der andere. »Das wird bestimmt gut.«

Ich stand da, meine Füße auf dem Tail meines Boards am Rand der Bowl, die Nose hing in der Luft. Ich hatte noch nie einen Drop In gemacht, aber gesehen hatte ich ihn schon oft. Ich hatte mir sogar ein paar Videos dazu angeguckt, um mich darauf vorzubereiten, wenn Dad es mir beibringen würde. Ich wusste, dass man sich mit den Schultern nach vorne lehnen musste. Aber was kam dann? Mein Blick schnellte nach unten. Der Beanie-Typ hatte recht: Das ging ganz schön tief runter. Ich biss die Zähne zusammen und versuchte, Mut zu fassen.

»Lass dir ruhig Zeit, kleines Mädchen«, höhnte einer der Einheimischen. Ich konnte die Verachtung auf den Gesichtern der Jungen sehen, aber ich machte mir mehr Sorgen um meinen Dad. War ihm etwas Schlimmes passiert?

Da hatte ich einen verrückten Gedanken: *Wenn ich das hier tun würde, dann wäre alles gut. Mit Dad würde alles okay sein, und er würde gleich hier auftauchen.* Ich holte tief Luft, stellte meinen rechten Fuß vorne aufs Board und lehnte mich nach vorne. Ich machte einen Drop In! Ich spürte, wie die vorderen Rollen gegen die Wand klatschen.

Einen kurzen Moment lang dachte ich, ich hätte es hingekriegt. Dann sprang das Board unter mir weg, und ich fiel nach hinten. Mit einem scharfen Knall traf mein Körper auf den Asphalt auf, und Schmerz zuckte durch meinen Arm. »Au, au, au, aua«, sagte jemand. Und weinte. Und dann wurde mir klar, dass ich das war. Mein Arm brannte, und ich konnte nichts anderes tun, als unten in der Bowl zu liegen, obwohl ich wusste, dass die Typen jetzt wieder sauer auf mich sein würden, weil ich im Weg war. Blut tropfte aus der Wunde an meinem Knie.

Undeutlich hörte ich Schritte die Bowl runterrennen, und jemand – der Beanie-Typ, glaube ich – fragte, ob alles in Ordnung wäre. Ich saß einfach da und heulte, bis ich eine Männerstimme hörte. Mein Herz schlug höher. »Dad?«, schluchzte ich. Aber als ich aufschaute, war es gar nicht *mein* Dad; es war der Vater der Zwillinge, und der sagte, wir sollten einen Krankenwagen rufen. Mom würde durchdrehen. »Nein«, stöhnte ich und hielte meinen linken Arm vorsichtig mit der rechten Hand fest, während ich mich nach oben rollte. Ich wusste, dass Krankenwagen teuer waren. »Ich rufe meine Mom an.« Mit meiner funktionierenden Hand griff ich in meine Hintertasche.

Der Bildschirm meines neuen Handys war gesprungen. »Mom?«, sagte ich, fing wieder an zu weinen und konnte nicht mehr aufhören.

Der Vater der Zwillinge nahm mein Handy und sprach mit meiner Mom.

Als sie schließlich auftauchte, waren die Einheimischen alle verschwunden.

Meine Mutter sagte kein Wort zu mir. Sie dankte dem Vater der Zwillinge, brachte mich zum Auto und fuhr mich in die Notaufnahme. Sie wartete, bis mein gebrochener Arm eingegipst war und mein Knie gereinigt und verbunden. Dann legte sie los.

»Daphne, du hast mich angelogen! Warum warst du denn ganz allein in dem Skatepark?« Sie drückte sich die Hand auf die Stirn. »Ich möchte gar nicht daran denken, was passiert wäre, wenn du dein Handy nicht dabeigehabt hättest.«

»Dad wollte mich da treffen«, murmelte ich unglücklich.

Mom holte tief Luft und sagte erst mal gar nichts. Dann entfuhr ihr ein langer Seufzer. »Daphne, ich weiß nicht, warum dein Dad behauptet hat, er würde dich treffen. Das wäre gar nicht gegangen. Als er an deinem Geburtstag mit dir telefoniert hat, hat er vom Haus seiner Eltern in der Bay Area angerufen. Deine Großeltern versuchen ihm dabei zu helfen, sein Leben wieder auf die Reihe zu bekommen.« Als ich sie verwirrt ansah, erklärte sie: »Mit dem Trinken aufzuhören.«

Meine Augen wurden weit. Mom hatte mir schon vor langer Zeit von Dads Problem erzählt, dass er, wenn er anfing, Alkohol zu trinken, nicht wusste, wann er wieder aufhören sollte. Sie hatte gesagt, dass er dann Blödsinn machte, obwohl ich das Wort »blöd« selbst gar nicht sagen durfte. Jetzt versuchte er damit aufzuhören, und deswegen war er nicht zum Skatepark gekommen. »Das ist doch … eigentlich gut, oder?« Ich war noch immer enttäuscht, aber wenn es ihm dann besser ging, dann war es das vielleicht wert.

»Nein, Babygirl.« Ihre Stimme war sanft, als sie nach meiner gesunden Hand fasste. »Ich glaube, es läuft nicht so gut. Er sollte eigentlich wissen, dass er sich nicht einfach so mit dir verabreden kann, ohne das vorher mit mir zu klären. Das sagt mir, dass er immer noch trinkt.«

»Oh.« Ich zog meine Hand weg. Tränen liefen mir übers Gesicht. »Okay.«

»Deinem Dad wird es wieder gut gehen.« Mom seufzte. »Irgendwie kriegt er das immer hin. Aber, Babygirl, so was kannst du nicht machen. Ich muss mich auf dich verlassen können, wenn du mir sagst, dass du irgendwo hingehst. Also läuft das jetzt so: Du hast nächste Woche Ausgehverbot und darfst erst zwei Wochen, nachdem dein Gips ab ist, wieder skaten.« Ich konnte sehen, wie sie darauf wartete, dass ich protestierte, aber ich nickte nur und wischte mir mit dem Ärmel meines T-Shirts über die Augen.

Das Schlimmste daran? Der Teil, der dafür sorgte, dass ich mich später absolut und total ahnungslos fühlte. Ich hörte nicht auf, meinen Vater anzurufen und ihm Nachrichten zu schicken. Obwohl er nie auf meine SMS aus dem Skatepark reagiert hatte, war ich davon überzeugt, dass Mom sich irrte. Ich wartete noch immer auf eine Erklärung von ihm, warum er nicht aufgetaucht war. Ich schrieb ihm noch nicht mal von meinem gebrochenen Arm, weil ich seine Stimme am Telefon hören wollte, die mir sagte, dass ich jetzt voll die coole Skaterin wäre!

Aber er schrieb mir keine Nachricht, und er rief mich auch nie an.

Ich hatte immer schon die Bezeichnungen für Skateboard-Tricks geliebt. Solange ich zurückdenken konnte, verbrachten mein Dad und ich immer Zeit damit, zusammen auf seinem Handy Skate-Videos zu gucken. Er fuhr dann mit dem Finger über den Bildschirm und nannte mir jeden Trick, den die Skater ausführten. Einen hatte ich mir ganz besonders gemerkt: den Disaster. Man konnte ihn Frontside oder Backside machen, aber so oder so gehörte dazu, dass man die Rampe hochfuhr, einen 180-Grad-Ollie ausführte und mit der Mitte des Skateboards auf der Coping landete, bevor man wieder runterrollte. Der katastrophale Teil des Disasters war, dass, wenn man nicht aufpasste, die Achse an der Coping hängen blieb und man nach vorne von seinem Board kippte. Einmal haben wir ein Video von einem Typen gesehen, dem beim Disaster tatsächlich das Board durchgebrochen ist! Mein Dad und ich ließen dasselbe entsetzte »Ohhhhhh!« hören, wandten uns dann einander zu und mussten beide lachen.

Mein Board ist im Skatepark nicht kaputtgegangen, aber dafür etwas anderes, und zwar nicht nur mein Arm. Für mich war Skaten immer etwas, das uns beide untrennbar verbunden hat, aber mein Vater zeigte mir, dass das für ihn nicht so war. In meiner Erinnerung würde dieser Tag im Skatepark für mich immer der Katastrophen-Tag sein, und aus Dad wurde »mein Vater«, jemand, der nicht wirklich was mit mir zu tun hatte. Denn so war es ja auch.

Als mein Ausgehverbot vorbei war und Mom sagte, dass ich wieder skaten durfte, warf ich meinem Skateboard, das höhnisch an der Wand lehnte, nur einen bösen Blick zu. Ich konnte den Anblick nicht ertragen. Ich versteckte es tief hinten in meinem Schrank.

Seitdem habe ich es nie wieder angefasst.

Ein paar Monate, nachdem mein Gips abkam, sagte Mom, dass mein Vater mich jetzt immer ein Mal im Monat anrufen würde.

»Alles gut, Mom«, sagte ich ihr. »Das muss er nicht.« Ich wusste, dass sie wütend auf ihn war, wegen des Katastrophen-Tags im Skatepark. Es war nett von ihr, dass sie versuchte, ihn dazu zu kriegen, es wiedergutzumachen. Aber das würde nicht funktionieren.

»Schatz«, sagte sie. »Du hast keine Wahl. Ich glaube, es ist gut, wenn ihr beide wieder regelmäßig Kontakt habt.«

Ich starrte sie ungläubig an. Warum hatte sie jetzt plötzlich so eine andere Einstellung zu meinem Vater? »Und was ist mit seinem Trinken und so?«

»Na ja, er ist jetzt seit zwei Monaten trocken«, sagte Mom. »Sehen wir mal, wie es weitergeht. Wenn du nur mit ihm telefonierst, kann er dich ja nicht in Gefahr bringen! Aber falls er anfängt zu lallen oder irgendwie komisch klingt, gibst du das Telefon einfach sofort an mich weiter, okay?«

»Na gut.« Ich zuckte mit den Schultern. Ich machte mir nicht die Mühe, ihr zu sagen, dass meine Gefühle zu ihm sich nicht ändern würden, nur weil sie ihn dazu zwang, mich einmal im Monat anzurufen. Das bewies nur wieder mal, dass ich ihm nicht wichtig genug war, um selbst die Initiative zu ergreifen.

Beim ersten Anruf wartete ich die ganze Zeit darauf, dass er mir erklärte, warum er nie beim Skatepark aufgetaucht war. Aber er erwähnte es noch nicht einmal. Stattdessen sagte er mir, wie sehr ich ihm fehlte.

Ich war nicht mehr so blöd, das zu glauben, nicht ohne Beweise. »Wann kommst du mich denn besuchen?«, forderte ich ihn heraus.

Er war so lange still, dass ich schon dachte, die Verbindung wäre abgebrochen. Dann murmelte er: »Äh, das ist irgendwie gerade ein bisschen kompliziert.« Er hielt inne, aber ich hatte keine Lust, es ihm einfach zu machen, indem ich die Stille durchbrach. Schließlich sagte er endlich, was Sache war: »Ich glaube nicht, dass das im Moment klappen wird, Daf.«

Ich hätte fragen können, warum. Ich hätte ihm sagen können, wie schlimm es für mich war, dass er nicht im Skatepark aufgetaucht war. Ich hätte ihm auch sagen können, dass ein Teil von mir noch immer darauf hoffte, er würde mir eines Tages den Ollie beibringen – auch wenn ich nicht mehr aufs Skateboard stieg. Aber irgendwie fühlte es sich gefährlich an, ihm all das zu offenbaren. Also sagte ich nichts, und er stellte nur bohrende Fragen wie: »Was hast du denn so gemacht?« und »Wie war's in der Schule?«.

Als ich Sam erzählte, wie sehr ich diese Gespräche hasste, trennten sich ihre Eltern auch gerade. Damals fingen wir mit dem Kalten Fisch an. Wir sprachen absichtlich mit monotoner, ausdrucksloser Stimme, um zu zeigen, wie unwichtig uns die Probleme unserer Eltern waren. »Nix Besonderes« übte ich absolut ausdruckslos ein, und Sam ergänzte mit roboterhafter Stimme: »Alles-okay-in-der-Schule.« Dann brachen wir in Gelächter aus.

Aber wenn ich mit meinem Vater telefonierte, lachte ich nicht. Der Spaß, den wir früher immer gehabt hatten, war vorbei. Jetzt rief er mich nur an, weil er das musste, und ich wartete nur darauf, dass es vorbeiging.

KAPITEL 6

Das Erste, was ich tat, als ich nach Hause kam, war, das Board wieder an die Wand zu lehnen und den Helm daneben auf den Boden zu legen, und zwar genau so, wie ich beides vorgefunden hatte. Dann ging ich in die Küche.

Mein Vater saß an dem kleinen Tisch und trank Kaffee, aber als ich reinkam, stand er sofort auf. »Hey! Da bist du ja. Ich habe mir ein bisschen Sorgen gemacht, weil du weg warst. Schick mir vielleicht nächstes Mal eine Nachricht, ja?«

»Hmm«, sagte ich. Mom hätte mir ganz schön eingeheizt, aber mein Vater wusste ganz offensichtlich nichts von Kindererziehung, und ich würde ihm bestimmt keine Tipps geben. »Gibt's was zum Frühstück?«

»Da drin.« Er zeigte auf den Küchenschrank unten neben der Spüle, und ich hockte mich hin, um reinzugucken. »Warst du gerade skaten?«, fragte er.

»Nein.« Ich nahm mir die Packung Cheerios und stand wieder auf.

»Du weißt, dass hier um die Ecke ein Skatepark ist, oder?«

»Ja«, sagte ich. Ich musste ein paar der Küchenschränke aufmachen, bevor ich die Schüsseln fand. Ich nahm mir ein Schälchen und schüttete die Cheerios rein.

»Wir können zusammen hingehen, wenn du willst.«

Ich holte die Milch aus dem Kühlschrank und warf ihm einen bösen Blick zu. Aber das kapierte er nicht, sondern sah mich ganz erwartungsvoll an. Dachte er etwa, ich würde gleich vor Begeisterung durch die ganze Küche hüpfen?

Ich schüttete Milch in meine Schüssel und setzte mich an den Tisch. »Nee, lass mal.«

Mein Vater lehnte sich in seinem Stuhl zurück. Ich hatte ihn noch nie mit Krawatte gesehen. Er trug ein dunkelblaues Sakko über einem hellblauen Hemd und dunkle Hosen, ganz anders als das alte T-Shirt und die verwaschenen Jeans, die er gestern angehabt hatte. Seine Haare waren noch feucht vom Duschen.

»Ich habe gleich ein Vorstellungsgespräch«, sagte er, als er merkte, dass ich sein Outfit studierte.

»Es sollte eigentlich am Ende der Woche sein, aber sie haben angerufen und gefragt, ob ich heute kommen kann. Da wollte ich nicht Nein sagen, also muss ich dich eine Weile allein lassen. Du kannst hierbleiben, und Gus hat gesagt, du kannst auch gerne zu ihnen kommen. Arlo wird auch zurück sein. Ihr habt euch gestern gut verstanden, stimmt's?«

»Glaub schon.« Ich zuckte mit den Schultern. »Ich hab kein Problem damit, allein zu bleiben.«

»Jedenfalls, allzu lange sollte es nicht dauern.« Er stellte seinen Kaffeebecher in die Spüle. »Heute Abend essen wir bei deinen Großeltern zu Abend, also sei um 17 Uhr wieder hier, und falls du nach nebenan gehst, sag mir Bescheid.«

»Okay.«

Er räusperte sich. »Jetzt muss ich los. Hast du meine Schlüssel gesehen?«

»Äh, in deiner Hand?«

»Ach ja!« Er lachte. »Ich bin wohl doch etwas nervös. Na, dann bis später.« Er wuselte herum, nahm seinen Rucksack von der Stuhllehne und warf ihn sich über die Schulter.

Da musste ich an Mom denken, wenn sie zu einem Vorsprechen musste, und an all die Male, die ich ihr geholfen hatte, ihre Schlüssel und ihre Handtasche zu finden. Und es war meine Aufgabe, sie ans Atmen zu erinnern und ihr zu sagen, dass sie toll sein würde. Wenn das jetzt Mom gewesen wäre: Ich hätte meine Arme um sie geworfen, sie fest gedrückt, den Duft ihres Parfüms eingeatmet und ihr gesagt, dass sie es allen schon zeigen würde.

Mein Vater klopfte seine Taschen ab, auf der Suche nach etwas.

Ich guckte ihm einfach dabei zu.

»Ach, hier ist es ja!« Er nahm sein Handy von der Küchentheke und steckte es in ein Fach in seinem Rucksack. Als er aus der Küche ging, warf er mir noch einen Blick über die Schulter zu. »Bis heute Abend.«

Ich hob schweigend die Hand.

Nachdem ich zu Ende gefrühstückt hatte, wanderte ich durch das Haus. Von nebenan konnte ich gedämpftes Hämmern hören und das Gezwitscher der Vögel draußen im Garten, aber hier drinnen summte nur der Kühlschrank. Es war zu still. Ich ging in mein Zimmer und nahm mein Handy, um auf die Weltuhr zu gucken. Hier war es 11:00 Uhr morgens, in Prag also 8:00 abends. Perfekt. Ich rief Moms Telefonnummer auf und drückte auf Video.

Als ihr Gesicht auf meinem Bildschirm auftauchte, wurde mir erst klar, wie sehr sie mir fehlte. »Hi, Mom!« Meine Stimme brach, und ich versuchte zu lachen, aber sie merkte, dass ich eigentlich versuchte, nicht zu weinen.

»Hey, Babygirl! Guck mal!« Sie hielt ihr Handy von sich weg und drehte sich um die eigene Achse. Sanfte grüne Hügel und belaubte Bäume waren auf meinem Handy zu sehen. »Wir sind außerhalb von Prag auf dem Land. Ist das nicht wunderschön?«

Ich wusste, dass sie mich ablenken wollte, aber es funktionierte trotzdem. Ich schluckte meine Tränen runter. »Wirklich schön. Was hast du so gemacht?«

Ich lehnte mich in die Kissen zurück, während Mom mir erzählte, wie sie die anderen Schauspieler kennengelernt und sich auf ihre erste Szene morgen vorbereitet hatte. Ich tat so, als wäre sie gerade nach einem langen Arbeitstag nach Hause gekommen und nicht Tausende von Meilen weit weg.

»Aber was ist mit dir, Babygirl?«, sagte sie nach einer Weile. »Wie läuft es bei dir?«

Ich zuckte mit den Schultern. Ich hatte keine Lust, von mir zu erzählen. »Es ist ganz schön langweilig hier.«

»Na, du weißt, was ich da immer sage!«

Ja, wusste ich. Ich kannte Moms Standardantwort nur zu gut. Und dann sagten wir beide gleichzeitig: »Ein gelangweilter Mensch ist ein langweiliger Mensch.« Wir mussten beide lachen. »Es stimmt!«, beharrte sie. »Raus mit dir und mach was! Was ist denn mit deinem Vater? Alles gut bei ihm?«

»Ich glaub schon«, murmelte ich.

»Aber er passt gut auf dich auf, ja?« Ihre Stimme hatte wieder diesen scharfen Ton, wie immer, wenn sie von ihm sprach.

»Ja, schon. Er ist gerade bei einem Vorstellungsgespräch.« Über meinen Vater wollte ich auch nicht reden. »Mom, wann kann ich dich besuchen kommen?«

Aber jemand sprach sie aus dem Hintergrund an, und sie wandte sich von mir ab.

»Mom!«, drängelte ich. »Was ist mit meinem Besuch?«

Sie schaute wieder zu mir, aber ich konnte sehen, dass sie abgelenkt war. »Wir werden sehen. Ich muss erst einmal rauskriegen, wie das hier alles läuft, so lange musst du noch abwarten.« Eine Hand erschien auf ihrer Schulter, und eine Stimme sagte: »In fünf Minuten geht es los! Bist du fertig?« Mom lächelte und nickte der Person zu und wandte sich dann wieder an mich. »Tut mir leid, Schatz, aber ich muss wirklich los! Hab dich lieb!«

Ich sagte ihr, dass ich sie auch lieb hatte, und dann legten wir auf.

Ein paar Minuten später bekam ich eine SMS:

Tut mir leid, dass ich so schnell auflegen musste.
Rachel hat mich mit ein paar anderen zum Abendessen eingeladen. Danach werden wir nicht mehr viel Zeit für so etwas haben, dann heißt es nur noch Arbeit, Arbeit, Arbeit!

Rachel hatte nicht nur die Hauptrolle, sondern war auch eine der Produzentinnen des Films. Dass sie Mom unter ihre Fittiche nahm, war eine große Sache. Wenn sie Mom zu etwas einlud, dann sagte Mom natürlich zu.

> Sag Rachel, dass du deine Tochter vermisst und sie unbedingt sehen musst.

> Haha. Hab dich lieb, Babygirl. So sehr.

> Viel Spaß, hab dich lieb!

Wir tippten unsere üblichen Herz-Emojis, und das war's. Ich war wieder allein.

Ich schlenderte ins Wohnzimmer und ließ mich auf die durchgesessene Couch fallen, noch unruhiger, als ich sowieso schon war. Da sah ich auf dem Regal ein paar gerahmte Fotos stehen und stand auf, um sie mir anzugucken. Da mein Vater nicht da war, konnte ich ruhig ein bisschen rumschnüffeln. Die zwei Schwarz-Weiß-Fotos von uralten Leuten ließ ich links liegen, aber bei einem vertrauten Bild hielt ich inne: Ich als Neugeborenes, in eine Decke gehüllt, aus der nur mein schwarzer Haarschopf hervorguckte. Egal, wo wir gerade wohnten, Mom hängte immer eine größere Version dieses Fotos von mir auf. Ich hätte nie gedacht, dass Dad dasselbe Foto hatte.

Ich nahm einen Stapel nicht gerahmter Bilder in die Hand. Das erste war von einem Skater, der über Treppenstufen segelte, die Arme ausgestreckt, das Board in der Luft, als würde er fliegen. Er flog tatsächlich. Es war der Wahnsinn. Ich konnte erkennen, dass es mein Vater war:

Er hatte den gleichen ungepflegten Bart und die schwarze Beanie über den schulterlangen braunen Haaren, die ich aus meiner Kindheit kannte. Das nächste Foto zeigte drei Skater, die auf einer niedrigen Betonmauer saßen. Den ersten Typ kannte ich nicht, aber ich erkannte einen jüngeren Gus. Neben ihm grinste mein Vater, hielt mit einer Hand sein Skateboard auf dem Schoß, und mit der anderen umklammerte er einen Flaschenhals. Eine Whiskeyflasche. Ich atmete langsam aus. War er auf dem Bild betrunken?

Einmal, als ich sieben Jahre alt war, kam er mich besuchen, und Mom schob ihn gleich wieder zur Tür hinaus und sagte: »Auf keinen Fall. Nicht in dem Zustand.« Da hatte sie mir das erste Mal von seinen Alkoholproblemen erzählt. Sie hielt mir eine lange Rede, erklärte, dass ich sie sofort anrufen musste, wenn ich je sehen sollte, dass er etwas trinkt oder sich irgendwie komisch benimmt. Damals hat mir das Angst gemacht, aber ich vergaß es dann auch wieder ziemlich schnell. Wenn mein Vater damals Zeit mit mir verbrachte, rückte alles andere in den Hintergrund außer der Tatsache, dass wir zusammen waren.

Ich blätterte schnell durch die restlichen Fotos – mein Vater war auf keinem mehr zu sehen –, aber beim letzten Bild hielt ich inne. Es war von mir und meinem Dad. Das musste mein neunter Geburtstag gewesen sein, denn ich hielt mein neues Skateboard in den Armen. Ich lehnte mich an die Beine meines Vaters und sah zu ihm auf. Er hatte mir den Arm um die Schultern gelegt und blickte zu mir runter. Und in unseren lachenden Gesichtern war das gleiche Grübchen zu sehen.

Das Foto ließ all die Erinnerungen an diesen Tag wieder in mir aufsteigen. Wie mir mein Vater einen großen schwarzen Müllbeutel mit einer riesigen roten Schleife obendrauf in die Hand drückte. Ich hatte mich sofort in das Board verliebt. »Ein Nora Vasconcellos Welcome Deck«, sagte er mir, während ich den dreiäugigen Teddybären auf der Unterseite des Bretts streichelte. »Spitfire-Rollen, und die Achsen sind von Ace.«

Ich strich mir jetzt über die Wangen, dachte daran, wie mir damals richtig das Gesicht wehgetan hatte, weil ich den ganzen Tag nicht aufhören konnte zu lächeln. Dad schenkte mir auch noch einen Helm und Knieschoner, obwohl er selbst nie welche trug. »Deine Mutter würde mich umbringen, wenn du dich verletzen würdest«, sagte er. Und dann sind wir zusammen geskatet.

Ich bin ganz wackelig gefahren und dauernd hingefallen, aber er gab mir das Gefühl, ein Naturtalent zu sein. Aber Ende dieses Tages konnte ich mich schon abstoßen und ein kleines Stückchen selbst fahren. »Das nächste Mal bringe ich dir den Ollie bei«, hatte er gesagt.

Aber es gab nie ein nächstes Mal.

Ein Geräusch draußen holte mich in die Gegenwart zurück.

Durch das vordere Fenster konnte ich sehen, wie Arlo bis zu Gus' Haustür skatete. Ich blickte auf das Bild von mir und meinem Vater – und schüttelte den Kopf, weil ich ihn darauf so ehrfurchtsvoll anhimmelte. Wenn die Katastrophe im Skatepark eine schwarze Wolke in meiner Erinnerung war, so war dieser Tag nichts als reiner Sonnenschein.

An beide diese Tage zu denken, war fürchterlich.

Ich klatschte den Stapel Fotos zurück ins Regal, mit der Vorderseite nach unten. Mom hatte recht. Ich musste einfach was machen.

KAPITEL 7

Ich nahm mir das Skateboard und den Helm und machte in Gedanken Mom nach: »Ein gelangweilter Mensch ist ein langweiliger Mensch.« Ich setzte den Helm auf und marschierte über Dads vertrockneten Rasen rüber zu Gus und klopfte an die Tür. Ich hielt das Board gegen mein Bein und trommelte mit den Fingern auf dem Deck rum. Hoffentlich erinnerte mich Arlo nicht daran, dass ich gestern behauptet hatte, Skaten sei nicht mein Ding.

Arlo öffnete die Tür. Er trug graue Jogginghosen und wieder ein langes schwarzes T-Shirt, mit Bart Simpson auf einem Skateboard. Er starrte mich an, dann fiel sein Blick auf das Board in meiner Hand. »Ach, du willst skaten? Warte kurz, ich sage Gus Bescheid und hol mein Board.«

Er verschwand einen Moment lang und kam mit einem Helm auf dem Kopf wieder. »Bereit?« Als ich nickte, sprang er auf sein Board. Ich fuhr hinter ihm her und lächelte. So einfach war es, etwas zu machen. Und dabei hatte ich nicht ein einziges Wort gesagt.

Ich folgte ihm, froh darüber, dass er sich hier auskannte. Dann musste ich mir keine Gedanken über den Weg machen. Ich musste nur das *Kschschsch* der Rollen in mich aufnehmen und grinsen, als ein kleines Mädchen mir mit großen Augen hinterherguckte.

Als Arlo langsamer wurde und schließlich anhielt, brauchte ich einen Augenblick, um zu kapieren, wo wir waren: am Eingang zum Skatepark. Heute war hier richtig was los. Der Spielplatz war voller kleiner Kinder, auf dem Basketballplatz lief ein Spiel, und etwa zwölf Leute skateten, alles Jungs.

»Ich kann hier nicht skaten«, sagte ich zu Arlo.

Arlo blinzelte mich verwirrt an. »Ich dachte, du wolltest skaten?«

Ich legte meine rechte Hand schützend um meinen linken Ellbogen. »Aber nicht hier.« Ich bekam kaum noch Luft und konnte meinen Blick nicht von den Jungs abwenden, die über die sanften Rampen in der Mitte des Parks fuhren. Zwei von ihnen stießen fast zusammen, und beide lachten, als sie von ihren Boards stolperten. Ich trat einen Schritt zurück und knallte mit dem Fuß auf das Tail, sodass das Skateboard mir in die Hand sprang. »Ich muss los.«

»Wart mal, wart mal!«, sagte Arlo und hob beide Hände. »Wir müssen ja nicht hierbleiben. Ich kenne noch einen anderen Platz. Hier entlang.« Er stieß sich ab und fuhr am Skatepark vorbei, ohne sich umzudrehen und zu gucken, ob ich ihm überhaupt folgte. Ich stellte mein Board wieder auf den Boden und puschte hinter ihm her. Eine kühle Brise streichelte meine heißen Wangen, und allmählich bekam ich wieder Luft. Ich wusste, dass ich komisch reagiert hatte. Wie gut, dass Arlo keine Erklärung verlangt hatte. Ich guckte auf den Boden, richtete den Blick nur so weit nach oben, dass ich Arlos Beine sehen konnte. Als er einen Kickturn um die Ecke machte, tat ich es ihm nach. Ein Kickturn ist nicht wirklich ein Trick, sondern etwas, das man einfach können muss, wenn man mit dem Board unterwegs ist. Ich war damals so stolz gewesen, als ich es mir von anderen Skatern abgeguckt und selbst beigebracht hatte. Und ich hatte es so unbedingt meinem Vater erzählen wollen.

Arlo hielt an. Wir waren vor einer Schule. Wie immer im Sommer sah sie ganz traurig und verlassen aus. Auf einem Schild vorne stand: LETZTER SCHULTAG 6. JUNI! Es war keine Menschenseele zu sehen. Arlo gab mir mit einer Geste zu verstehen, dass ich ihm folgen sollte, und ging einen Pfad hinter dem Schulgebäude entlang und bis zu einem Maschendrahtzaun.

»Ist das deine Schule?«, fragte ich.

»War es«, sagte er. »Vor der Mittelschule.« Wir liefen am Zaun entlang, bis wir zu einer etwa hüfthohen Lücke kamen. »Das haben ein paar Kinder reingeschnitten, damit sie ihre Fahrräder mit reinnehmen können«, sagte Arlo, zog den Kopf ein und schob sich durch das Loch. »Ich weiß nicht, warum das noch keiner repariert hat, jedenfalls kann man hier ganz gut skaten.«

Ich schob mich hinter ihm durch die Lücke, und wir überquerten den Schulhof und gingen an einer Grünfläche vorbei bis zum großen Parkplatz. »Bereit?« Arlo legte sein Skateboard auf die Seite und vollführte so eine Art Drehung, sodass er irgendwie darauf landete.

»Warte mal. Was war *das* denn?«, fragte ich.

Er grinste. »Das? Ein Wrap Around. Habe ich mir irgendwo abgeguckt. Ziemlich cool, nicht?«

»Kannst du das noch mal machen?« Die Wörter platzten aus mir heraus, bevor ich sie zurückhalten konnte. Arlo machte es einem leicht, Fragen zu stellen.

»Klar«, sagte er. »Ich mach es für dich in Zeitlupe.« Ganz langsam beugte er sich runter und legte sein Skateboard auf die Seite.

»Cool.« Ich musste lachen. »Ich glaube, den Teil habe ich kapiert.«

Er grinste wieder. »Ich kann nicht anders. Ich denke halt immer filmisch.« Dann wurde er wieder ernst und zeigte mir die Bewegung Schritt für Schritt. »Du stellst deine Ferse vor die Hinterachse, so. Dann drehst du deinen Fuß so, dass sich das Board um deinen hinteren Fuß legt, springst mit dem vorderen Fuß drauf, während es aufkommt.« Er sprang und landete auf seinem Board, während ich seine Füße genau beobachtete. So cool. Wie schaffte er es, dass es so leicht aussah?

»Du bist dran.«

»Was?«

»Willst du es nicht versuchen?«

Natürlich wollte ich das! Aber ich trat einen Schritt zurück und klammerte mich an mein Board. »Oh. Nein. Ich mache keine Tricks.« Bevor er irgendetwas fragen konnte, stellte ich mein Board hin und fuhr davon. Nach einem kurzen Augenblick konnte ich hören, dass er mir folgte.

Wir skateten auf dem Parkplatz hin und her und rasten die kleine Anhöhe runter, so schnell wir konnten. Als wir beide anhielten, um Luft zu holen, zeigte Arlo auf die Schule. »Dahinten sind ein paar Bodenschwellen.«

»Na los«, sagte ich. Wenn ich mein Gleichgewicht beim Fahren über die Risse im Bürgersteig halten konnte, dann würde ich auch die Bodenschwellen schaffen. Die erste fuhr ich langsam an, lehnte mich auf dem Tail meines Boards zurück, kippte die Nose nach vorne, indem ich nur auf den hinteren Rollen fuhr, ein Mini Manual, genau so, wie wenn man beim Fahrradfahren nur auf dem Hinterrad fährt. Ich fuhr einmal drüber und versuchte es dann wieder, ein bisschen schneller und dann noch schneller. Bald schossen Arlo und ich Seite an Seite und jubelten, wenn unsere Boards mit einem dumpfen Geräusch über die Hubbel knallten. Wir drehten uns um, um es noch mal zu machen, aber dieses Mal rutschte mir das Board unter den Füßen weg. Ich landete volle Kanne auf meinem Hintern. »Au!« Schmerz zuckte mir durch das Steißbein.

Als Arlo merkte, dass ich hingefallen war, skatete er zu mir rüber. Langsam schob ich mich wieder auf die Beine. »Hast du dir den Ellbogen verletzt?«, fragte er, als er sah, wie ich mit der Hand darüberfuhr.

»Nein.« Ich ließ den Arm fallen. »Alles gut.« War es aber nicht. Meine Stimmung war genauso tief gefallen wie zuvor mein Hintern. Ich bückte mich nach meinem Board und war vor Schmerzen ganz steif. »Ich glaube, mir reicht's.«

»Hmmm. Vielleicht holen wir uns noch einen Boba, bevor wir nach Hause gehen«, sagte Arlo. »Nach einem Boba geht es einem immer besser.«

Ich warf ihm einen abschätzenden Blick zu. Hatte er gemerkt, wie mies meine Stimmung war? Aber er stand einfach da, ein Lächeln im Gesicht, und sah mich hoffnungsvoll an. Ich zuckte mit den Schultern. Boba klang wirklich gut. »Ja, klar.«

Zehn Minuten später schoben wir uns auf die harten Plastiksitze im Bubble-Tea-Laden und stießen unsere Strohhalme in unsere Getränke – ich trank einen Thai Milk Tea, und Arlo hatte Litschi gewählt. Er nahm seinen Helm ab und drückte sich den kalten Tee gegen die Stirn. Ich saugte an meinem Strohhalm und genoss die kühle, milchige Süße, die mir die Kehle runterrann.

»Also, warum wolltest du nicht zum Skatepark?«

Das war sie, die Frage, vor der ich schon die ganze Zeit Angst hatte. Ich zuckte mit den Schultern, den Blick auf mein blassoranges Getränk gerichtet. »Ich kann keine Tricks.«

»Na und? Du kannst doch einfach so fahren. Außerdem, auch wenn du jetzt noch keine Tricks kannst, heißt das nicht, dass du nie welche können wirst.«

»Ich will einfach nicht, okay?«, schnauzte ich. »Und darüber reden will ich auch nicht.« Ich stocherte mit meinem Strohhalm in den Kügelchen in meinem Becher rum, wütend, dass Arlo gefragt hatte, wütend, dass diese alten Gefühle wieder in mir hochstiegen: die Demütigung der Skatepark-Katastrophe, die Wut auf meinen Vater und dann die Tatsache, die sich durch all diese Gefühle zog, nämlich dass ich trotz allem nur zu gerne in den Skatepark gegangen wäre.

»Okay! Tut mir leid!« Er hielt die Hände hoch. »Ich werde den Skatepark nie wieder erwähnen.« Seine Mundwinkel zuckten so, dass ich wusste, er war nicht beleidigt.

»Danke«, sagte ich. Ich mochte die Art, wie Arlo nie aus irgendetwas eine große Sache machte.

Wir warfen unsere Becher in den Mülleimer und fuhren nach Hause.

Als ich vor unserer Haustür stand, kickte ich mir das Board in die Hand. Es hatte echt Spaß gemacht, mit Arlo zu skaten. Ich überlegte gerade, mein Board vielleicht diesmal mit in mein Zimmer zu nehmen, als die Tür aufging.

»Wo warst du?« Mein Vater stand in der Tür, die Kiefer angespannt.

»Mit Arlo unterwegs, skaten.«

Er blickte stirnrunzelnd auf mein Skateboard runter, als würde er nicht begreifen, was er da sah. Dann schüttelte er den Kopf. »Ich habe dich gebeten, mir Bescheid zu geben, wenn du irgendwo hingehst.«

Das war nicht fair. »Aber ich war doch mit Arlo zusammen. Du hast mir sogar gesagt, dass ich mit ihm was unternehmen soll!«

»Ich habe dir auch gesagt, dass ich wissen will, wo du bist! Ich habe mir echt Sorgen gemacht! Warum bist du nicht an dein Handy gegangen? Ich habe dich tausendmal angerufen. Und Arlo ist auch nicht drangegangen.«

Woher hätte ich wissen sollen, dass er anruft? »Tut mir leid. Mein Akku ist leer, und Arlo hat seins stumm gestellt.«

»Das ist keine Entschuldigung!«, brüllte er.

Ich zuckte zusammen und wich vor ihm zurück, das Board knallte gegen mein Bein.

Er sah mich mit großen Augen erschrocken an. »Tut

mir leid!« Er machte die Tür weiter auf. »Komm rein«, sagte er in ruhigerem Ton. »Tut mir leid, dass ich gebrüllt habe.«

Ich biss mir auf die Unterlippe und ging nach drinnen.

Mein Vater fuhr sich mit der Hand durchs Haar. »Es ist einfach ... Ich bin für dich verantwortlich. Wenn dir was passiert wäre, was hätte ich dann tun sollen? Wie hätte ich dich finden können? Ich war schon kurz davor, alle Krankenhäuser anzurufen!«

»Tut mir leid«, murmelte ich. »Jedenfalls bin ich rechtzeitig zurückgekommen.«

Er streckte seinen Arm aus, als wollte er ... ich weiß nicht, mich umarmen? Meine Hand nehmen? Was immer er vorgehabt hatte, er ließ die Hand wieder fallen. »Ich hätte wohl eine klarere Ansage machen müssen. Ich bin nur so froh, dass du da bist und ...«

»Okay, okay«, unterbrach ich ihn. Ich wollte nicht schon wieder hören, wie toll es war, dass ich zu Besuch war. Was mich anging, kam seine Begeisterung einfach zu spät. »Habe ich noch Zeit, unter die Dusche zu springen?«

»Nein. Ich meine, ja, du hast noch Zeit, aber warte mal einen Moment.« Er ließ einen tiefen Seufzer hören. »Hör zu, Daf. Ich weiß, dass das eine neue Situation für uns ist. Ich weiß, dass ich noch ein bisschen Übung brauche.« Er zeigte mir sein Grübchen, aber ich reagierte darauf nur mit einem eisigen Blick. Das Grübchen verschwand wieder. »Okay. Das sind die Grundregeln. Wenn du irgend-wo hingehst, wenn du dich verspätest, wenn du abgeholt werden musst, schickst du mir eine Nachricht oder rufst mich an. Ich muss immer wissen, wo du bist. Kapiert?«

Im Ernst jetzt? *Er* machte mir Stress, weil ich ihm nicht gesagt hatte, wo *ich* war? Aber ich murmelte nur: »Kapiert.« Mom hatte mir eingebläut, wie wichtig es war, dass sie immer wusste, wo ich war und was ich machte. Typisch Eltern eben.

Ich wusste aber nicht, dass mein Vater das auch wusste.

KAPITEL 8

Mom sagte immer, dass ich so gut mit Erwachsenen zurechtkomme, weil ich ein Einzelkind bin. Eine Zeit lang war sie die Einzige unter ihren Freundinnen, die ein Kind hatte, also hat sie mich überall mit hingenommen. Ihre Freundinnen waren auch meine Freundinnen.

Aber mit *alten* Leuten kannte ich mich gar nicht aus. Moms Vater ist gestorben, bevor ich geboren wurde, und ihre Mutter habe ich nie kennengelernt. Sie standen sich nicht nah. Immer wenn Mom mit ihr am Telefon sprach, musste sie danach eine extra Runde beim Joggen einlegen. »Um diese Stimme aus meinem Kopf zu bekommen«, sagte sie dann immer.

Im Auto, auf dem Weg zu meinen Großeltern nach Berkeley, machte ich mir also Sorgen: Was ist, wenn sie mich nicht mochten? Was ist, wenn sie dachten, mehr, als mir fünfzig Dollar zum Geburtstag zu schenken, müssten sie nicht tun? Ich dachte an die Weihnachtskarte, die sie mir jedes Jahr schickten, immer mit einem Foto von ihnen in rot-grünen Pullovern und ihrem Hund mit einer Weihnachtsmannmütze auf dem Kopf, aber an ihre Gesichter konnte ich mich nicht richtig erinnern. Würde ich sie überhaupt wiedererkennen?

Ich zog mein Handy raus. Dad sagte nichts dazu. Dass Mom mir nie erlauben würde, mich im Auto mit meinem Handy zu beschäftigen, würde ich Dad bestimmt nicht auf die Nase binden.

Abendessen bei meinen Großeltern heute Abend, schrieb ich Mom.

Glaub nix, was sie über mich erzählen. ☺

???

Sagen wir mal so: Sie wissen, dass ich es nicht mag, wenn sie sich einmischen, also liegen sie mir nicht gerade zu Füßen. Aber sie lieben DICH, Schatz.
Mach dir keine Sorgen! 😉

Okay. Sind fast da. Bis später.

Ich machte mein Handy aus, ohne ihr die Gelegenheit zu geben, zu antworten. Irgendwie machte sie mich noch nervöser.

Ein paar Minuten später summte mein Vater leise vor sich hin, während er das Auto einparkte. Er besuchte seine Eltern anscheinend gerne. Mir ging noch durch den Kopf, was Mom gerade geschrieben hatte. Warum mochten sie sie nicht? Und woher wusste sie, dass sie mich mochten?

Mein Vater stellte den Motor aus, blieb aber einfach sitzen und trommelte mit den Daumen auf dem Lenkrad rum. Ich griff nach der Tür.

»Daf, warte.«

Ich sank auf meinen Sitz zurück.

»Meine Mutter ist total aufgeregt, weil du sie besuchst. Mein Vater natürlich auch, aber sie ganz besonders. Sie hat mich jeden Tag angerufen, um zu erfahren, was du gerne isst, ob du Vegetarierin bist, ob du Schokolade magst.« Er hörte schlagartig auf zu trommeln. »Hör mal.« Er drehte sich zu mir hin. »Du hast ja mehr als deutlich gemacht, dass du nicht darüber erfreut bist, hier zu sein. Aber ich muss dich um etwas bitten. Ich würde mich freuen, wenn du es schaffst, über dich hinauszuwachsen, und nett zu ihr sein könntest. Zu beiden. Bitte.«

Ich zupfte an einer aufgerissenen Stelle am Autositz rum. Ich hatte nicht gedacht, dass mein Vater nicht merkte, wie ich mich fühlte, aber es ihn laut aussprechen zu hören, war total peinlich. Und er wusste noch nicht einmal, dass ich vorhatte, sofort zu verschwinden, sobald Mom das mit den Filmleuten geklärt hatte. »Okay«, sagte ich.

Wir stiegen aus dem Auto und gingen auf das Haus zu: ein zweistöckiges großes Stadthaus mit einem Garten voller Blumen und einem ziegelroten Weg, der zur Haustür führte. Die gesamte Straße war von Bäumen gesäumt, so hoch, dass ein Baumkronendach entstand, und die Nachbarhäuser waren alle auch groß und schön. Waren meine Großeltern etwa reich?

»Mom, Dad, wir sind da!« Mein Vater ging einfach rein, ohne zu klingeln. Irgendwie klar, war ja auch das Haus seiner Eltern. Ich folgte ihm langsam und sah mich um. Das Haus war edel eingerichtet, alles mit Holz. Holzfußboden, Holzmöbel, ein großer Holztisch mit einer riesigen Vase voller lilafarbener Blumen. Ich sah an meinem roten Secondhand-T-Shirt, meinen verwaschenen Jeans und auf meine Vans runter. Aber mein Vater trug auch Jeans und T-Shirt. Er hätte es mir doch gesagt, wenn ich was anderes hätte anziehen sollen, oder? Er verschwand in der Küche.

»Wo ist sie?«, hörte ich eine Frauenstimme sagen.

Ich bekam einen Eindruck von geraden, kinnlangen grauen Haaren und einer großen, knochigen Gestalt, genau wie mein Vater, und dann lag ich schon in ihren Armen. »Daphne! Ich bin Oma Kate.«

Eine großmütterliche Umarmung hatte ich mir immer ganz anders vorgestellt – weich und warm, mit dem blumigen Duft von Parfüm. Doch Oma Kate roch nach Seife, und ihre knochige Schulter drückte gegen meinen Hals. Aber das machte mir nichts aus. Ich legte meine Arme um sie.

Dann ließ sie so weit los, dass sie mich an den Schultern fassen und von Kopf bis Fuß angucken konnte. Sie trug auch Jeans, deswegen störten sie meine Klamotten vielleicht nicht. Es war mehr so, als wäre sie hungrig und würde versuchen, mich mit ihrem Blick aufzufressen. Das machte mich ein bisschen nervös. Dann wurden ihre Augen feucht, und sie lachte und sagte: »Nun sieh mich an, ich werde schon ganz rührselig. Aber es ist so, *so* schön, dich zu sehen. Na, und wo bleibt denn dein Großvater?« Sie wandte sich ab und schniefte und rief dann über die Schulter: »Joseph, hol deinen Dad. Er ist draußen im Garten.«

»Ja, gleich.« Mein Vater verschwand die Treppe rauf.

Oma Kate gab einen kleinen *Tss*-Laut von sich und zog mich an der Hand in die Küche. Ich war froh, dass sie die Regie übernahm. Irgendwie konnte ich gar nichts sagen. »Möchtest du was trinken? Wir haben das Sprudelwasser gekauft, das dein Dad so mag, oder vielleicht Bio-Apfelsaft und schönes kaltes Wasser aus dem Hahn?« Sie sah mich immer noch so begierig an, und das machte es noch schwerer, irgendetwas zu sagen. »Wie wäre es mit Saft? Der schmeckt dir bestimmt«, sagte sie, nachdem ich ihr keine Antwort gab. Als sie sich abwandte, um den Kühlschrank zu öffnen, seufzte ich leise vor Erleichterung. Ich sah mich um. Die Küche war auch ganz schön edel, groß und offen mit einer Kücheninsel in der Mitte, auf der eine große Glasschüssel mit grünem Salat und kleinen roten Tomaten stand. Sonnenlicht fiel durch die Fenster, hell und freundlich. Eine Schiebetür aus Glas führte nach draußen. Ein großer Baum in der Ecke warf seinen Schatten fast über den halben Garten, sodass ich einen Moment brauchte, bis ich den Mann entdeckte, der sich über den Grill beugte. Mein Großvater? Dann sah ich den braunen Hund, der auf der Terrasse lag, und konnte endlich was sagen: »Ist das Lady?« Ich erkannte sie von den Weihnachtskarten.

Oma Kate reichte mir das Glas Saft und nickte. »Das ist Lady. Sie wird im Alter ein bisschen faul, aber sie freut sich bestimmt, dich zu begrüßen. Und du kannst auch gleich Opa Jim Hallo sagen. Warte mal.« Sie griff in einen Tontopf auf der Küchentheke und gab mir einen knochenförmigen Hundekeks. »Wenn du ihr das gibst, wird Lady dich ganz besonders lieben.« Ich starrte den Hundekeks an. Ich wollte schon immer einen Hund haben, aber jedes Mal, wenn ich Mom deswegen anbettelte, sagte sie, es wäre zu schwer, eine Wohnung zu finden, in der Haustiere erlaubt waren. Ich freute mich darauf, Lady zu begrüßen, wusste aber nicht so recht, wie.

Ich schob die Glastür auf und ging einen halben Schritt auf die Hündin zu, die mich anschaute, aber nicht besonders interessiert zu sein schien, bis ich ihr den Keks entgegenstreckte. Mühsam kam sie auf die Beine und

schnüffelte an meiner Hand. Ich streckte sie flach aus und
kniff die Augen zu. Was wäre, wenn sie mich aus Versehen
beißen würde? Ich spürte etwas Feuchtes an den Fingern
und hörte es krachen, aber das war der Keks, nicht meine Knochen. Lady leckte sich die Lefzen und sah mich
wohlwollend an. Ich ließ meine Hand ausgestreckt, und
sie leckte sie ab, bis sie auch den letzten Krümel erwischt
hatte. Da wurde ich mutig genug, sie hinter den Ohren zu
kraulen. Lady stellte sich neben mich, schloss die Augen
und lehnte sich an meine Beine.

»Das bedeutet, sie mag dich.« Mein Großvater hatte
uns beobachtet. »Natürlich mag sie fast jeden, aber es ist
trotzdem schön, wenn sie sich so anlehnt, nicht wahr? Als
würde sie dir vertrauen.«

Ich nickte. Genauso war es. Mein Großvater kam auf
mich zu und streckte die Hand aus. »Es ist schön, dich
wiederzusehen, Daphne. Ich bin Opa Jim.« Ich nahm seine Hand und drückte sie leicht, spürte die Schwielen. Er
schüttelte meine Hand kräftig, aber ich war froh, dass er
mich nicht so anstarrte wie meine Großmutter. Er ging
einfach zurück zu seinem Grill und fing an, das Fleisch
zu wenden. Ich stand so still wie möglich, damit Lady bei
mir blieb, und guckte mir meinen Großvater an. Er sah
viel entspannter aus als auf den Weihnachtskarten. Groß
und gerade stand er da in seiner Jeans und seinem T-Shirt.
Dann wandte er sich zu mir um und sagte: »Bist du so nett

und sagst deiner Großmutter, dass ich jetzt bereit bin für den großen Serviertteller?«

Ich nickte und zog vorsichtig einen meiner Vans unter Lady hervor. Sie gab einen leisen Hundeseufzer von sich, legte sich wieder hin, und ich ging zurück in die Küche. »Ähm, Oma?« Es fühlte sich komisch an, das Wort zu sagen. »Er ist bereit für den großen Teller.« Sie nahm einen riesigen blauen Teller von der Küchentheke und reichte ihn mir. »Hier hast du ihn, mein Schatz." Mein Schatz? Ich lächelte. Das klang so großmütterlich.

Ich trug den Teller zu meinem Großvater, der mich bat, ihn zu halten, während er ihn mit gegrilltem Gemüse belud: Auberginen, Paprika, Frühlingszwiebeln und einem riesigen Pilz. »Trag das rein und bring mir dann den zweiten Teller, ja? Das Fleisch ist fertig, das heißt, wir können essen.« Ich nickte, hatte aber noch immer nichts zu ihm gesagt. Warum war ich bei meinen Großeltern so schüchtern?

Ich trug den Teller rein, und bevor ich fragen konnte, reichte mir meine Großmutter den anderen, der groß und rund und mit Blumen bemalt war. »Wir können das im Schlaf«, sagte sie. »Wir grillen ja nicht zum ersten Mal.«

Ich brachte meinem Großvater den zweiten Teller, und er legte vorsichtig das Fleisch drauf, ein Stück nach dem anderen, dicke Steakscheiben, schwarz an den Rändern, rosa in der Mitte. Lady blieb dicht bei uns, ihren Blick auf den Teller gerichtet, sie schien darauf zu warten, dass ich etwas fallen ließ. Nachdem mein Großvater alle Steaks vom Grill genommen hatte, nahm er mir den Teller ab und rief: »Abendessen!«

Wir gingen zusammen rein, und Oma Kate rief nach oben: »Joseph! Was machst du da oben? Komm runter!«

Mit einer zerkrumpelten braunen Papiertüte kam mein Vater die Treppe runter. »Ich habe nur ein paar Sachen für Daphne zusammengesucht.«

Ich warf einen Blick auf die Tüte. Was da wohl drin war? Aber ich wandte mich ab, bevor er merkte, dass ich mich dafür interessierte.

»Daphne, setz du dich hierhin, neben deinen Groß-vater«, sagte Oma Kate. »Ich setze mich hierhin, und Jo-seph, du geh dahin, gegenüber von Daphne.« Wir setzten uns und reichten uns gegenseitig die Schüsseln und Teller.

»So!«, sagte meine Großmutter, als wir uns alle be-dient hatten. »Hast du dich schon ein bisschen eingelebt? Das Zimmer, das dein Vater für dich hergerichtet hat, ist schön, nicht wahr?«

»Hmm-hm.« Ich steckte mir ein Stück Steak in den Mund, damit sie keine ausführlichere Antwort von mir er-wartete. Ich wollte höflich zu ihr sein, aber meinen Vater loben wollte ich nun nicht. Das Steak lenkte mich ab. Es zerschmolz mir praktisch auf der Zunge. Da meine Mom kein Fleisch aß, hatte ich selten die Gelegenheit, welches

zu essen. »Das ist echt lecker«, sagte ich zu meinem Großvater.

Er nickte mit einem kleinen Lächeln, so als wäre das
für ihn selbstverständlich. »Wie geht es deiner Mutter?«,
fragte er. »Hab gehört, dass sie eine Rolle in einem Film
bekommen hat. Ich habe schon immer gedacht, dass sie es
mit der Schauspielerei noch zu was bringt.«

»Das hast du?«

Oma lächelte. »Ich kann mich noch erinnern, wie wir
mal auf dich aufgepasst haben, als du so vier Jahre alt
warst. Dieser Werbespot, den sie gemacht hat – weißt du
noch, Joseph? Für irgend so ein Putzmittel?« Mein Vater
nickte. »Nun, sie zeigten ihn im Fernsehen, und du hast
mich dazu gebracht zurückzuspulen, um sie uns immer
wieder anzugucken. Du konntest nicht genug davon bekommen, deine Mama auf dem Bildschirm zu sehen!«

»Ihr habt auf mich aufgepasst?«

Meine Großeltern erstarrten beide und warfen sich
über den Tisch hinweg gegenseitig einen Blick zu. »Ja,
natürlich«, sagte meine Großmutter schließlich. »Du
warst wahrscheinlich zu klein, um dich noch daran zu erinnern.«

Ich spürte, wie ich rot im Gesicht wurde. Ich konnte
mich so gut daran erinnern, wie mein Vater immer wieder plötzlich in meinem Leben aufgetaucht war. An meine Großeltern hätte ich mich auch gerne erinnert.

»Tja.« Mein Vater räusperte sich. »Ihr habt uns nicht mehr so oft besucht, als Daf dann so etwa fünf war?« Wieder räusperte er sich. »Als Edy und ich uns nicht mehr so gut verstanden haben.«

Eden, wollte ich sagen. Sie hasst es, wenn du sie Edy nennst. Aber das Gespräch war einfach zu interessant, um ihn jetzt darauf hinzuweisen. Warum haben sie sich nicht mehr verstanden?

Mein Großvater wandte sich an meinen Vater. »Wenn ich mich recht erinnere, hast du es uns ziemlich schwer gemacht, euch zu besuchen.«

Mein Vater sah auf seinen Teller runter. »Ja. Ich weiß. Tut mir leid.«

Omas Blick wanderte zwischen Opa und meinem Vater hin und her, seine Augenbrauen waren zusammengezogen. »Es war nicht nur seine Schuld«, sagte Oma. »Eden hätte uns …«

»Mom«, sagte mein Vater. »Dieses Fass machen wir jetzt nicht auf.«

Oma saß einen Moment lang einfach da, mit offenem Mund. Dann drehte sie sich zu mir, strahlte mich an und sagte: »Ich kann mich noch erinnern, wie ich dich immer von dieser Wohnung in Burbank abgeholt habe, als ihr eine Zeit lang bei Sheri, der Freundin deiner Mom, gewohnt habt. Ich bin dann immer mit dir in den Park gegenüber gegangen, und du hast stundenlang geschaukelt, und ich musste dich immer anschubsen. Davon konntest du nie genug bekommen.«

Ich blinzelte und versuchte verzweifelt, mich an irgendetwas zu erinnern. Etwas blitzte in mir auf: wie mich jemand an der Hand hält und mit mir durch einen großen Sandkasten auf eine Schaukel zugeht. »Gab es da auch so eine spiralförmige Rutsche? Genau neben der Schaukel?« Oma nickte. »Ich glaube, daran erinnere ich mich!« Wir lächelten uns an.

Ich machte mich wieder an mein Steak und ging in Gedanken das Gespräch durch. Ich musste einfach fragen. »Wie hat er es euch schwer gemacht?« Ich sah von meinem Großvater zu meiner Großmutter. Einer von ihnen musste antworten. »Uns zu sehen, meine ich«, ergänzte ich, als keiner etwas sagte.

»Ach, du weißt schon.« Oma Kate nippte an ihrem Wasser und runzelte die Stirn.

»Ich habe zu viel getrunken«, sagte mein Vater. »Mom, du kannst ruhig darüber sprechen, das ist völlig in Ordnung. Es ist Teil der Genesung, zuzugeben, dass man Mist gebaut hat.«

»Ja, du warst in einer schlimmen Verfassung«, stimmte Opa ihm zu. Er wandte sich an mich. »Und man konnte ihn auch nie erwischen. Ständig war er unterwegs.«

»Wohin unterwegs?«, fragte ich.

»Skate-Reisen.« Mein Vater lächelte. »Als ich ins südliche Kalifornien gezogen bin, habe ich alles Mögliche versucht, um Sponsoren zu finden, weißt du? Da habe ich auch deine Mom kennengelernt. Sie nahm Schauspielunterricht, und ich wollte Profi werden.«

»Ihr hattet beide so große Träume«, sagte Oma.

Mein Vater nickte und wandte sich dann wieder an mich: »Ein paar Firmen haben mich am Anfang gesponsert – du weißt schon, nur freie Ware, Ausrüstung und so ein Zeug –, und ich kannte ein paar Typen, die mit dem Skaten tatsächlich richtig Geld verdient haben. Ich durfte ein paarmal mit ihnen auf Tour gehen. Dann kam Gus für ein paar Wochen zu Besuch. Die Wettbewerbe, die ich zu gewinnen versuchte, waren ihm egal. Er wollte immer schon einfach nur Spaß haben – die Rampen runterbrettern und überall skaten, wo er nur konnte.«

»Es ist so schön, dass Gus und du jetzt wieder so nah beieinander wohnen«, warf Oma ein. »Er hat immer zu dir gehalten.«

»Das stimmt«, sagte Dad. »Jedenfalls meinte Gus, wir sollten selbst auf Tour gehen, aber nicht so wie bei den offiziellen. Keine Wettbewerbe, kein Schleimen bei den Sponsoren. Das Ziel war, so viele Skateparks wie möglich abzuklappern. Dazwischen haben wir gezeltet, an wunderschönen Plätzen. Heiße Quellen, Wanderwege. Es war so schön, und so haben wir jedes Mal, wenn Gus mich besuchen kam, so eine Reise gemacht. Und ein Haufen

Freunde ist dann auch noch dazugekommen.« Er seufzte. »Wäre schön, so was irgendwann wieder zu machen. Diesmal aber in nüchternem Zustand. Hast du schon mal gezeltet, Daf?«

Ich starrte ihn an und versuchte, dieses Bild von seinem Leben in L. A. mit dem, was ich damals von ihm wusste – und das war nie genug –, unter einen Hut zu bringen. Ich konnte mir gar nicht vorstellen, dass er und Mom mal nett zueinander gewesen waren, geschweige denn, dass sie gemeinsame Träume gehabt hatten. Und waren diese Touren der Grund dafür, dass ich ihn immer wieder monatelang nicht gesehen hatte? »Nö«, sagte ich. »Zelten war ich noch nie.«

»Na, das habe ich mir gedacht. Edy hat nie gerne auf dem Boden geschlafen.«

Mom war mit ihm zelten? Das hätte ich eigentlich gerne gefragt. Stattdessen sagte ich: »Eden. Sie wird nicht gern Edy genannt.«

Mein Vater lachte. »Das stimmt. Und Eden klingt auch mehr nach einer Schauspielerin, nicht?«

»Tja, ich bin einfach froh, dass sie so eine gute Rolle bekommen hat«, sagte Oma. »Und was mich erst recht froh macht, Daphne, ist, dass wir dich zu sehen bekommen! Eigentlich haben wir deinem Vater gesagt, dass du bei uns …«

»Mom«, sagte mein Vater. »Hör auf.«

»Ich will nur, dass sie weiß …«

»Sie wohnt bei mir. Wir haben darüber geredet.«

Mein Blick flitzte zwischen Oma und meinem Vater hin und her. Stritten sie gerade? Über mich?

Da lächelte Oma Kate, als hätte mein Vater gar nichts gesagt. »Nun, ich weiß, dass dein Dad so viel Zeit wie möglich mit dir verbringen will, aber ich bestehe darauf, meine Enkeltochter auch ganz oft zu sehen! Ich dachte, wir könnten zusammen nach San Francisco fahren. Wir können ins Viertel Fisherman's Wharf, da zur Pier 39, mit den Cable Cars fahren, was immer du willst.«

»Mom, das ist doch alles Touristennepp, das könnt ihr euch sparen«, sagte mein Vater. »Daphne interessiert das alles nicht.«

Ich warf ihm einen bösen Blick zu. Ich kannte die Sachen alle nicht, aber was mir gefiel und was nicht, das hatte nicht mein Vater zu entscheiden. Außerdem, jetzt, wo ich sie wiedergesehen hatte, wollte ich so viel Zeit wie möglich mit meinen Großeltern verbringen, bevor ich nach Prag abreiste. »Also, ich fände das toll! Klingt total gut«, sagte ich zu meiner Großmutter.

Sie lächelte mich an, und ich grinste zurück und warf dabei meinem Vater einen Blick aus den Augenwinkeln zu. Zu meiner Enttäuschung konnte ich sein Grübchen aufblitzen sehen.

KAPITEL 9

»Und? Wie findest du deine Großeltern?«, fragte mein Vater, als er die Haustür aufschloss. »Sie sind ganz okay, nicht?«

»Ich mochte sie«, rutschte mir die Wahrheit raus. Dads Augen leuchteten auf, als wäre das das Beste, was er je gehört hatte. Ich wünschte, ich hätte nichts gesagt. Ich war echt froh, dass meine Großeltern wieder Teil meines Lebens waren, aber er sollte bloß nicht denken, ich fände es plötzlich gut, hier bei ihm zu sein.

»Ich geh schlafen«, sagte ich.

Es funktionierte; jetzt leuchteten seine Augen nicht mehr. »Es ist noch früh, wir könnten …« Er sprach nicht zu Ende. »Ja, klar.« Ich war schon halb den Flur runter, als er rief: »Daf?« Ich drehte mich um. »Fang.« Ich griff unwillkürlich in die Luft und fing die zerkrumpelte Papiertüte. »Ich hatte noch ein bisschen alten Kram übrig. Kannst du alles haben.«

Ich sah die Tüte an. »Okay.«

»Und du kannst ruhig dein Board bekleben. Ich weiß ja, dass du es benutzt hast.«

Ich sah ihn stirnrunzelnd an, wollte widersprechen, aber er hatte sich schon umgedreht. Ich schmiss die Papiertüte aufs Bett, setzte mich und zog mein Handy raus. Ich beugte mich so über den Bildschirm, dass mein Haar mir übers Gesicht hing und ich die Tüte nicht sehen konnte. Sam hatte mir eine E-Mail geschrieben, in der sie mir in epischer Breite von ihrem Sommercamp erzählte und was sie in den ersten Tagen gemacht hatten. Im Ferienlager wurde ihre Bildschirmzeit begrenzt, insofern waren Handys verboten, und sie durften nur einmal die Woche in den Computerraum. Wir mussten uns jeden Sommer damit abfinden, dass wir nur über E-Mail kommunizieren konnten, doch am Anfang war es immer schwer. Schließlich waren wir es gewohnt, uns fast jeden Tag zu sehen.

Als Sam und ich uns angefreundet hatten, kellnerte Mom abends und kümmerte sich tagsüber so viel wie möglich um ihre Schauspielkarriere. Deswegen ging ich damals nach der Schule meistens zu Sam. Ich fühlte mich sofort wohl bei ihr zu Hause und ihren niedlichen kleinen Brüdern, die uns – wenn wir es zuließen – überallhin hinterherliefen. Am Wochenende kam Sam dann immer zu mir. Obwohl unsere Wohnung viel kleiner war als ihre, fand sie Mom total glamourös und genoss die Tatsache, dass Mom immer Essen aus dem Restaurant mitbrachte, in dem sie gerade arbeitete, und wir dann zusammen auf ihrem großen Bett Filme guckten. Danach machten wir uns gegenseitig die Fingernägel, unterhielten uns über die Filme und kritisierten die Schauspieler*innen.

Aber nur, weil wir die Familie der anderen mochten, hieß das nicht, dass wir nicht auch die Probleme kannten. Sam weinte bei mir, als ihre Eltern sich trennten, und Sam war der einzige Mensch auf der Welt, der wusste, was für Sorgen ich mir machte, dass Mom vielleicht ihren Traum nie verwirklichen und es nicht schaffen würde, groß rauszukommen. Wäre Sam hier, hätte ich alles haarklein erzählt, was passiert war, seit ich aus dem Flugzeug gestiegen war.

Aber eine E-Mail zu schreiben, hatte ich gerade keine Lust.

Ich seufzte. Es nutzte nichts, mir vorzumachen, ich wäre nicht neugierig. Ich kippte den Inhalt der Papiertüte aufs Bett. Ein Haufen Sticker und ein paar T-Shirts fielen raus.

Die T-Shirts waren beide schwarz und riesengroß. Auf der Vorderseite des einen prangte das Logo der Skate-Zeitschrift *Thrasher*. Auf dem anderen war ein Gesicht in der Form einer roten Flamme, das mit gebleckten Zähnen teuflisch grinste – das Spitfire-Logo, die Marke von meinem Board zu Hause. Die Sticker waren auch fast alle von Spitfire, in allen Farben des Regenbogens, aber auf einem war ein rotes Monster mit gelben Hörnern. Ich nahm ihn in die Hand und konnte mich nicht entscheiden, ob ich das

Monster lustig oder schrecklich fand. Beides vielleicht. Ich fuhr mit der Fingerspitze über die glänzende Oberfläche des Stickers.

Nein.

Ich schob alles zurück in die Papiertüte. Hätte mein Vater mir dieses Zeug geschenkt, als ich noch klein war, wäre ich blöd genug gewesen, zu glauben, es bedeutete etwas. Jetzt wusste ich es besser. Ich knüllte die Tüte zusammen und wollte sie quer durchs Zimmer werfen, aber mein Arm erstarrte in der Luft. Das Board, auf dem ich gefahren war, lehnte an der Wand. Mein Vater musste es vorhin reingestellt haben.

Ich griff danach und lehnte mich in die Kissen zurück, mein Skateboard in den Armen, das Schleifpapier kratzte an meiner Haut. Ich erinnerte mich plötzlich wieder daran, wie ich früher immer mit meinem Skateboard in den Armen eingeschlafen war, als wäre es ein Kuscheltier.

Etwas an dem Besuch bei meinen Großeltern heute Abend ließ mich nicht los. Damals, vor der Skatepark-Katastrophe, als mein Vater mir noch wichtig war, hatte ich gelernt, am angespannten Gesichtsausdruck meiner Mom zu erkennen, wenn es gerade nicht schlau war zu fragen, wann ich meinen Dad wiedersehen würde oder warum er mich in letzter Zeit nicht besucht hatte. Sogar als sie verkündete, dass sie mich hierher verschiffen würde, hatte sie nicht über ihn geredet.

Aber heute Abend beim Abendessen hatten meine Großeltern und mein Vater etwas gemacht, was Mom nie machte: Sie hatten über die Vergangenheit gesprochen.

Mom hatte mir früh erzählt, dass Dad Alkoholiker war, doch es gab so viele Sachen, die ich von ihr wissen wollte, Dinge, die sie aber nicht vertiefen wollte. Zum Beispiel, wieso er nicht kontrollieren konnte, wie viel er trank. Und die große Frage: Warum bekam ich ihn nur so selten zu sehen? Das konnte doch nicht wirklich nur mit dem Alkohol zu tun haben. Oder? Vor der Katastrophe hatte ich ihn immer entschuldigt. Danach dachte ich, wenn er mich wirklich sehen wollte, würde er schon einen Weg finden. Das Gespräch heute Abend beim Abendessen bestätigte meine Vermutung. Wenn er es geschafft hatte, all diese Skate-Reisen zu machen, warum hatte er es dann nicht geschafft, mich zu besuchen?

Zu blöd, dass der einzige Mensch, den ich fragen konnte, der Mensch war, mit dem ich nicht sprechen wollte.

Ich schob mich nach oben, setzte mich aufrecht hin, drehte das Board um und fuhr mit den Fingern über die kleinen Kratzer darauf. Ich ließ meine Hand über die Rollen gleiten, sah zu, wie sie sich drehten, und dachte nach. Vielleicht war mein Vater ja doch nicht der einzige Mensch, den ich fragen konnte. Vielleicht würde Oma Kate mir ein paar Sachen erzählen.

Ich wühlte in der Papiertüte, bis ich den Sticker mit der

grinsenden roten Flamme gefunden hatte. Ob mein Vater die Sachen bei einer dieser Skate-Touren bekommen hatte, von denen er erzählt hatte? Ich klebte den Sticker auf die Rückseite meines Boards. Mit der Hand strich ich ihn glatt. Er sah gut aus. Aber es hatte nicht die geringste Bedeutung.

Am nächsten Nachmittag klopfte Arlo an meine Tür. »Skaten?«, fragte er. Er hatte einen schwarzen Rucksack auf dem Rücken und hielt sein Board in der Hand.

Er tat so beiläufig, als würden wir das schon immer so machen. »Jup«, sagte ich. »Moment noch.«

Ich war auf dem Weg nach draußen, mein Board in der Hand, als ich meinen Vater am Küchentisch vor seinem Computer sitzen sah. Er murmelte etwas vor sich hin und sah aus, als würde er sich über etwas aufregen. Ich zögerte und fuhr mit dem Finger über den neuen Sticker auf meinem Board. Das war nicht mein Problem. Ich warf ihm einen mürrischen Blick zu. »Ich gehe mit Arlo skaten«, sagte ich.

Er sah mir ins Gesicht und dann runter auf mein Board. Ich wappnete mich für diesen zu glücklichen Ausdruck, der bestimmt auf seinem Gesicht erscheinen würde, aber sein Blick wanderte zurück auf den Bildschirm. »Okay«, sagte er. »Schick mir eine Nachricht, falls …«

»Ich weiß. Falls ich mich verspäte, schick ich dir eine Nachricht.«

»Oder falls du irgendwo anders hingehst«, rief er mir hinterher, aber ich war schon zur Tür raus. Ich folgte Arlo den Bürgersteig runter und grinste vor mich hin, als ich über den Bordstein fuhr. Ich hätte auch gerne wie Arlo einen Ollie hingelegt, stattdessen hielt ich mein Gesicht in die sanfte Brise, während wir fuhren, und konzentrierte mich auf meine Füße, mein Board und den Boden darunter. Ich achtete nicht darauf, in welche Richtung wir fuhren. Als ich mich schließlich umsah, um zu gucken, wo wir waren, erkannte ich, dass wir gleich am Skatepark sein würden.

»Keine Sorge«, sagte Arlo, als wir uns dem Eingang näherten. »Ich werde nicht versuchen, dich hier zum Skaten zu drängen.«

Hinter ihm wurde ich langsamer und hielt an, mit einem Fuß auf dem Board und mit dem anderen auf der Erde. Ich legte die Hand über die Augen und beobachtete die Skater im Park. Arlo skatete zu mir zurück. »Was, jetzt willst du doch rein?«

Ich schüttelte den Kopf, konnte aber meinen Blick nicht von einem Typen losreißen, der mit seinem Board über ein Treppengeländer rutschte. Bei ihm sah es so leicht aus.

Arlo beobachtete mich beim Beobachten. »Wollen wir hier ein bisschen rumhängen und zugucken?«

Ich zog die Nase kraus. »Ist es nicht komisch, wenn wir nicht skaten?«

»Ist doch egal.« Aber als Arlo meinen Gesichtsausdruck sah, sagte er: »Nein, natürlich können wir einfach zugucken.« Er nahm den Rucksack ab und holte seine Kamera raus. »Vielleicht kriege ich ein paar gute Aufnahmen hin.«

Langsam skateten wir durch den Park. Vor uns schossen Skater hin und her, und der wunderbare Klang der Rollen füllte mit seinem Klacken und Surren meine Ohren. Arlo tippte mich an, und wir kletterten oben auf die Bowl. Ich ließ meinen Blick schweifen, versuchte, alles in mir aufzunehmen. Da war ein Junge, wohl aus der Highschool, der durch die Halfpipe skatete, über die Coping grindete und eine 180-Grad-Drehung hinlegte. Ein älterer Mann mit einem Schnurrbart machte einen Kickflip auf einem Geländer. Ein anderer Typ segelte über die Treppenstufen und landete in der Hocke auf seinem Board.

Unten in der Bowl rutschte einem Skater das Board unter den Füßen weg. Ich zuckte zusammen, als es einem Typen genau in den Weg rollte. »Board!«, riefen eine Menge Leute, und dem Typen gelang es auszuweichen, ohne runterzufallen. Der Skater, dem das Board gehörte, rief: »Sorry!« Er holte es sich wieder und fuhr weiter, als wäre nichts geschehen.

Wieso schämte er sich nicht in Grund und Boden, weil

er gerade so einen Mist gebaut hatte? »Hast du das gesehen?« Ich wandte mich an Arlo, der gerade an seiner Kamera rumfummelte.

Er richtete die Kamera auf den Typen, der eben die Treppe runtergesegelt war. Jetzt fuhr der Skater eine Transition hoch, sie war so steil, dass sie eigentlich eher einer Mauer ähnelte. Ein großes Graffiti-Auge glotzte uns von der Mitte aus an. Er skatete direkt nach oben und um das Auge herum, seine Füße klebten an seinem Board. »Mann!«, rief ich aus. »Das war aber cool!«

»Hey, das ist ja Isaiah.« Arlo ließ die Kamera sinken. »Komm, wir sagen ihm Hallo.«

Er hatte recht: Das war der Typ, von dem mein Dad gesagt hatte, er wäre so gut. Ich folgte Arlo, der schon rufend auf ihn zulief. Isaiah begrüßte Arlo mit einem Fistbump und lächelte mich an. »Hey«, sagte er und nickte in Richtung meines Boards. »Ich wusste nicht, dass du auch skatest.«

»Irgendwie schon.« Ich zuckte mit den Schultern.

»Sie skatet«, sagte Arlo. Ich warf ihm einen bösen Blick zu. »Was denn? Tust du doch!«

»Mach dir keine Gedanken«, sagte Isaiah. »Wenn du nur halb so furchtlos bist wie dein Dad, bist du besser als die meisten. Bleibt ihr noch ein bisschen? Macht doch bei meiner Truppe mit.« Er zeigte auf eine Gruppe, die sich oben auf der Rampe versammelt hatte.

Ich schüttelte den Kopf, bekam aber kein Wort raus. Isaiah schien echt ein cooler Typ zu sein. Ich wollte, dass er mich auch cool fand, aber in mir stieg Panik auf. Ich musste hier weg. Und zwar *sofort*.

»Eigentlich wollten wir gerade gehen«, sagte Arlo. »Ich muss mit Daphne über den Film sprechen, an dem ich gerade arbeite.«

»Dann sehen wir uns bei der nächsten Silver Bowl Session«, sagte Isaiah. Er sprang auf sein Board und skatete zu seinen Kumpels rüber.

Arlo und ich gingen zu einem der Picknicktische auf dem Rasen. Ich holte einmal tief Luft, um wieder runterzukommen. »Danke«, murmelte ich. Ich setzte mich auf die Bank mit Blick auf den Skatepark. Man konnte nicht wirklich viel sehen, weil zu viele Bäume im Weg standen, aber ab und zu erhaschte ich einen Blick auf die Skater, die ihre Tricks vollführten.

»Wofür?«, sagte Arlo, schob sich den Rucksack von den Schultern und zog ein Notizheft heraus.

»Weil du gesagt hast, dass wir gehen müssen.« Ich starrte auf den Tisch runter. Leute hatten überall ihre Initialen reingeritzt, und Schimpfwörter und lustige kleine Zeichnungen.

Arlo warf mir einen kurzen Blick zu. »Ja, alles gut. Du hast ja mehr als klargemacht, dass du hier nicht skaten willst. Aber eigentlich« – er blätterte durch sein Notizbuch – »muss ich wirklich mit dir über den Film reden. Ich mache doch diesen Kurs, weißt du noch?«

Ich nickte. »Ja, hast du erzählt.«

»Wir haben jetzt mit unserem Abschlussprojekt angefangen, einem Drei-Minuten-Film, der dann geschnitten werden muss und alles. Wir veranstalten nämlich am Ende des Sommers so ein Filmfestival, wo wir uns gegenseitig unsere Filme zeigen.« Er legte seine Hand auf eine Seite des Notizheftes. Die Spitzen seiner Ohren wurden rot, und er sah mich nicht an. Ich machte mich bereit, ihn zu ermutigen, auch wenn seine Idee vielleicht blöd sein sollte. »Einer meiner Freunde wollte, dass ich mich mit ihm zusammentue und eine klassische Abenteuergeschichte drehe, mit Zauberern und so, und zwar alle aus Lego.«

Aha. »Wow. Lego und Zauberer?« Das war ja ganz schön peinlich.

»Ich weiß. Nerdiger geht's nicht, stimmt's?«

Ich lachte. Ich mochte die Art, wie Arlo über sich selbst lachen konnte.

»Die Sache ist die«, redete er weiter. »Ich stand mal richtig auf Lego. Ich habe eine Menge davon. Aber anders als bei meinem Freund sind Zeitraffer-Aufnahmen nicht so meins. Ich stehe mehr auf Live-Action.«

»Aha.« Worauf wollte er hinaus?

»Das hier ist also meine neue Idee.« Er schob mir sein

Notizheft rüber und zeigte auf kleine Quadrate mit Bleistiftzeichnungen von Strichfiguren. Ich fuhr mit dem Finger eine Linie entlang, die über den Rahmen lief.

»Soll das eine Rampe sein?«, fragte ich. Arlo nickte. »Toll. Ein Skater-Film wäre supercool.«

»Ja, aber unser Lehrer, Mr Lamont, sagt immer, unsere Geschichten müssen einen Anfang, eine Mitte und ein Ende haben – ich kann nicht einfach irgendwelche Tricks von irgendwelchen Leuten im Skatepark filmen. Also, das hier« – Arlo tippte mit dem Finger auf die Strichfigur an der Seite –, »das bist genau genommen du.«

Ich schob das Notizheft zu ihm zurück. »Sehr lustig.«

»Ich meine es ernst!«, sagte Arlo. Vor Begeisterung wurde seine Stimme lauter. »Ich will deine Reise festhalten.«

Ich lachte. »Wo fahre ich denn hin?«

»Durch dich bin ich überhaupt auf die Idee gekommen«, sagte Arlo. »Es war die Art, wie du gestern so vorsichtig angefangen hast und im nächsten Moment über diese Bodenschwellen gedonnert bist. Total mutig!«

Arlo fand mich mutig? Ich unterdrückte ein Lächeln. Aber es stimmte nicht. »Bis ich hingefallen bin«, erinnerte ich ihn.

»Eben!« Er nickte. »Skater filmen sich die ganze Zeit, aber ich will eine Geschichte erzählen. Also guck mal.« Er tippte auf die erste Reihe von Bildern in seinem Notizheft.

»Was ist, wenn wir einfach mit den Grundlagen anfangen, einfach skaten, weißt du? Und dann« – er tippte auf die zweite Reihe mit den Strichfiguren – »stürzt du vielleicht, so wie gestern. Aber du machst weiter und wirst immer besser, machst ein paar Tricks.« Arlo redete immer schneller, wurde immer aufgeregter. »Und schließlich hast du es voll drauf und haust alle um. Siehst du? Anfang, Mitte, Ende! Was meinst du?«

Ich starrte wieder auf den Tisch. *Fahr oder stirb!*, hatte jemand mit schwarzem Filzstift geschrieben, mit einer kleinen Zeichnung von einem Skateboard darunter, aus dem hinten Flammen schossen. »Ich weiß nicht«, sagte ich und rieb mir den Ellbogen. Aber eigentlich wusste ich es schon. Nie im Leben könnte ich tun, um was er mich gebeten hatte. »Aber ich kann doch keine Tricks.«

»Das ist ja das Tolle! Du kannst welche lernen! Keine Sorge, ich schneide es dann so, dass man mitbekommt, wie schwer das ist, aber ohne dass die Zuschauer jeden mühsamen Versuch sehen.«

Ich biss mir auf die Unterlippe. Es hatte echt Spaß gemacht, gestern mit Arlo zu skaten, aber er kapierte es einfach nicht. Bei einem Film mitzumachen, wäre genauso, als würde ich verkünden, ich wäre eine Skaterin. Und das war ich nicht.

»Hey, und was wäre, wenn wir es noch ein bisschen dramatischer machten?« Er klopfte zur Bekräftigung auf sein Notizheft. »Also, wir könnten ja ein paar von den Typen mit dazuholen.« Er zeigte mit einer Geste in Richtung Skatepark. »Die könnten so tun, als würden sie sich über dich lustig machen. Du weißt schon, so was wie ›Mädchen können so was gar nicht‹ und so. Und dann zeigst du ihnen, was du alles kannst!«

»Nein!« Ich wurde knallrot im Gesicht. »Das ist eine schreckliche Idee! Ich kann da nicht mitmachen!« Ich rutschte von der Bank runter und drehte ihm den Rücken zu. Ich hörte, wie er sein Notizbuch zuschlug.

Ich klammerte mich an mein Board und starrte Richtung Skatepark, und es war mir total peinlich, dass ich so heftig reagiert hatte. Aber ich würde Arlo auf keinen Fall erzählen, warum.

»Hey, kein Problem«, sagte er schließlich und brach das Schweigen. »Ich dachte nur … na ja, du skatest ja total gerne, und ich filme gerne Skater. Ich dachte einfach, wir könnten uns zusammentun, das ist alles.«

Ich drehte mich um. Er fummelte an seiner Kamera rum, unbeholfen und vorsichtig, als wäre er derjenige, der etwas falsch gemacht hätte. Bisher war das Skaten mit Arlo das Beste an dem Besuch bei meinem Vater. Ich wollte ihn nicht verschrecken. »Mich legst du nicht rein«, sagte ich. »Das willst du doch nur machen, damit du nicht mit Lego bauen musst.«

Er grinste. »Woher wusstest du das?«

Wir lachten beide, und die Situation entspannte sich.

Ich zögerte: »Es tut mir leid. Ich bin mir sicher, dass dein Film toll wird, egal, was du machst. Aber ich kann einfach nicht. Außerdem bin ich wohl gar nicht den ganzen Sommer lang hier. Meine Mom will die Produzenten fragen, ob ich sie in Prag besuchen kann.«

»Oh«, sagte Arlo überrascht. Er sah mich an, als überlegte er, mich noch was zu fragen. Aber dann sagte er: »Welchen Boba holst du dir heute?«

»Hmm. Vielleicht Mango. Und du?«

Er stopfte das Notizbuch zurück in seinen Rucksack. »Ich nehme immer Litschi.«

Ich grinste und war erleichtert, dass er die Sache mit dem Film so einfach auf sich beruhen ließ.

Wir machten uns auf den Weg zum Bubble-Tea-Laden.

Abends kam ich endlich dazu, auf Sams E-Mail zu antworten. Normalerweise war sie diejenige, die im Ferienlager lauter neue Sachen ausprobierte, während ich mich zu Hause langweilte, aber dieses Mal konnte ich ihr eine Menge erzählen: wie ich mit Arlo skaten war und wie ich meine Großeltern besucht hatte. Dann versuchte ich über meinen Vater zu schreiben und wie seltsam es war, bei ihm zu sein. Sam und ich konnten eigentlich über alles sprechen, aber irgendwie konnte ich es ihr in einer E-Mail nicht richtig erklären. Ich löschte alles, was ich über meinen Vater geschrieben hatte, und fragte mich, ob ich ihr von Arlos Idee erzählen sollte.

Das hatte mich schon den ganzen Tag beschäftigt. Irgendwie fühlte ich mich geschmeichelt, weil er mich zum Mittelpunkt seines Filmprojekts machen wollte. Aber er hatte gesagt, es ginge darum, dass ich eine Menge Tricks lernen würde. In den zwei Tagen, seit ich wieder mit dem Skaten angefangen hatte, war meine alte Sehnsucht, mehr zu lernen, voll und ganz zurückgekehrt, aber wie sollte das gehen? Ich schaffte es ja kaum, einen Fuß in den Skatepark zu setzen. Nein. Bei diesem Film mitzumachen, war jedenfalls keine gute Idee. Wenn ich Sam davon erzählte, würde sie mir raten mitzumachen. Sie und ihre Brüder hatten mich oft genug zu irgendwelchen Baseballspielen mitgeschleift, wo Sam dann jedes Mal den Außenseiter anfeuerte. Ich wusste also, dass ihr Arlos Idee von mir als Skatermädchen, das den Jungs zeigte, wo es langging, richtig gut gefallen würde.

Nein, ich würde Arlos Film auf keinen Fall erwähnen. Ich schrieb die letzten Sätze:

Ich weiß noch immer nicht, wann ich nach Prag fahre. Bald hoffentlich! Ich halt dich auf dem Laufenden. Vermisse dich! XOX

KAPITEL 10

Am nächsten Tag fuhr Oma Kate mit mir nach Fisherman's Wharf. Sie gab zu, dass mein Vater recht hatte und kein Mensch aus San Francisco sich das antun würde, aber wir hatten trotzdem unseren Spaß. Gerade als wir am Hafen einer Gruppe Seelöwen beim Faulenzen zuguckten, hörte ich hinter mir ein vertrautes *Krschhh*. Ich drehte mich um, und da waren tatsächlich zwei Skater. Ich starrte sie an.

Skaterinnen. Es waren beides Mädchen.

Sie schlängelten sich mühelos durch die Menge, die kurzen Dreads des vorderen Mädchens hüpften auf und ab, als sie einen Ollie auf einer Parkbank hinlegte und mit einem perfekten Kickflip wieder runtersprang. Das Mädchen mit einem Fake-Iro dahinter fuhr mit einem Fuß auf der vorderen Achse und lachte, als ihre Freundin vor ihr hin und her schwang. Ich konnte meinen Blick nicht von den beiden lösen, bis sie in der Menge verschwanden.

»Dein Vater kennt übrigens eine Frau, die ein Ferienlager für Skateboarderinnen leitet.«

Überrascht sah ich Oma Kate an. Einen Moment lang hatte ich vergessen, dass sie überhaupt da war.

»Wir könnten gucken, ob wir dich da anmelden. Würdest du da gerne hin?«

Ich hatte das Gefühl, als würde gerade in meinem Inneren eine 360-Grad-Drehung stattfinden. Ein Skateboard-Camp? Und nur für Mädchen? Dann stürzte alles in mir ab, Totalversagen. Ich senkte den Kopf »Nein, danke.«

»In Ordnung.« Sie zuckte mit den Schultern. »Sollen wir uns noch ein Eis holen, bevor wir zurückfahren?«

»Auf jeden Fall.« Ich nickte, froh, dass sie nicht weiter nachhakte.

Aber als mir Oma Kate mein Schokoladeneis in die Hand drückte, sagte sie: »Weißt du, nur weil du dich nicht mit deinem Vater verstehst, heißt das noch lange nicht, dass du etwas nicht machen kannst, was auch er gerne mag.«

Wieder starrte ich sie überrascht an. Wie machte sie das? Als wüsste sie genau, wie ich mich neulich morgens gefühlt hatte, als ich fast nicht skaten gegangen war. Ich leckte an meinem Eis, während wir weitergingen. Oma war ganz schön schlau. Vielleicht war das der richtige Moment, um ihr ein paar Fragen zu stellen. »Also.« Ich räusperte mich. »Wie war denn Dad so, als er so alt war wie ich?« Das war nicht genau das, was ich wissen wollte,

aber ich konnte ja nicht gleich mit den heiklen Fragen anfangen.

»Dein Dad?« Sie biss von ihrem Eis ab und lächelte ein
wenig. »Er war ein ziemlich sensibler Junge.«

»Sensibel? Wie meinst du das?«

»Hier.« Oma reichte mir eine Serviette. Eis tropfte mir
die Hand runter. Sie wartete, bis ich es weggewischt hatte. »Joseph hat sich schwer damit getan, seinen Platz zu
finden, als er klein war, weißt du? Dann, als er etwa so alt
war wie du jetzt, haben wir herausgefunden, dass er von
ein paar Kindern gemobbt wurde.«

»Dad?« Ich versuchte, mir das vorzustellen. Ich konnte
es nicht. »Warum?«

»Warum passiert so was überhaupt?« Oma zuckte mit
den Schultern. »Vielleicht wurden sie selbst gemobbt,
oder es hat ihnen Angst gemacht, dass jemand anders
war als sie. Jedenfalls, dein Großvater und ich haben gar
nicht mitbekommen, was da passiert ist, bis die Schule
angerufen hat und uns gesagt hat, dass er den Unterricht
schwänzt. Wir haben uns dann mit ihm hingesetzt und
mit ihm darüber geredet, und er hat uns alles erzählt. Er
hat gesagt, dass er die Schule verlässt, damit er endlich
seine Ruhe hat. Weißt du, wo er hin ist?«

Ich schüttelte den Kopf. »Wohin?«

»Na komm, rate mal.«

»Ooooh.« Ich musste lächeln. »In den Skatepark?«

Oma nickte. »Er hat gesagt, dass er sich besser fühlt, wenn er die Skater beobachtet.«

»Er ist gar nicht selbst gefahren?«

»Nein, er hatte kein Skateboard.«

Mein Dad ohne ein Skateboard? Es war fast noch schwerer, sich das vorzustellen, als dass er gemobbt wurde. »Und was ist dann passiert? Habt ihr ihn bestraft, du und Opa, weil er geschwänzt hat?«

»Dein Opa meinte, dass wir das tun sollten.«

»Mom hätte das gemacht«, warf ich ein. Mom redete ständig davon, wie wichtig die Schule war, wie sie dafür sorgen würde, dass ich, anders als sie, aufs College ging.

»Auch wenn du gemobbt worden wärst?«, fragte Oma mit hochgezogenen Augenbrauen.

Ich dachte darüber nach. »Na ja, sie würde zum Schulleiter gehen und ein Riesentheater veranstalten, und dann würde sie mir Hausarrest aufbrummen.«

»Ja, das kann ich mir vorstellen«, stimmte Oma zu. »Deine Mutter kann sehr heftig werden, besonders wenn es um dich geht.«

Ich kniff die Augen zusammen und sah sie an. Kritisierte sie gerade meine Mom? Aber sie lächelte, also war das wohl nicht so gemeint. Außerdem stimmte es. Ich kannte diese Seite von Mom auch. »Aber warte mal«, sagte ich und biss von meiner Waffel ab. »Du hast gar nicht gesagt, ob ihr ihn bestraft habt oder nicht.«

»Nun, wir haben eine Abmachung mit ihm getroffen. Weißt du, er hat uns angefleht, ihm ein Skateboard zu kaufen.«

»Und?«

»Und wir haben gesagt, dass er eins bekommt, wenn er aufhören würde, die Schule zu schwänzen, und seinen Notendurchschnitt halten würde. Und er musste uns versprechen, es uns sofort zu erzählen, wenn er noch mal gemobbt wurde.«

»Hat es geklappt?«

»Ja.« Oma nickte und tupfte ihren Mund mit ihrer Serviette ab. »Wir waren froh, dass er wieder in die Schule ging, natürlich. Aber das Beste an diesem Skateboard war, dass es ihm mehr Selbstsicherheit gab. Und er hat dadurch ein paar gute Freunde gefunden. Gus war einer von ihnen.«

Wir waren schon fast bei der Parkgarage, wo wir das Auto abgestellt hatten. Jetzt hatte ich noch eine Chance herauszufinden, warum mein Dad mich nicht mehr besucht hatte. Aber ich bekam das Bild dieses kleinen, ängstlichen Jungen nicht aus dem Kopf, der Skateboard fahren lernt und kapiert, dass das sein Ding ist. Dieses Mal konnte ich es mir genau vorstellen.

Es erinnerte mich an mich selbst.

Oma fuhr mich zurück zu meinem Vater, und ich ging in die Küche, um mir ein Glas Wasser zu holen. »Oh.« Ich blieb im Türrahmen stehen, als ich Dad am Küchentisch sitzen sah. Er hatte die Hände im Schoß und starrte Löcher in die Luft.

Er schaute auf. »Ach, hallo.«

Ich füllte ein Glas mit Wasser aus dem Hahn und trank es in einem Zug leer. Ich wartete darauf, dass er mich fragte, wie es in San Francisco gewesen war, aber stattdessen sagte er: »Gus und Rusty haben uns zum Grillen eingeladen. Willst du hingehen?«

»Okay«, sagte ich, überrascht, dass er mir die Wahl ließ. Ich lehnte mich an die Spüle. Irgendetwas an ihm war komisch, so, wie er vornübergebeugt dasaß und ins Nichts starrte. »Sollen wir irgendwas machen?«, fragte ich. Er hob den Blick und sah mich an. »Wenn Moms Freunde uns zum Grillen einladen, backen wir immer Kekse oder bringen irgendwas anderes mit«, erklärte ich ihm.

»Oh!« Er nickte. »Danke, dass du mich daran erinnerst. Ich habe gesagt, ich bringe einen Salat mit.« Er schob sich vom Tisch weg, öffnete den Kühlschrank und holte Gemüse raus. Er nahm sich eine große Schüssel und ein Brett und fing an, eine rote Paprika in Stücke zu schneiden. Mit einer schnellen Bewegung seines Messers entfernte er die Kerne.

»Ich habe den Job nicht bekommen, für den ich mich

neulich beworben habe«, erzählte er mir. »Und bei dem Vorstellungsgespräch heute Morgen haben sie gar nicht gewartet, sondern mir sofort gesagt, dass ich nicht genug Erfahrungen habe.«

»Oh.« Deswegen war er also so komisch. »Für was für einen Job bewirbst du dich denn?«

Er zuckte mit den Schultern. »So einen Einstiegsjob bei einem Tech-Konzern. Ich habe letztes Jahr einen Kurs in Programmieren absolviert. Sie haben gesagt, damit finde ich sofort eine Stelle, aber es ist schwer, wenn man eine ganze Weile keinen festen Arbeitsplatz hatte.« Er hob das Brett an, kippte die Paprikastücke in die Schüssel und fing dann mit der nächsten an.

Ich hatte so oft erlebt, wie Mom von ihrem Agenten angerufen wurde, um zu erfahren, dass die Rolle mit jemand anderem besetzt werden würde. Wenn das passierte, war es meine Aufgabe, sie aufzuheitern. Ich sagte ihr dann, dass eine andere, viel bessere Rolle auf sie wartete oder dass es den Leuten, die sie abgelehnt hatten, irgendwann richtig leidtun würde. So für meinen Vater da zu sein – dazu war ich noch nicht bereit. Aber ich bekam die Geschichte, die mir Oma erzählt hatte, nicht aus dem Kopf. Ihn so mit hängenden Schultern über dem Schneidebrett stehen zu sehen, erinnerte mich an das einsame Kind, das den Leuten beim Skaten zugeguckt hatte, bevor es überhaupt sein eigenes Skateboard hatte. Ich stellte mein Glas in die Spüle und nahm mir eine der Gurken. »Gibt es noch ein zweites Messer?«, fragte ich.

»In der Schublade«, sagte er und zeigte darauf. Ich guckte ihn nicht an, während ich mich ganz auf die Gurke konzentrierte.

»Wenn du auch die Tomaten schneidest, kümmere ich mich um die Salatsoße.«

»Okay«, sagte ich. Bis wir mit dem Salat fertig waren, sagten wir kein einziges Wort mehr.

Aber irgendwie war das in Ordnung.

Arlo saß schon am Tisch im Garten. Ich setzte mich zu ihm und griff mir eine Handvoll Tortilla-Chips aus der großen roten Schüssel vor ihm. »Skatet keiner?«, fragte ich.

»Nö«, sagte Arlo. »Das ist eine Party für unsere Nachbarn. Gus sagt, wir machen das, um allen zu zeigen, dass er, trotz der lauten Skate-Bowl in seinem Garten, ein netter Mensch ist.«

Ich sah mich um. Immer mehr Leute tauchten im Garten auf. Die Erwachsenen unterhielten sich, ein paar Kinder rannten zwischen den Büschen umher. Rusty und Gus standen am Grill, Rusty lachte und wedelte mit einem Pinsel voller Grillsoße in der Luft herum. Ich sah zu, wie Gus nach ihrer Hand griff und seinen Arm um sie legte, um sie näher an sich ranzuziehen. Sie hörten auf zu lachen und blickten einander an. Sie küssten sich nicht oder so, aber der Blick war fast noch intimer. Peinlich berührt sah ich weg.

»Hat deine Mom manchmal einen Freund?«, fragte Arlo. Er beobachtete sie auch.

»Nicht so wirklich«, sagte ich. »Manchmal versuchen ihre Freundinnen sie mit jemandem zu verkuppeln.«

Ich erinnerte mich daran, wie Mom das letzte Mal groß ausgegangen war. Als sie zurück nach Hause kam, hatte sie vor Erleichterung laut geseufzt und gesagt: »In meinem Leben ist nur Platz für zwei Dinge: für die Schauspielerei und für dich, Babygirl. Alles andere ist unwichtig.« Aber das würde ich Arlo natürlich nicht erzählen. Ich warf noch mal einen kurzen Blick auf Gus und Rusty, die sich jetzt wieder zusammen um den Grill kümmerten.

»Gus hat gefragt, ob wir bei ihm einziehen«, sagte Arlo.

»Wow. Herzlichen Glückwunsch.« So richtig deuten konnte ich seine Miene nicht, aber begeistert sah anders aus. »Oder ... doch nicht?«

»Irgendwie schon«, sagte er langsam. »Ja, doch. Ich mag Gus schon gerne.« Er sah wieder zu seiner Mom rüber. »Ich will nur nicht bei ihm einziehen, wenn wir dann doch nicht bleiben.«

»Warum solltet ihr nicht bleiben? Gus muss doch deine

Mom echt mögen, wenn er euch gefragt hat, ob ihr bei ihm einziehen wollt.«

»Ja. Das haben wir bei Salvador auch gedacht.« Arlo steckte sich einen Tortilla-Chip in den Mund. Als er meinen fragenden Gesichtsausdruck sah, sagte er: »Der letzte Typ. Und bei Dylan war es auch so und bei dem Typ vorher auch.« Arlo kniff die Augen zusammen. »Harris? Nee, warte, Harlan. Aber es hält nie lange. Ich glaube, Mom wird … irgendwie aufdringlich.«

Ich wusste nicht so richtig, was ich sagen sollte. Arlo tat so, als wäre die Tatsache, dass seine Mom mit so vielen Typen zusammen gewesen war, nichts als ein Witz, aber ich war mir ziemlich sicher, dass er es nicht besonders witzig fand. »Also glaubst du, dass es mit Gus nicht halten wird?«, fragte ich.

Arlo zuckte mit den Schultern. »Ich würde nicht drauf wetten. Und meine Mom nach einer Trennung? Das ist nicht schön.«

»Ah. Okay.« Das konnte ich verstehen. »Wie meine Mom, wenn sie eine Rolle nicht bekommt. Dann muss ich sie immer trösten.«

»Ja? Was machst du denn dann?«

Ich dachte an ihr letztes Vorsprechen zurück, kurz bevor sie die Rolle in dem Film bekommen hatte. Diese Rolle für die Pilotfolge einer Sitcom war angeblich eine sichere Sache. Mom war mit dem Regisseur befreundet, und der hatte sie sehr gelobt. »Ich mache ihr grünen Tee und halte ihr Taschentücher hin, während sie weint.«

»Das kommt mir irgendwie bekannt vor«, sagte Arlo. »Was noch?«

Ich rümpfte die Nase. »Manchmal massiere ich ihr die Füße.«

»Igitt.« Arlo lachte. »Wenigstens musste ich so was noch nie machen!«

Dann fiel mir etwas ein. »Meine Großeltern haben gesagt, dass Gus immer zu meinem Dad gehalten hat, seit vielen Jahren schon. Vielleicht hält er dann auch zu deiner Mom.«

»Vielleicht.« Arlo nahm sich noch ein paar Chips aus der Schüssel, aber er starrte sie nur an.

»Hör mal«, sagte ich und wollte irgendwas sagen, damit es ihm besser ging. »Du würdest nicht glauben, wie oft ich meiner Mom schon sagen musste, dass die perfekte Rolle auf sie wartet. Aus irgendeinem Grund glaubt sie mir immer, obwohl ich das natürlich gar nicht wissen kann!«

Arlo nickte. »Meine Mom fragt mich immer, was ich von den Typen halte.« Er verdrehte die Augen. »Ich sage ihr immer, dass ich keine Ahnung habe und dass es mir egal ist, aber sie fragt trotzdem jedes Mal.«

Ich lachte. »Aber weißt du, wie sich herausgestellt hat, *hat* die perfekte Rolle auf meine Mom gewartet, und jetzt hat sie sie. Also wer weiß? Vielleicht wartet auch der perfekte Typ auf deine Mom. Vielleicht ist es Gus.«

»Das ergibt irgendwie keinen Sinn.« Arlo warf sich eine Handvoll Chips in den Mund und kaute geräuschvoll. »Aber er macht heute Abend mexikanisches Mole-Hähnchen, weil ich erwähnt habe, wie sehr ich es vermisse, dass meine *abuela* kocht.«

»Wirklich? Das ist aber ganz schön nett von ihm«, sagte ich.

»Ja, stimmt«, antwortete Arlo. Er sah zu meinem Vater rüber, der sich mit einem Pärchen unterhielt, das ich nicht kannte. »Wie läuft es denn eigentlich mit deinem Dad? Versteht ihr euch inzwischen ein bisschen besser?«

»Ich weiß nicht.« Ich dachte daran, wie wir vorhin zusammen den Salat gemacht hatten, aber ich konnte nicht erklären, was dabei anders gewesen war als sonst. »Es ist einfach seltsam.«

»Was hält er dann davon, dass du deine Mom in Prag besuchen wirst?«

Ich nahm mir ein paar Chips und konzentrierte mich darauf, genau die richtige Menge Salsa draufzubekommen. »Er weiß nichts davon«, murmelte ich schließlich.

Arlo blinzelte. »Wow. Das wird mal ein lustiges Gespräch.«

»Eben.« Ich nickte. »Deswegen gehe ich dem ja auch aus dem Weg.«

Wir mussten beide lachen, und dann verkündete Gus, dass das Essen fertig sei. Wir aßen in einem großen Kreis, die Teller auf dem Schoß. Das Gespräch der Erwachsenen wechselte zwischen witzigen Bemerkungen zu ernsteren Dingen wie Politik und dann wieder zurück zu den witzigen Bemerkungen. Es war irgendwie nett, aber gleichzeitig war ich unruhig und nervös. Immer wieder guckte ich zu der Bowl rüber. Sie rief mich. Aber warum? Es war ja nicht so, als wüsste ich, wie man in ihr skatet. Ich kriegte noch nicht einmal einen Drop In hin.

Wir blieben bei Gus, bis die Sonne unterging, und dann sagte mein Vater, dass er nach Hause wollte, damit er morgen früh rauskam, um noch ein paar Bewerbungen loszuschicken, bevor er zu seinem nächsten Vorstellungsgespräch ging. Alle wussten, dass er einen Job suchte, und wünschten ihm Glück.

Die ersten Sterne tauchten am Himmel auf, als wir zu unserer Haustür gingen. Ich rieb mir die nackten Arme. Tagsüber war es warm gewesen, aber jetzt wurde mir kalt. Mein Vater warf mir einen Blick zu. »Das ist das Einzige, was ich an L.A. vermisse. Diese warmen Nächte. Egal, wie heiß es hier tagsüber wird, die Nächte sind immer kalt.«

Er schloss die Haustür auf und ließ mich zuerst reingehen. »Na, eigentlich stimmt das nicht. Das, was ich am meisten an L. A. vermisse, das bist du.«

Mitten im Wohnzimmer erstarrte ich. Er hatte das meinem Rücken zugemurmelt, als hätte er inzwischen alle Hoffnung aufgegeben, dass ich je etwas Nettes zurücksagen würde. Was gut war, denn er war selbst schuld, dass er mich vermisste.

Aber etwas hielt mich davon ab, sofort in meinem Zimmer zu verschwinden, eine Mischung aus Omas Erzählungen über meinen Dad, seiner niedergeschlagenen Stimmung, als er mir von seinen erfolglosen Bewerbungen berichtet hatte, und den Worten, die er gerade gesagt hatte. Seit ich bei ihm war, hatte er ja immer wieder erwähnt, wie froh er sei, dass ich da war. Aber das bedeutete nichts. Das *musste* er ja sagen.

Aber so, wie er eben gesagt hatte, dass er mich vermisste? Das war irgendwie anders als sonst.

Ich drehte mich um und stand dann einfach da, während er die Post, die er auf dem Weg nach drinnen mitgenommen hatte, auf verschiedene Stapel auf dem Tisch neben der Haustür sortierte. Klar, er verdiente mein Mitgefühl nicht. Aber wer wusste, wie lange ich noch hier sein würde? Vielleicht rief Mom morgen an, um mir zu sagen, dass sie mein Ticket nach Prag besorgt hätte. Egal, wie viel Zeit mir noch blieb, ich hatte keine Lust, sie damit zu verbringen, meinem Dad und seinen Freun-

den in der Bowl zuzugucken oder den Leuten im Skatepark.

Ich wollte ein Teil davon sein.

»Ähm«, sagte ich.

Mein Vater hielt inne. »Daf? Stimmt etwas nicht?«

Ich schüttelte den Kopf. »Ich wollte nur …« Ich schluckte. »Ich hab mich nur gefragt …« Er sah mich mit großen
Augen an, als erwartete er, dass ich jetzt etwas Schreck-
liches sagen würde. Vielleicht sollte ich es einfach lassen.
Mich umdrehen, in mein Zimmer gehen und den Satz
nie zu Ende sagen. Aber ich stand wie angewurzelt da,
und bevor ich es verhindern konnte, brachen die Worte
aus mir hervor: »Könntest du mir ein paar Skater-Tricks
beibringen?«

Er ließ die Briefe auf den Tisch fallen und richtete sich
langsam auf, wie ein Kind, das lernt, zum ersten Mal auf
einem Board zu stehen. »Klar«, sagte er nach einem Moment. »Das kann ich auf jeden Fall machen.«

»OkayTollDanke«, sagte ich. Und dann raste ich den
Flur runter, in mein Zimmer, ohne mich noch einmal umzudrehen.

»Schlaf gut, Daf«, rief er mir hinterher.

Ich gab ihm keine Antwort. Ich schloss meine Zimmer-
tür und lehnte mich dagegen. Warum schlug mein Herz
so schnell? War ich nervös, weil ich dachte, ich sei nicht
in der Lage, das zu tun, was ich schon tun wollte, seit ich

mein erstes Skateboard in den Händen gehalten hatte? War ich aufgeregt, weil ich jetzt endlich all die Tricks lernen würde, die ich schon immer gerne beherrscht hätte? War ich ängstlich, weil ich dachte, mein Dad würde sein Versprechen mal wieder nicht halten?

Nervös? Ja. Aufgeregt? Ja. Ängstlich?

Und wie.

KAPITEL 11

Als ich am nächsten Morgen in die Küche kam, lehnte mein Vater an der Spüle und trank seinen Kaffee. »Guten Morgen!«, sagte er fröhlich.

Ich runzelte die Stirn. »Morgen.« Nur weil ich ihn um Hilfe gebeten hatte, hieß das noch lange nicht, dass er jetzt mein bester Freund war. »Noch ein Vorstellungsgespräch?« Er trug wieder Hemd, Krawatte und Sakko, und seine Haare waren noch feucht vom Duschen.

Er nickte. »Sozusagen. Der Dozent meines Kurses will mich ein paar Leuten vorstellen, die mir vielleicht weiterhelfen können. Ich werde ein paar Stunden weg sein, aber Gus und Rusty sind zu Hause. Sag ihnen Bescheid, falls du irgendwo hingehst, okay? Sag ihnen, was du vorhast.«

»Okay.«

»Von Arlo soll ich dir ausrichten, dass du vorbeikommen und ihm helfen sollst, sein Zimmer zu streichen. Aber das ist deine Sache.«

»Okay.«

»Und wenn ich wieder nach Hause komme, gehen wir skaten, okay?«

»Hmhm.« Ich durchwühlte den Küchenschrank auf der Suche nach den Cheerios und versteckte mein Gesicht hinter der Schranktür. Er sollte bloß nicht mitkriegen, dass es das Erste gewesen war, an das ich gedacht hatte, als ich aufgewacht war.

»Tut mir leid, dass ich dich so oft allein lasse. Aber ich muss einfach jede sich bietende Gelegenheit ausnutzen, verstehst du?« Ich nickte. Dann sagte er noch: »Na ja, ich könnte natürlich meine Mutter anrufen, falls du …«

»Alles gut«, sagte ich. Ich wollte nicht zugeben, dass ich Angst hatte, nicht rechtzeitig zu unserer Skate-Session zurück zu sein, wenn ich mit Oma irgendwo unterwegs wäre. »Ich gehe gleich zu Arlo.«

»Gut, gut", antwortete mein Vater, trank noch einen letzten Schluck Kaffee und stellte seinen Becher in die Spüle.

Ich zog die Schachtel Cheerios aus dem Schrank und kippte eine Portion in eine Schüssel. Dad fing an, seine Taschen abzuklopfen und sich panisch umzusehen, was mir langsam vertraut war. »Da drüben«, sagte ich und winkte mit der Cheerio-Packung in Richtung seiner Schlüssel, die auf der Küchentheke lagen.

»Oh!« Er hob sie auf und schenkte mir ein dankbares Lächeln. »Danke, Daf.«

Ich wandte mich wieder meinem Frühstück zu.

Ich wollte nicht, dass er sich zu sehr auf unsere Skate-Session freute.

Ich wollte mich nicht zu sehr freuen.

Rusty begrüßte mich mit einem strahlenden Lächeln, als sie die Haustür aufmachte. »Hey, Daphne! Wir haben uns gerade gefragt, ob du wohl herkommen würdest.« Sie führte mich den Flur runter. »Ich freue mich, dass du dich so gut mit Arlo verstehst. Es wird ihm guttun, eine Freundin in der Nähe zu haben. Es verändert sich gerade so viel, weißt du? Das ist immer eine Herausforderung.« Sie blieb vor einem Zimmer stehen, dessen Tür ausgehängt worden war. »Ta-da! Arlos neues Zimmer.«

Mir kam das nur allzu bekannt vor: Eine riesige Plane bedeckte den Fußboden, um die Fenster herum und an den Rändern zur Decke klebte Kreppband. Sofern es erlaubt war, strichen Mom und ich jedes Mal die Wände neu, wenn wir irgendwo einzogen. Wir probierten cremiges Gelb mit hellroten Akzenten aus und sanfte, wunderschöne Blautöne. Einmal malte eine mit Mom befreundete Künstlerin riesige rote Mohnblumen an unsere Schlafzimmerwand. Aber einfaches Weiß haben wir nie benutzt. Genau das strich Arlo gerade mit einer Farbrolle auf eine Wand.

Als er die Stimme seiner Mutter hörte, drehte er sich

um und warf ihr einen Blick zu. Einen wütenden? Einen peinlich berührten? Genau konnte ich es nicht sagen, aber es war irgendwie ein unglücklicher Blick. »Daphne kommt, um dir zu helfen, Arlo! Zeig ihr doch, wo sie alles finden kann.« Auf der anderen Seite des Zimmers stand Gus auf einer Leiter und strich mit einem Pinsel die Ecken zwischen Wand und Decke.

Arlo hörte auf zu streichen und griff nach einem Farbeimer. »Da liegt noch eine Rolle«, sagte er. Ich nahm sie in die Hand und wartete, während er Farbe in die Farbwanne goss.

»Sieht super aus, Jungs!«, sagte Rusty, die immer noch in der Tür stand.

Gus strahlte sie von der Leiter aus an. »Sieht wirklich gut aus, nicht? Hell und sauber.« Er winkte mir mit dem Pinsel zu. »Die Idee habe ich eigentlich von deinem Dad, Daphne. Er hat darauf bestanden, dass du dein eigenes Zimmer bekommst. Damit du weißt, dass du hierhergehörst. Ich will, dass Arlo sich auch so fühlen kann.«

Rusty strahlte übers ganze Gesicht. »Ist er nicht toll, Arlo?«

Arlo verdrehte die Augen. »Ja, Mom. Der Tollste überhaupt.« Seine Stimme war so ausdruckslos, dass es mich an den Kalten Fisch erinnerte. Ich musste kichern, aber Rusty und Gus schienen es nicht zu merken. Sie waren zu sehr damit beschäftigt, sich anzulächeln.

Ich verstand nicht ganz, warum Arlo sich solche Sorgen machte. Ganz offensichtlich lag Gus Rusty zu Füßen. »Ich finde ja immer noch, du solltest deinen Vermieter verklagen«, sagte Gus und arbeitete weiter. »Nicht dass ich will, dass du in die Wohnung zurückziehst, aber dich hinauszuwerfen, weil du ein Kind hast, ist Diskriminierung.«

»Ach nein«, sagte Rusty. »Ich will das einfach hinter mir lassen und nach vorne schauen. So, und jetzt muss ich zur Arbeit. Bis später.«

»Warte mal.« Gus legte seinen Pinsel auf der obersten Stufe der Leiter ab. »Ich muss noch was aus deinem Auto holen, bevor du fährst.« Sie verschwanden beide.

»Was soll ich machen?«, fragte ich Arlo.

»Wir sind schon beim zweiten Anstrich, deswegen musst du nur darauf achten, dass alles gleichmäßig ist«, sagte er und zeigte auf die gegenüberliegende Wand.

Ich zog die Farbwanne dorthin, tauchte die Rolle in das Weiß und drehte sie hin und her, um die überschüssige Farbe abtropfen zu lassen. »Hast du gerade Streit mit deiner Mom?«, fragte ich, als ich anfing zu streichen.

»Sozusagen. Alles gut. Egal!«

»Aha. Dann ist ja alles klar.«

Arlo ließ ein bellendes Lachen hören, erklärte aber nichts. Eine Weile war nichts zu hören außer dem Geräusch der Farbroller, die die Farbe an die Wand quetschten. »Tja«, sagte ich schließlich. »Weiß, hm? An jeder Wand? Findest du das nicht ein bisschen … langweilig?«

»Weiß ist nicht langweilig. Es ist vielseitig.«

»Vielseitig?« Ich kicherte.

»Halt die Klappe! So hat man gutes Licht zum Filmen. Falls ich hier mal einen Szenenaufbau machen muss, weißt du? Was ich wohl wirklich machen muss, da aus meiner genialen Idee, einen Dokumentarfilm übers Skaten zu machen, ja nichts wird.«

Ich tauchte meinen Farbroller wieder ein. Ich war froh, dass ich mit dem Rücken zu Arlo stand. »Ich habe meinen Dad gefragt, ob er mir ein paar Tricks beibringt.«

»Was, wirklich?« Ich konnte hören, dass er aufgehört hatte zu streichen, aber als ich mich nicht umdrehte, machte er weiter. »Das ist ja eine ganz schön große Sache, was?«

»Nicht wirklich«, sagte ich. Meine Worte hingen zwischen uns. Wir wussten beide, dass das nicht die Wahrheit war. Wieder beugte ich mich zur Farbwanne runter. »Na, vielleicht doch. Ich versuche, nicht darüber nachzudenken.«

»Ja, das kenne ich«, sagte Arlo. Er kletterte die Leiter hoch, um die Ecken fertig anzumalen, und ich strich weiter die Wand. Wir arbeiteten schweigend. Ich hatte schon immer gerne gestrichen und verfiel in den vertrauten Rhythmus: Farbroller eintauchen, das Geräusch der Rolle auf der Wand, dann wieder eintauchen. Ich war so vertieft, dass ich eine Weile brauchte, bis ich merkte, wie still Arlo war. Ich dachte noch einmal über seine letzten Worte nach. »Hey«, sagte ich. »Was hast du damit gemeint? Worüber versuchst *du* nicht nachzudenken?« Hatte es ihn so mitgenommen, dass ich nicht bei seinem Skate-Film mitmachen wollte?

»Es ist nichts«, murmelte er. »Nur … was ich schon gesagt habe. Hier einzuziehen und alles.«

»Oh.« Ich dachte an das, was Gus gesagt hatte. »Warte mal, euer Vermieter hat euch tatsächlich rausgeschmissen? Ich finde, Gus hat recht. Das kann er nicht machen! Meine Mom sagt immer, Vermieter denken, sie können mit alleinerziehenden Müttern alles machen. Vielleicht solltet ihr wirklich gegen ihn angehen.«

Wieder entfuhr Arlo sein kurzes Lachen. »Nee, das werden wir nicht machen.« Er kletterte die Leiter runter, um sie ein Stück weiterzuschieben. »Was soll dir dein Dad denn als Erstes beibringen?«

»Den Ollie natürlich.«

»Schade, dass das keiner irgendwie mitkriegen wird. Zum Beispiel, wenn jemand das filmen würde oder so.«

»Ha, ha«, sagte ich.

»Du solltest wissen, dass ich mir alle mein Legosteine zurückgeholt habe, die wir eigentlich spenden wollten. Irgendein armes Kind muss jetzt also auf meine erlesene Sammlung verzichten. Daran bist du schuld.«

Ich lächelte. »Du willst einfach nicht, dass jemand mitbekommt, dass du ein Lego-Nerd bist.«

Er zeigte auf sein Darth-Vader-T-Shirt. »Glaubst du wirklich, ich würde meine Wurzeln verleugnen?« Da mussten wir beide lachen.

Aber wegen irgendetwas machte Arlo sich eindeutig große Sorgen. Das wusste ich.

KAPITEL 12

Sobald ich hörte, wie der Toyota meines Vaters vor dem Haus hielt, sagte ich Arlo, dass ich losmusste. Ich rannte nach Hause und verbarg meine Enttäuschung, als Dad sagte, dass er noch einen Moment brauchen würde, um seine Klamotten zu wechseln.

Ich holte mein Board und wartete draußen auf ihn. Ich versuchte, ruhig zu bleiben, aber es fühlte sich an, als würde jemand in meinem Bauch einen Ollie hinlegen, den Trick, den ich so unbedingt können wollte. Ich versuchte, mir nicht zu große Hoffnungen zu machen. Aber dafür war es mehr als zu spät.

Nebenan öffnete Arlo die Haustür und rief zu mir rüber: »Sag Bescheid, falls ich mitkommen und dich filmen soll.«

»Ja, klar«, sagte ich, aber ich lächelte und entspannte mich ein wenig. Einen Augenblick später tauchte mein Dad auf.

»Ich habe gehört, dass Arlo und du bei seiner Schule geskatet seid«, sagte er. »Ein guter Ort, um anzufangen – weniger Druck als im Skatepark.«

Ich blinzelte ihn misstrauisch an. Wusste er irgendwie, dass ich mit Arlo im Skatepark so ausgeflippt war? Aber er nestelte die ganze Zeit an seiner Kappe rum, als wäre er genauso nervös wie ich. »Okay, fahren wir zur Schule«, stimmte ich zu.

Ich rannte ein paar Schritte, ließ mein Board fallen und sprang drauf. Hinter mir rief mein Vater: »Sehr schön!«, und aus irgendeinem Grund machte mich das wütend. Ich holte wieder Schwung, mit voller Kraft, und versuchte, die Erinnerung daran zu verdrängen, wie ich im Skatepark in L. A. meinen Vater gesucht hatte, der nirgends zu sehen gewesen war. Aber nachdem wir ein Stück die Straße runtergefahren waren, übte das Skaten seinen üblichen Zauber auf mich aus, und meine Wut wurde abgelöst durch das Gefühl meiner Füße, die fest auf dem Board standen, und das Surren der Rollen auf dem Bürgersteig.

Als wir an einer Straßenecke halten mussten, um darauf zu warten, dass ein Auto vorbeifuhr, balancierten wir beide Tic-Tac-mäßig im Stehen auf unseren Boards. »Das sieht gut aus, Daf«, sagte mein Vater. »Ich kann sehen, wie wohl du dich auf deinem Board fühlst, die beste Voraussetzung, um Tricks zu lernen.«

Wow. Das konnte ich nicht einfach so stehen lassen. »Ja«, sagte ich, »das hast du mir letztes Mal, als wir zusammen geskatet sind, auch gesagt.« Ich hoffte, er verstand, was ich eigentlich sagen wollte: *Das einzige Mal, dass wir zusammen geskatet sind. Vor drei Jahren, an meinem neunten Geburtstag.* Aber ich wartete nicht auf ihn. Ich fuhr los und blieb erst stehen, als wir die Schule erreicht hatten. Ich sprang von meinem Skateboard, führte ihn zu der Lücke im Zaun und schob mich durch.

Für meinen Vater war das Loch im Zaun ein wenig klein, aber er schaffte es, sich durchzuquetschen. Ich sah zu, wie er sich aufrichtete und umsah, und meine Angst überfiel mich erneut. Was wäre, wenn ich nicht einmal annähernd einen Ollie hinkriegte? Vielleicht war das Ganze einfach keine gute Idee.

Mein Vater skatete auf die Grünfläche zu.

»Wir skaten auf dem Rasen?«, fragte ich.

»Lektion Nummer eins: die Kunst, zu fallen«, sagte er, sprang von seinem Board und poppte es sich in die Hand.

Ich verdrehte die Augen. »Ich weiß, wie man fällt. Ich falle die ganze Zeit runter.«

Er zeigte mit dem Finger auf mich. »Genau. Alle fallen runter. Wie man dann wieder aufsteht, ist, was zählt. Das sind die richtigen Skater.« Er machte mir vor, wie man sich ins Gras fallen lässt, rollte sich ab und stand wieder auf. »Wenn du weißt, wie man fällt, ohne sich zu verletzen, dann hast du es geschafft. Das Wichtigste ist, dass du dich abrollst, wenn du landest. Jetzt mach du es mal.« Eine Zeit lang schmissen wir uns also abwechselnd auf den Boden. Irgendwie machte es sogar Spaß. Mein T-Shirt war schon voller Grasflecken, weil ich mich die ganze Zeit über den Rasen rollen ließ.

»Okay, ich glaube, das reicht jetzt erst mal«, sagte mein Dad. »Lass uns skaten.«

Wir fingen an, über den Parkplatz zu skaten, so wie Arlo und ich das auch gemacht hatten. Zuerst machte es echt Spaß, aber als ich dann über die Bodenschwellen fuhr und mein Vater laut aufjubelte, sprang ich genervt von meinem Board runter. Ich war ja schließlich kein kleines Kind mehr. Er musste nicht so tun, als wäre alles, was ich machte, total super. Ich poppte mir mein Board in die Hand. »Wann kann ich den Ollie lernen?«, fragte ich.

»Na los!«, sagte mein Vater. »Dann zeig mir, was du kannst.«

Ich starrte ihn an. »Wie meinst du das?«

»Na ja, du hast doch geübt, oder? Zeig mir, wie du es machst, und dann erkläre ich dir, was du tun musst, damit es funktioniert. Bestimmt ziehst du es nicht richtig durch. Du musst deinen vorderen Fuß nach vorne schieben, sobald du anfängst zu springen – eine Menge Leute vergessen das, wenn sie den Trick gerade lernen.«

Ich rieb mir meinen linken Ellbogen und guckte nach unten. Mein Gesicht wurde heiß. »Ich habe es noch nie richtig versucht«, murmelte ich.

»Noch nie?« Er zupfte am Schild seiner Kappe und

blinzelte mich an, als fände er das total seltsam. »Warum nicht?«

Das war mir jetzt doch zu viel, und ich warf ihm einen bösen Blick zu. Gerade weil er mir den Ollie nicht beigebracht hatte, war die ganze Skatepark-Katastrophe passiert. Ich hatte noch nie über diesen Tag gesprochen. Noch nicht einmal mit Sam. »Kannst du es mir nicht einfach zeigen?« Ich bemühte mich nicht, den scharfen Ton in meiner Stimme zu verbergen.

Mein Vater hob die Augenbrauen, aber er nickte. »Klar.« Er ging den Parkplatz entlang, den Blick auf den Boden gerichtet. Zuerst dachte ich, er hätte irgendwas verloren, aber dann winkte er mich zu sich. Er zeigte auf einen Riss im Asphalt. »Am besten fängst du hier an, dann kannst du deine hinteren Rollen verkeilen, damit dir das Board nicht unter den Füßen wegrutscht. Jetzt beobachte mich erst mal, aber nicht nur, um meinen coolen Stil zu bewundern.« Er wartete, aber als ich nicht lachte, schob er sich die Kappe noch tiefer ins Gesicht. »Also. Versuch alles in kleine Schritte zu unterteilen, während du zuguckst. Versuch, dir darüber klar zu werden, was ich genau mache.«

»Okay.«

Mein Vater skatete ein kleines Stück von mir weg und machte den Ollie, wieder und wieder. Manchmal machte er auch einen Nollie statt den Ollie, da hat man den vorderen Fuß auf der Nose, aber es war egal, was er machte. Jedes Mal, wenn er in die Luft poppte, flog mein Herz mit. Ich wollte das auch machen. Ich *musste* das auch machen. Ich schob meinen Ärger weg, hockte mich hin und ließ seine Füße nicht aus den Augen.

Dad nahm seine Kappe ab, um sich den Schweiß mit dem Ärmel seines T-Shirts von der Stirn zu wischen, und setzte sie dann wieder auf. »Und? Hast du es kapiert?«

Konzentriert blinzelte ich ihn an, versuchte mir die Bewegungen in Zeitlupe vorzustellen. »Also, du hast deinen Fuß hinten aufs Board gedrückt, bist dann in die Knie gegangen, bevor du wieder nach oben gekommen bist.«

»Gut! Was noch?«

»Ähm, du bist gesprungen?« Aber das stimmte so nicht. Es war mehr als ein Sprung. Es war eine magische Methode, die dafür sorgte, dass das Board an seinen Füßen klebte, wenn er in die Luft abhob. »Oh! Ich weiß! Irgendwie ist die Hinterseite nach unten gekippt, und in der Luft hast du das Board wieder ausgerichtet.«

»Genau!« Mein Dad grinste. Er hockte sich neben mich, sein Board in den Händen. »Guck mal, so geht das.« Er drückte den hinteren Teil des Boards nach unten, sodass der vordere Teil nach oben zeigte, richtete dann den hinteren Teil so aus, dass er wieder auf gleicher Höhe mit der Nose war, und drückte das Board wieder auf den Boden. »Im Grunde sind es drei Schritte: das Poppen, also das schnelle Drücken des Tails auf den Boden, dann Fuß verschieben, dann springen, alles direkt hintereinander – genau im richtigen Moment.«

Ich nickte. »Geht klar.« Bei ihm sah es so einfach aus. »Kann ich es jetzt versuchen?«

Mein Dad lachte. »Eigentlich wollte ich das Ganze in mehrere kleine Schritte einteilen ...«

»Ich will es einfach mal versuchen«, beharrte ich. Ich konnte es in meinen Füßen spüren. Irgendwie wusste ich, dass mir das nicht schwerfallen würde. Und wäre es nicht toll, wenn ich meinem Vater zeigen könnte, dass er mir das gar nicht beibringen musste?

Ich verkeilte die hinteren Rollen meines Boards in der Spalte, die mein Dad entdeckt hatte, setzte meine Füße dann aufs Board und ging, genau wie er es gemacht hatte, in die Knie. Ich trat die Hinterseite des Boards nach unten, sprang ... und fiel mit rudernden Armen vorne von meinem Board runter.

Es war schwerer, als es aussah.

»Das war eigentlich schon ganz schön gut«, sagte mein Vater.

Wieder sah ich ihn böse an. Sein Lob konnte er sich echt sparen.

»Ich meine das wirklich. Du hast einen guten, lockeren Stand. Dein Körper sieht entspannt aus. Aber teilen wir es mal ein. Fangen wir mit dem Poppen an.«

Er ließ mich auf dem Board stehen und das Tail mit meinem hinteren Bein nach unten drücken, sodass die Nose in die Luft zeigte, mein vorderer Fuß auf der Vorderachse. Dann sollte ich Druck auf das Board ausüben und es auf dem Boden aufkommen lassen. Das erste Mal fiel ich runter, aber dann bewegte ich meine Füße einfach hin und her, hin und her.

»Okay, jetzt zeige ich dir, wie du deine Füße bewegen musst«, sagte mein Dad. Ich sollte meinen Fuß wieder auf das Tail stellen, Nose in die Luft, und dann den Fuß bis zum Rand des Boards rutschen lassen. »Du musst deinen Fuß so fest auf dem Board nach oben rutschen lassen, dass du ein *Schsch*-Geräusch auf dem Griptape hören kannst und spürst, dass du dabei bist, dir die Schuhe zu ruinieren«, sagte er. Erst fühlte es sich albern an, einfach dazustehen und mit dem Fuß hin und her zu rutschen. Aber er hatte sich vor mich hin gehockt und beobachtete so konzentriert, wie mein Fuß Spuren auf dem Griptape hinterließ, dass ich mich auch darauf einlassen konnte. Das *Schsch* jagte mir einen wohligen Schauer den Rücken runter.

»Hier ein bisschen weiter zurück, genau da«, sagte mein Dad, griff nach meinem Fuß und richtete ihn aus. Ich versuchte es wieder. »Perfekt!« Dad stellte sich wieder hin. »Jetzt machst du alles auf einmal und verwandelst das Ganze in einen Sprung, der daraus einen Ollie macht. Bist du bereit?«

Ich nickte und konnte mein Grinsen nicht unterdrücken. Klar, beim allerersten Mal hatte es nicht geklappt. Aber jetzt kannte ich jeden einzelnen Schritt, da musste ich das doch hinkriegen. »Okay, los geht's.«

Ich poppte das Tail nach unten, und ... das Board rutschte unter mir weg. Ich landete auf dem Hintern. Ich kraxelte wieder auf die Füße und wartete darauf, dass Dad mir sagte, was ich falsch gemacht hatte. Aber sein Blick war noch immer auf meine Füße gerichtet, und er sagte: »Ich habe etwas vergessen: Lass dich nach vorne fallen. Es ist wie bei jedem Trick. Wenn du dich nicht richtig darauf einlässt, dann funktioniert es nicht. Dich nach vorne fallen zu lassen, bedeutet, dass du dich auf den Ollie einlässt. Versuch es noch mal.«

Also versuchte ich es noch mal.

Und noch mal.

Und noch ein weiteres Mal.

Egal, wie oft ich es versuchte, entweder kriegte ich den Pop am Anfang hin, fiel dann aber beim Rutschen nach oben vom Board, oder ich fiel schon vorher runter. »Fallen kannst du auf jeden Fall richtig gut. Bist du nicht froh, dass wir es geübt haben?«, witzelte mein Dad. Ich biss die Zähne zusammen. Darüber konnte ich nicht lachen.

»Mach weiter«, sagte mein Dad. »Du bewegst dich in die richtige Richtung.« Ich konnte nicht verstehen, dass er so überhaupt nicht davon genervt war, zuzugucken, wie ich wieder und wieder versagte. Doch weil er so ruhig blieb, versuchte ich es immer weiter.

Aber ich konnte es immer noch nicht.

»AAAaaaaaahhhh!«, schrie ich nach dem millionsten Mal. Ich schubste mein Board mit dem Fuß, und es rollte von mir weg. Ich setzte mich auf den Boden. »Ich kann es nicht!« Ich umschlang meine Knie und ließ mir die Haare ins Gesicht fallen. »Ich kann es einfach nicht!« Und versteckte mich hinter meinen Haaren.

Ich hörte, wie die Schritte meines Vaters sich entfernten. Dann ließ er sich neben mich hinplumpsen und schob mir mein Board unter die aufgestellten Knie. »Du kannst es. Da bin ich mir sicher. Du hast das Zeug dazu, eine richtige Skaterin zu sein.«

Ich fasste mit beiden Händen an mein Board und spürte das vertraut kratzige Griptape unter meinen Fingern. »Warum? Weil ich deine Tochter bin?«

Er lachte. »Soweit ich weiß, vererbt sich das nicht. Nö. Skateboard zu fahren hat ganz viel mit Geduld zu tun. Und mit Beharrlichkeit, und man darf keine Angst haben zu fallen. Das alles trifft auf dich zu. Wenn du dranbleibst, wirst du es schaffen. Es gibt nur ein Problem: Ich darf nicht der Einzige von uns sein, der das glaubt.« Er tippte mit dem Finger auf mein Knie. »*Du* musst es auch glauben. Und du musst es weiter versuchen. Das ist das Allerwichtigste.«

Wir saßen noch ein paar Minuten da, während ich

schnüffelte und mir heimlich die frustrierten Tränen mit dem T-Shirt abwischte. Ich linste zu meinem Dad rüber. Er saß da, die Arme um die Knie geschlungen, und starrte über den Parkplatz zum Spielplatz hin, ein kleines Lächeln auf den Lippen. »Das Komische am Ollie ist: Wenn du einmal weißt, wie es geht, verstehst du überhaupt nicht mehr, warum du es vorher nicht konntest. Es muss einfach nur … irgendwie Klick machen. Aber keine Sorge. Das wird es.« Er schob sich vom Boden hoch und hielt mir seine Hand hin. »Ich glaube, für heute reicht es. Lass uns morgen weitermachen.« Ohne nachzudenken, nahm ich seine Hand. Es war so einfach, sich von ihm nach oben ziehen zu lassen. Jäh ließ ich seine Hand los und starrte auf den Boden.

»Also, falls du dabeibleiben willst. Willst du?«

Ich konnte die Unsicherheit in seiner Stimme hören, und mein Blick schnellte nach oben. »Ja«, sagte ich. »Das will ich.«

Er nickte. »Gut.« Er ließ sein Board fallen, stellte einen Fuß darauf und wandte sich dann wieder zu mir um. »Wirklich, Daf. Vielleicht kannst du ihn morgen, oder vielleicht dauert es ein paar Wochen, aber du wirst ganz sicher einen Ollie machen. Und sobald du den kannst, kümmern wir uns um den Kickflip.« Er zeigte auf mich: »*Und* du wirst bei der Silver Session einen Drop In machen, bevor du fährst.«

»Wirklich?«, sagte ich.

Er guckte mir direkt in die Augen. »Wirklich.«

Auf dem Weg zurück fuhren wir schneller als auf dem Hinweg. Es roch nach Gegrilltem und Jasmin, und ich passte mich dem Tempo meines Dads an und blieb direkt hinter ihm. Eigentlich hatte ich keinen Grund, ihm zu glauben. Woher wusste er, was ich konnte und was nicht? Er wusste jedenfalls nicht, dass ich bald weg sein würde ... vielleicht hätte ich gar nicht genug Zeit, das alles zu lernen. Aber er war sich so sicher gewesen, als er das gesagt hatte. Aus irgendeinem Grund ließen mich seine Worte denken: Vielleicht. Vielleicht konnte ich es wirklich.

KAPITEL 13

Ich drehte mein Kissen um und versuchte zu schlafen. Meine Gedanken drehten sich im Kreis. Wieder und wieder sagte ich mir: *Verlass dich nicht auf ihn. Es war nur ein Nachmittag.*

Aber ich musste auch immer wieder an den ernsten Gesichtsausdruck meines Vaters denken, als er mir gezeigt hatte, wie ich fallen sollte, und wie nicht eine Spur von Ungeduld auf seinem Gesicht zu sehen gewesen war, als ich wieder und wieder versucht hatte, den Ollie zu machen. Ich dachte daran, wie er »Morgen wieder?« gesagt hatte, als ich auf dem Weg ins Bett war. Ich hatte genickt, und er hatte sich schnell abgewandt, aber da hatte ich schon gesehen, wie er strahlte.

Ich war mir nicht sicher, was ich von alldem hielt. Erleichtert hörte ich, wie mein Handy vibrierte und eine Nachricht von meiner Mom auf dem Bildschirm erschien.

Hey, Süße! Hab gerade eine kurze Pause, da wollte ich meinem Mädchen eine Nachricht schicken. Wie läuft es mit deinem Vater?

Ich zögerte. Sie war nie begeistert davon gewesen, dass ich Skateboard fuhr. Ich war nicht sicher, ob ich von unserem Nachmittag erzählen wollte. Außerdem war es ja nur ein einziger. *Alles gut*, schrieb ich. *Wie ist das Leben als Movie-Star?*

Sie schickte mir ein Foto: sie in einem Restaurant mit fünf anderen Leuten, die alle die Arme umeinandergelegt hatten, am Ende eines Tisches.

> Das war, direkt nachdem der Koch uns gesagt hatte, dass es Kaninchen gibt. Da musste ich an den alten Bugs denken.
>

Ich lachte. Bugs war mein Kaninchen gewesen, als ich in der ersten Klasse war. Mom hat immer so getan, als könnte sie ihn nicht ausstehen, aber als er gestorben ist, hat sie genauso geweint wie ich.

> Ich kann nicht fassen, dass du einen Verwandten von Bugs gegessen hast! ♥ ☺

Ich zoomte das Foto näher ran. Mom hatte mich schon gewarnt, dass sie wohl die Haarfarbe würde wechseln müssen, und das hatte sie: Ihr Haar war nun buttergelb. Alle auf dem Foto lächelten. Drei von ihnen erkannte ich – nicht, weil ich sie je kennengelernt hätte, sondern weil ich sie in Filmen gesehen hatte. Und wieder wurde mir klar: Sie arbeitete tatsächlich mit berühmten Schauspielern zusammen, so wie sie sich das immer erträumt hatte. Es gab mir ein komisches Gefühl. Ich sollte mich für sie freuen. Ich freute mich auch. Es war nur … Sie so zu sehen, mit diesen Leuten, die ich nicht kannte – mit berühmten Leuten –, gab mir das Gefühl, dass sie ganz weit weg war. Als wäre sie jetzt jemand anderes.

> Deine Haare sehen toll aus! Sieht so aus, als hättest du viele neue coole Freunde.

> Kein Vergleich zu dir, Babygirl. Du fehlst mir so sehr! Ich kann nicht glauben, dass wir so lange voneinander getrennt sein müssen.

Ich lächelte mein Handy an.

> Ich weiß! Ich freue mich so auf Prag. ☺
> Ach, und auf dich auch! 😋

Mein Lächeln verschwand, als die drei Punkte auftauchten, die zeigten, dass sie schrieb, und dann wieder verschwanden und dann wieder auftauchten. Endlich kam ihre Nachricht an.

Ich habe noch immer nicht gefragt! 😣 Aber bald. Versprochen!

Ich starrte die Nachricht an. Sie hatte noch nicht einmal gefragt? Wusste sie nicht, dass ich darauf wartete, diesem Ort hier zu entkommen? Genau das wollte ich ihr schreiben, aber als ich es noch einmal las, schien mir »entkommen« doch nicht mehr das richtige Wort zu sein. Während ich noch darüber nachdachte, wie ich es ausdrücken sollte, kam die nächste Nachricht von ihr.

Sei nicht sauer! Ich VERSPRECHE dir, dass ich so bald wie eben möglich mit dem Produzenten spreche. Muss los! ❤ ❤ ❤

Ich schickte ihr ein Gute-Nacht-Kuss-Emoji und war erleichtert, dass ich nicht noch was zu meinem Vater schreiben musste. Es reichte, dass Mom sich darum kümmern würde, dass ich bald zu ihr konnte.

Am nächsten Nachmittag fuhren mein Dad und ich wieder zur Schule.

»Soll ich weiter den Ollie üben?«, fragte ich.

»Wir lassen den Ollie heute mal sein.« Mein Dad nahm seine Kappe ab und kratzte sich am Kopf. »Lass uns doch heute einfach skaten, ein bisschen Spaß haben.« Er beugte sich runter und legte sein Board verkehrt herum auf seine Fußspitzen. Dann sprang er, drehte das Board um und landete obendrauf. Anschließend schwang er stehend damit hin und her. »Versuch es mal.«

Ich legte mein Board genau so hin, sprang und landete, genau wie mein Dad, obendrauf.

»Beim ersten Versuch!«, sagte mein Dad. »Toll.«

»Ist das denn ein echter Trick?«, fragte ich. Ich machte es wieder und konnte mein Lächeln nicht zurückhalten. Was immer es auch war, es machte echt Spaß.

»Ja, klar«, sagte er. »Früher nannte man das Freestyle. Du kannst dich damit nicht für die Olympiade bewerben, aber es gilt eindeutig als Trick. Weißt du, Rodney Mullen, der Urvater des Streetskatens, war wohl der berühmteste Freestyle-Skateboarder aller Zeiten. Und er hat den Ollie erfunden.«

»Nee, das stimmt nicht«, sagte ich. »Allan ›Ollie‹ Gelfand hat den erfunden.«

Dad ließ sein Grübchen aufblitzen. »Woher weißt du das denn?«

Das hatte ich mir extra gemerkt, als ich neun Jahre alt war, um ihn zu beeindrucken, aber das würde ich natürlich nie zugeben. Ich zuckte mit den Schultern. »Das weiß ich halt.«

»Na, du hast schon recht, aber Rodney Mullen war

derjenige, der den Trick bekannt gemacht hat. Jedenfalls, was ist damit?« Er zeigte mir den Wrap Around, den ich schon bei Arlo gesehen hatte. Er zeigte mir noch einmal, wie ich meine Füße positionieren und wie ich das Board drehen musste. Beim ersten Versuch kriegte ich es noch nicht hin, aber es dauerte nicht allzu lange, bis es mir gelang.

»Okay, jetzt bist du, glaube ich, bereit für den Shove It«, sagte mein Dad.

»Aber dafür muss man doch den Ollie können.« Ich kannte den Pop Shove It natürlich: Man drehte sein Board um 180 Grad, während man in die Luft sprang und dann darauf landete.

»Für den Pop Shove It schon, ja, aber du kannst es einfach im Stehen machen, ohne zu springen.«

Er machte mir vor, wie man das Board um 180 Grad dreht, und zeigte es mir Schritt für Schritt. Folgsam übte ich die Drehung, ohne auf dem Board zu landen. Ich brauchte eine Weile, aber dann hatte ich es. Dann zeigte er es mir wieder, und zwar den Schritt, bei dem man mit beiden Füßen auf dem Board landete.

Ich kriegte es gleich beim ersten Versuch hin.

»Daf! Toll!« Mein Dad ging auf mich zu, als wollte er mich umarmen. Unwillkürlich zuckte ich zurück. »Das war ganz schön cool«, sagte ich, in der Hoffnung, dass er nichts mitbekommen hatte.

»Das ist es«, stimmte mein Dad zu. Vielleicht hatte er es wirklich nicht gemerkt. »Jetzt mach es noch mal.«

Aber die nächsten paar Male klappte es überhaupt nicht. »Ich glaube, das war nur Anfängerglück«, murmelte ich, aber mein Dad sagte, ich solle es weiter versuchen. Als es mir endlich wieder gelang, war sein Grinsen genauso breit wie meins. »Siehst du? Ich wusste doch, dass du es kannst«, sagte er.

Wir skateten über den Spielplatz und den Parkplatz, und wieder und wieder machte ich den Shove It. Zwischendurch hielt ich immer wieder mal an, um sicherzugehen, dass ich auch den Wrap Around noch draufhatte. Ich musste grinsen, als mein Dad über den Bodenschwellen einen Ollie nach dem anderen machte. Dann fuhr er mit einem Kickflip eine Mauer hoch. Zum ersten Mal sehnte ich mich nicht danach, einen Trick selbst zu machen. Ich war glücklich mit meinem Shove It. Das war ein richtiger Trick! Ich konnte es kaum erwarten, ihn Arlo zu zeigen.

Als mein Dad mir über den Spielplatz zurief, dass wir langsam mal nach Hause zum Abendessen müssten, skatete ich zu ihm rüber, bereit, das Loch im Zaun anzusteuern. »Warte mal einen Moment, Daf.« Er ließ ein komisches kleines Lachen hören. »Ich muss dir was sagen.«

»Oh. Okay.« Er klang nervös, und das machte auch mich nervös. Würde er mir jetzt sagen, dass ich ja einen

Trick gelernt hatte und er mir nichts mehr beibringen würde? Oder schlimmer: Wollte er mich dazu kriegen, über meine Gefühle zu reden?

Er seufzte. »Ich weiß auch nicht, warum das so schwer ist«, murmelte er und schüttelte den Kopf. »Können wir uns mal hinsetzen?«

Wir gingen rüber zu der Betonmauer. Ich setzte mich hin und machte mich für das bereit, was gleich kommen würde.

»Okay«, sagte mein Vater. »Du weißt, dass ich Alkoholiker bin, nicht?«

»Ja, schon. Aber ... dir geht es doch jetzt besser, oder?« Ich hasste, dass meine Stimme zitterte. Er würde mir bestimmt sagen, dass ich nicht auf ihn zählen könnte. Ich wusste es.

»Ja, irgendwie schon. Mit Alkoholikern ist das immer so eine Sache. Ich bin nie kein Alkoholiker, aber ich bin trocken. Ich habe seit über zwei Jahren nichts getrunken.«

Argwöhnisch nickte ich. »Das ist doch gut.«

»Es ist ein Anfang. Aber worüber ich eigentlich mit dir reden wollte: Da gibt es so was, was wir machen müssen, das nennt sich Wiedergutmachung. Das bedeutet, den angerichteten Schaden wiedergutzumachen, bei all den Menschen, die du enttäuscht hast.« Er hielt inne. »Du gehörst zu diesen Menschen. Du bist eigentlich die Wichtigste von allen. Also würde ich es gerne wiedergutmachen. Für all die Male, die ich nicht da war.«

Ich fasste nach meinem linken Ellbogen und starrte auf den Boden. Ich konnte ihm einfach nicht ins Gesicht sehen. »Das ist okay.« War es aber nicht. Natürlich war es das nicht. Aber ich wollte auf keinen Fall darüber reden.

»Nein, ist es nicht.« Ich konnte spüren, wie er sich mir zuwandte, aber ich konnte immer noch nicht hochgucken. »Hör mal, Daf, für mich ist Wiedergutmachung mehr, als nur zu sagen, wie leid es mir tut. Wiedergutmachen bedeutet, dass man etwas tun muss, aktiv werden muss.« Er lachte. »Ich habe so einen Freund im Programm, der macht das, indem er Kuchen backt. *So* viele Kuchen.« Ich lächelte nicht, und da räusperte er sich. »Selbst wenn ich also die Jahre nicht nachholen kann, in denen ich nicht für dich da war, würde ich das gerne wiedergutmachen, indem ich dir Skaten beibringe. Egal, wie lange es dauert, egal, was du ausprobieren willst. Bis du alles gelernt hast, was du lernen willst. Aber natürlich nur, wenn du willst.« Er schwieg einen Moment lang. »Glaubst du, du willst das?«

Das hatte ich nicht erwartet. Ich kaute auf meiner Unterlippe rum. Es war das eine gewesen, ihn zu bitten, mir ein paar Tricks beizubringen … Aber das hier … dieses Angebot von ihm anzunehmen? Das würde bedeuten, ihm zu vertrauen. Konnte ich das? Ich machte kurz die

Augen zu. Vielleicht könnte ich ihm erst mal vertrauen. Ich zwang mich, ihm ins Gesicht zu schauen. »Aber ich werde nie alles lernen, was ich lernen will«, sagte ich.

Da trat sein Grübchen zum Vorschein. »Und genau deswegen weiß ich, dass du eine echte Skaterin bist. In Ordnung. Wir sehen zu, dass wir bis zum Ende des Sommers so weit wie möglich kommen, und wenn ich dich dann wiedersehe, machen wir einfach weiter. Was, wenn es nach mir geht, bald darauf und sehr häufig der Fall sein wird. Okay?«

Ich studierte meine Vans und fühlte mich schuldig, weil er dachte, ich würde den ganzen Sommer über hier sein. Und ich erinnerte mich daran, dass er mir so was Ähnliches schon einmal versprochen hatte. Ich rieb wieder meinen Ellbogen und sah das Blut, das mir vom Knie getropft war. Ich versuchte, diese kalte, starke Entschlossenheit heraufzubeschwören, mich nicht auf ihn einzulassen, nicht auf ihn zu zählen.

Nichts davon funktionierte.

»Okay.« Ich schluckte und nickte. »Abgemacht.«

KAPITEL 14

Am nächsten Tag fuhr Oma Kate mit mir auf die Gefäng-
nisinsel Alcatraz. Am Ende der Tour schlossen sie uns in
eine Zelle ein, damit wir nachempfinden konnten, wie sich
das anfühlte. Es war total schrecklich, aber dann mussten
sie und ich kichern, und als uns alle anstarrten, wurde es
noch schlimmer. Wir beendeten unseren Ausflug wieder
mit einem Eis, aber wir hatten so viel Spaß, dass Oma vor-
schlug, bei ihr zu Abend zu essen, und meinen Dad lud sie
auch dazu ein.

Opa warf ein paar Rippchen auf den Grill, und ich
war dafür verantwortlich, die Kartoffeln zu schälen, damit Oma Kartoffelbrei machen konnte. Mein Dad kam,
als das Essen gerade fertig war, und brachte einen Obst-
kuchen aus der Bäckerei mit. Er war am Morgen sehr
früh zu einem Vorstellungsgespräch gefahren, deswegen
hatten wir uns seit unserer Skate-Session nicht mehr gesehen. Ich versuchte, so zu tun, als hätte sich zwischen uns
nichts verändert. Ich begrüßte ihn nicht einmal, sah nur
zu, wie er den Kuchen auf der Küchentheke abstellte und
Oma auf die Wange küsste.

Aber als wir uns zum Abendessen hinsetzten, platzte aus mir heraus: »Mein Dad bringt mir gerade ein paar Tricks beim Skaten bei.«

»Na, das ist aber schön«, sagte mein Opa und sah Dad mit hochgezogenen Augenbrauen an.

»Du trägst einen Helm, nicht wahr?«, fragte Oma. »Weißt du noch, dieser Freund von dir, der auf den Kopf gefallen ist? Wie hieß er noch gleich? Marcus? Danach war er nie wieder derselbe.«

Mit einer Geste wischte Dad ihren Kommentar beiseite. »Er hatte eine Gehirnerschütterung, Mom. Und irgendwann ging es ihm wieder gut.«

Sie runzelte die Stirn. »Trotzdem. Du trägst einen Helm, nicht wahr, Daphne?« Sie warf meinem Vater einen Blick zu.

»Sie trägt einen Helm«, sagte mein Dad.

»Denn Eden würde Zustände kriegen, wenn sie herausfinden würde, dass sie nicht …«

»Mom. Sie trägt einen.«

Oma nickte, und dann redeten wir über Alcatraz und Dads Jobsuche und hörten zu, wie Oma und Opa darüber diskutierten, ob sie Hühner im Garten halten sollten oder nicht. Nach dem Essen saßen wir zusammen im Wohnzimmer rum und aßen den Kuchen, während Lady sich mitten im Zimmer auf dem Teppich ausstreckte.

Dann beugte sich Oma Kate nach vorne und nahm

ein großes braunes Album vom Couchtisch. »Daphne, du hast mich doch gefragt, wie dein Vater als kleiner Junge war, also habe ich dieses Fotoalbum rausgeholt.« Sie legte es uns beiden auf den Schoß und öffnete es.

»Du hast sie also nach mir gefragt, ja?«, sagte mein Dad. Er sank neben mir auf die Couch. Ich tat so, als hätte ich ihn nicht gehört.

»Wer ist das?«, fragte ich Oma und zeigte auf einen jungen Mann. Er sah aus wie mein Großvater. Wir blätterten langsam durch die Seiten, und Oma erzählte etwas zu jedem Foto – Weihnachtsfotos und Geburtstagsfeiern, Bilder aus dem Urlaub. Auf die Familienporträts folgten Fotos von meinem Dad auf dem Skateboard. Erst waren es nur Schnappschüsse, aber dann füllten die Fotos die ganze Seite. Dad in verschiedenen Posen und ein paar Typen auf einer riesigen Rampe, und überall waren Skate-Logos zu sehen – auf ihren T-Shirts, ihren Mützen, ihren Boards. »Das war, als zum ersten Mal Sponsoren an mir interessiert waren«, sagte mein Dad und lehnte sich rüber, um auf ein Bild zu tippen. »Ich dachte, es würde jeden Tag so weit sein. Ich dachte, ich wäre auf dem Weg, ein professioneller Skater zu werden.«

»Was ist passiert?«, fragte ich.

Mein Dad senkte den Blick, und Oma sagte: »Ach, darüber müssen wir jetzt nicht reden.« Sie versuchte weiterzublättern, aber mein Dad hielt sie auf.

»Schon in Ordnung, Mom. Was passiert ist? Ich habe es vermasselt«, sagte er zu mir. »Ich sollte die Marke gut vertreten, und ich habe mich nicht an meinen Teil der Abmachung gehalten.«

So wie bei mir auch nicht, dachte ich. Ich lehnte mich dichter über das Foto, um zu erkennen, ob irgendwas im Gesicht meines Vater erklärte, warum er damals alle hängen gelassen hatte. Ich richtete meinen Blick auf ihn, in der Hoffnung, einen Unterschied zu sehen. Er sah älter aus, das war sicher. Aber reichte das?

»Es ist einfach eine Schande, dass wir Daphne so viele Jahre nicht zu sehen bekommen haben, nur wegen ein paar Fehlern«, sagte Oma mit einem Seufzer.

»Mom«, sagte mein Vater. »Hör auf.« Er stand auf, nahm uns das Fotoalbum weg und stellte es zurück ins Regal. »Es wird sowieso langsam spät. Wir sollten nach Hause. Ich will heute Abend noch ein paar Bewerbungen rausschicken.«

»Noch immer nichts, was?«, sagte Opa von seinem Sessel.

Mein Dad schüttelte den Kopf. »Nö.«

»Bald klappt es bestimmt, wart nur ab«, sagte Oma, als sie uns zur Tür brachte.

»Ich hoffe, du hast recht.« Seine Schultern hingen herab. Ich dachte daran, wie er mir beim Skaten immer Mut machte: ruhig, als wäre es keine Frage, dass ich irgendwann das hinkriegen würde, was ich tun wollte. Ich wünschte, ich könnte das Gleiche jetzt für ihn tun, aber ich wusste nicht, was ich sagen sollte.

Schweigend gingen mein Dad und ich zum Auto.

KAPITEL 15

Ich lag im Bett und blätterte durch eine alte *Thrasher*-Zeitschrift, die ich im Regal entdeckt hatte. Voller Bewunderung sah ich mir die Fotos von all den coolen Tricks an. Mir fiel auf, dass nicht ein einziges Mädchen auf den Fotos zu sehen war.

KRACH! Ein lauter Knall ertönte, und aus der Küche war ein Schrei zu hören.

Es ist seltsam, wie die Zeit sich verlangsamt, wenn man Angst hat. Als ich vom Bett hochsprang und in Richtung Küche rannte, gingen mir lauter Gedanken durch den Kopf: Hatte Dad sich verletzt? Was wäre, wenn etwas auf ihn draufgefallen war? Würde ich ihn da rausholen können? Musste ich einen Krankenwagen rufen?

Aber als ich in die Küche kam, war alles mit ihm in Ordnung. Zumindest körperlich. Er stand mitten in der Küche und starrte auf seinen Laptop, der auf dem Boden lag. Als sein Blick auf mich fiel, bückte er sich schnell, hob ihn auf und hielt ihn sich vor die Brust. »Alles okay«, sagte er. »Er ist nicht kaputt.«

Ich starrte ihn an. Seine Augen waren weit aufgerissen,

als stände er unter Schock – oder als hätte er Angst. Als könnte er nicht fassen, dass sein Computer auf den Boden gefallen war und er derjenige war, der das gemacht hatte.

»Bist du denn okay?«, fragte ich. Aber anstatt auf ihn zuzugehen, wie man das normalerweise macht, wenn man sich um jemanden Sorgen macht, trat ich einen Schritt zurück. Er benahm sich so komisch.

Mein Vater nickte, als hätte er mich gar nicht richtig gehört. Er stellte den Laptop auf den Tisch. »Ja, alles okay.« Er lächelte mich an, aber seine Augen lächelten nicht mit. »Nur was mit einem Job.« Sein Kiefer war so angespannt, dass ich sehen konnte, wie sein Gesicht zuckte. »Alles gut.«

»Okay.« Aber ich blieb stehen. Es war eindeutig nichts in Ordnung, aber ich wusste nicht, was ich tun sollte. Das hier war nicht so, wie wenn Mom eine Rolle nicht bekommen hatte. Eine Umarmung und eine Schüssel Eis würden Dad nicht weiterhelfen.

»Hey.« Er trommelte mit den Fingern auf der Rückenlehne des Stuhls rum. »Sollen wir zur Schule fahren? Ein bisschen skaten?«

»Jetzt sofort?«

»Ja, jetzt sofort. Ich brauche mal eine Pause.«

»Aber es ist schon dunkel. Und ich bin schon im Schlafanzug.«

»Die Schule ist beleuchtet, und du kannst dich umziehen. Oder auch nicht. Mir ist das egal.« Er hörte auf zu trommeln und umfasste die Stuhllehne so fest, dass seine Knöchel weiß wurden. Er sah aus, als würde er gleich explodieren. »Lass uns einfach losfahren.«

»Ähm. Bist du sicher, dass alles in Ordnung ist?«

»Ja, alles gut«, sagte er mit zusammengebissenen Zähnen. Er klang nicht gut. Überhaupt nicht. Und ich hatte Angst.

Da wurde mir klar, was da gerade vor sich ging. Tränen traten mir in die Augen, und ich blinzelte sie weg. »Wart mal kurz«, sagte ich. Meine Stimme klang schwach und zittrig, aber das war mir egal. Ich eilte in mein Zimmer, und jetzt war ich froh, dass Mom mir Omas Telefonnummer eingespeichert hatte. »Oma?«, sagte ich, als sie dranging.

»Daphne? Bist du in Sicherheit?«

»Ja«, sagte ich. Woher wusste sie, dass sie mich das fragen musste? »Es ist nur … Dad …«

»Ist er in der Lage zu sprechen?«

»In der Lage?« Das verstand ich nicht, aber sie klang ganz verzweifelt.

»Lass mich mit ihm sprechen, Daphne. Gib mir deinen Vater.«

Ich nahm das Handy mit in die Küche und hielt es vor mich hin, als wäre es ein Schild, der mich vor dieser unheimlichen Version meines Vaters schützen würde. »Oma will dich sprechen«, sagte ich. Ich legte das Handy auf den Tisch und trat einen Schritt zurück in den Türrahmen und beobachtete ihn.

Da schien mein Vater zu schrumpfen. Er sank auf den Stuhl und schloss einen Moment lang die Augen. Als er sie wieder aufmachte, sah er so, so müde aus. Er nahm mein Handy und stützte seinen Kopf mit einer Hand auf. »Hi.« Seine Stimme war leise, der scharfe Ton von eben war verschwunden. »Uns geht es gut ... Nein, etwas mit einem Job ... ich weiß. Du hast recht. Tut mir leid ... Ich rufe ihn an ... Nee, Mom, das musst du nicht. Ich weiß, dass du schon im Bett liegst. Ich hol Gus ... Okay. Tut mir leid ... Werde ich nicht. Tut mir leid.« Er legte auf und hob den Kopf, um mich anzusehen. »Tut mir leid, Daf«, sagte er sanft. »Ich wollte dir keine Angst machen.«

Ich blieb in der Tür stehen. Ich musste ihn fragen: »Bist du betrunken?«

»Was? Nein!« Er lachte. »Du warst den ganzen Abend mit mir zusammen, du weißt, dass ich nichts getrunken habe.« Jäh verschwand das Lächeln aus seinem Gesicht. »Aber du bist auf der richtigen Spur. Gerade finde ich es richtig schwer. Ich würde alles dafür geben, jetzt was zu trinken.«

Ich schlang die Arme um mich selbst und versuchte, den Kloß in meinem Hals runterzuschlucken. »Und wirst du was trinken?«

Er schüttelte den Kopf. »Nein. Ich rufe jetzt meinen Sponsor an und gehe zu einem Treffen und bitte Gus, dich abzuholen. Ist das in Ordnung? Ich wollte meine Eltern nicht aus dem Bett holen. Ist das okay, wenn du heute drüben übernachtest?« Er fuhr sich mit der Hand übers Gesicht.

»Okay.« Meine Angst verschwand, aber ich war verwirrt. »Ich dachte, du hättest keinen Sponsor mehr? Und warum gehst du zu einem Treffen? Ist das ein Bewerbungsgespräch?«

Er guckte erst etwas verdutzt und lachte dann leise. »Der Sponsor hat nichts mit Skaten zu tun. Nein, das ist mein Sponsor von den Anonymen Alkoholikern. Ich erkläre es dir gleich, aber erst muss ich ein paar Anrufe erledigen.«

Ich nickte. Er nahm sein Handy und ging ins Wohnzimmer. Ich setzte mich an den Küchentisch und wartete. Ich hielt mein Handy so fest in der Hand, dass sie schweißnass wurde.

Nach einer Weile kam er zurück. Sein Gesicht war nicht mehr so angespannt, aber seine Augen waren traurig. »So, alles geregelt.« Er setzte sich zu mir an den Tisch. »Es tut mir leid, Daf. Ich weiß, dass dir das Angst gemacht hat, was gerade passiert ist. Ich bin irgendwie ausgerastet. Ich wollte das nicht, aber es war trotzdem so.«

Ich nickte, kapierte es aber nicht so richtig.

»Also, du weißt, was die Anonymen Alkoholiker sind?«

Ich nickte wieder: »Sie helfen dir dabei, nicht zu trinken?«

»Genau. Dafür sind die Treffen da. Da sitzt dann ein Haufen Alkoholiker zusammen, und sie erzählen sich gegenseitig ihre Geschichten, unterstützen sich gegenseitig, um trocken zu bleiben. Und mein Sponsor ist jemand, der das alles schon selbst durchgemacht hat, länger dabei ist, als ich es bin. Er ist der Mensch, den ich anrufe, wenn es schwierig wird. Damit er mir da durchhilft. Du wirst ihn gleich kennenlernen.«

Kurz danach kam Gus rüber und dann Charlie, der Sponsor von meinem Dad. Er sah nicht wie die Art Mensch aus, die mit meinem Vater befreundet sein würde. Er war ein älterer Herr asiatischer Herkunft, der ein gebügeltes Hemd und schwarze Hosen trug, wie ein Geschäftsmann. Er winkte Gus zu und stellte sich mir vor. Er versprach, gut auf meinen Dad aufzupassen.

»Rusty hat schon dein Bett auf der Couch gemacht«, sagte Gus leise, als er die Tür zu seinem Haus aufmachte. »Arlo schläft schon.«

»Tut mir leid, wenn wir euch geweckt …«

»Hör sofort auf«, sagte Gus und hielt die Hand hoch. »Ich habe deinem Dad schon vor langer Zeit gesagt, dass ich ihm helfen werde, wenn du ihn im Sommer besuchst – und dir auch. Das habe ich auch so gemeint. Du bist hier jederzeit willkommen.«

»Oh. Okay. Danke.« Es war komisch, mitten in der Nacht hier zu sein und ohne Arlo. Ich wünschte, ich könnte zurück zu meinem Dad und es mir in meinem eigenen Bett gemütlich machen.

»Weißt du was, wir machen uns noch einen Kakao.« Gus führte mich in die Küche, die, anders als bei meinem Dad, schon renoviert worden war, ein heller, luftiger Raum mit einem großen Fenster zum Garten. Draußen funkelte eine Lichterkette, gerade hell genug, dass man noch die Bowl sehen konnte. Ich konnte meinen Blick nicht losreißen.

Gus goss Milch in einen Topf und gab Kakaopulver hinein. »Ich mag es ja gar nicht so gern süß, aber Kakao ist was anderes. Das perfekte Getränk, wenn mitten in der Nacht komische Sachen passieren.«

Ich schaute weiter aus dem Fenster. Ich fragte mich, warum Gus nach so langer Zeit noch immer mit meinem Vater befreundet war. Störte es ihn nicht, dass er … dieses Problem hatte?

»Alles gut bei dir, Daphne?«, fragte Gus nach einer Weile.

»Hast du meinen Dad je betrunken erlebt?« Ich wandte mich um, damit ich sein Gesicht sehen konnte. Gus rührte weiter ruhig im Kakao, der Löffel kratzte über den Topfboden. Meine Frage schockierte ihn gar nicht. Ich hatte irgendwie gehofft, dass sie das tat. Aber er brauchte einen Moment, um zu antworten.

»Ja«, sagte Gus. »Das habe ich.«

»Wenn es so schlecht für ihn ist, warum hast du es dann nicht verhindert?«

»Nun, wir waren jung und haben alle ein bisschen zu viel getrunken«, sagte Gus. »Zuerst habe ich gar nicht verstanden, dass Joe ein Problem hat. Als ich es kapiert habe, war es schon zu spät.«

»Was soll das heißen: zu spät? Wenn du ihm früher gesagt hättest, er soll damit aufhören, glaubst du, er hätte es wirklich gemacht?« Meiner Mom konnte ich solche Fragen nicht stellen und Oma auch nicht. Aber Gus schien kein Problem damit zu haben, darüber zu reden.

Er lächelte und schüttelte den Kopf. »So funktioniert das irgendwie nicht. Wenn andere Leute ihm sagen, dass er aufhören soll – und das habe ich gemacht, viele, viele Male –, hat das keine Auswirkung. Sucht ist etwas sehr Kompliziertes. Und da kann keiner irgendetwas tun, solange der Süchtige nicht selbst bereit ist aufzuhören. Hast du sonst noch Fragen?«

Hatte ich. Und zwar eine ganze Menge. Ich stellte die, die mich am meisten beschäftigte: »Ja. Wenn ihr alle getrunken habt, warum war mein Dad dann der Einzige, der ein Problem damit hatte?«

Wieder schüttelte Gus mit dem Kopf. »Darauf gibt es nicht wirklich eine Antwort. Könnte etwas mit der Hirnchemie zu tun haben oder mit den Genen, oder es ist einfach Pech.«

»Glaubst du, er wird heute etwas trinken?«

»Nö.« Gus stellte sich neben mich ans Fenster und reichte mir einen Becher Kakao. »Vorsicht, es ist heiß. Ich weiß, dass dein Dad heute Nacht nichts trinken wird, weil er bei Charlie ist. Sie werden zu einem späten Treffen gehen, und falls das nicht reicht, wird Charlie bei ihm bleiben, bis es deinem Dad wieder gut geht.«

Wir starrten jetzt beide auf den Umriss der Bowl und tranken unseren Kakao. Nach einer Weile sagte Gus: »Mein Vater war auch Alkoholiker.«

Ich drehte mich zu ihm hin. »Wirklich?«

Gus nickte. »Er hat nicht aufgehört zu trinken, bis er viel älter war als dein Dad. Er hat ein paar Anläufe gebraucht.« Er trank einen Schluck Kakao. »Ich kann verstehen, wie schwer es sein muss, deinem Vater zu verzeihen, dass er nicht für dich da war.«

Ich zuckte mit den Schultern. Sprach Dad mit Gus über mich? Hatte er ihm gesagt, wie gemein ich zu ihm war? »Hast du deinem Vater je verziehen?«

Gus nickte. »Irgendwann schon. Aber ich habe lange dafür gebraucht.« Er zögerte. »Wie geht es dir damit?«

Ich warf Gus einen Blick zu. Ich wusste, er würde

meinem Vater alles weitererzählen, was ich sagte. »Es wird, glaube ich.«

Er lachte. »Na, immer schön vage bleiben. Okay, dann bringe ich dich jetzt noch mal in Verlegenheit. Wie kommt Arlo mit mir zurecht?«

Ich musste lächeln. Das hatte ich nicht erwartet. »Gut, glaube ich.«

Gus lachte. »Mehr werde ich dich wohl nicht fragen können, stimmt's? Ich will ja nicht in eure Freundschaft reinfunken. Aber ich freue mich wirklich, dass ihr beide euch so gut versteht.«

»Ja«, sagte ich. »Arlo ist cool.« Ich war plötzlich total müde. »Ähm, stört es dich, wenn ich schlafen gehe?«

»Überhaupt nicht.«

Ich legte mich auf die Couch. So müde ich auch war, dachte ich, ich würde jetzt noch stundenlang wach liegen und mir Sorgen um Dad machen. Aber ich schlief sofort ein.

KAPITEL 16

Als ich die Augen aufmachte, konnte ich die Stimme meines Vaters in der Küche hören. Ich setzte mich auf der Couch auf.

»Vielleicht hatte Edy recht«, sagte mein Dad gerade. Ich beugte mich vor, um zu lauschen.

»Nee, Mann.« Das war Gus. »Du hast es im Griff. Nichts ist passiert. Es ist alles in Ordnung.«

»Aber Gus, sie musste meine Mutter anrufen. Das sollte sie nicht tun müssen. Und was, wenn sie nicht angerufen hätte?« Dads Stimme zitterte.

»Meistens läuft es nicht so, wie es sollte.« Das war Rusty. »Das wissen wir alle. Fehler passieren. Dann muss man einfach weitermachen. Du machst das gut.«

Ich stand auf und wollte mich gerade näher anschleichen, um besser zuhören zu können, als mein Dad um die Ecke der Küchentür lugte. »Hey«, sagte er. »Wie hast du geschlafen?«

»Gut.« Ich streckte die Arme nach oben und tat so, als wäre ich gerade aufgewacht.

»Hunger? Gus macht Pfannkuchen.«

Da kam Rusty ins Wohnzimmer und lächelte mich an. »Guten Morgen, Daphne! Ich wollte gerade Arlo wecken gehen.«

Wir drängten uns alle in die Küche, und Gus servierte uns Pfannkuchen. Rusty musste Arlo erzählt haben, was gestern Nacht passiert war, denn er warf mir dauernd besorgte Blicke zu. Eigentlich beobachteten mich alle, besonders mein Dad. Es machte mich wahnsinnig! Ich aß meinen Pfannkuchen auf und legte meine Gabel hin. »Können wir zur Schule fahren und da skaten?«, sagte ich. »Wir alle?«

»Ja!« Rusty klatschte in die Hände. »Tolle Idee! Lasst uns das machen.« Wir holten alle unsere Skateboards, sogar Rusty. »Ich stoß mich einfach nur ab« – sie lächelte mich an –, »also erwartet keine Tricks oder so!« Mir gefiel die Art, wie selbstbewusst sie das sagte.

Es machte Spaß, gemeinsam zu skaten. Das Klappern von fünf Boards auf dem Bürgersteig sorgte dafür, dass sich alle nach uns umdrehten. Ich fühlte mich wie ein Teil von etwas. Als wir an der Schule waren, ließ mich Dad Arlo, Rusty und Gus meinen Wrap Around zeigen und dann meinen Shove It, und sie klatschten alle. Dann versuchten Arlo und Gus, Rusty dazu zu kriegen, über eine Bodenschwelle zu fahren. Als sie sagte, sie hätte zu große Angst, hielten sie sie beide an den Händen und halfen ihr rüber. Was gut war, denn sie stolperte von ihrem Board, und sie mussten sie festhalten. Mein Dad und ich standen an der Seite und sahen ihnen dabei zu. »Hey«, sagte er. »Willst du an deinem Ollie arbeiten?«

»Ja, klar«, sagte ich. Wir fuhren zu unserer Lieblingsstelle im Asphalt.

Mein Dad sprang von seinem Board. »Und wegen gestern Nacht. Darüber sollten wir reden.«

Ich bückte mich und schob mein Board in die Spalte. »Müssen wir nicht«, murmelte ich und sah ihn dabei nicht an.

»Müssen wir schon, Daf.« Er schwieg, blieb aber in der Hocke, die Hände auf dem Deck meines Boards. »Ich weiß, dass es beängstigend und unangenehm für dich war, und ich will dir sagen, wie leid mir das tut. Ich versuche alles, um dranzubleiben, aber diese Jobsuche macht mich manchmal ganz schön fertig. Ich habe das Gefühl, egal, wie sehr ich mich auch anstrenge, ich komme einfach nicht voran.« Er ließ einen langen Seufzer hören. »Das ist keine Entschuldigung dafür, dass ich gestern so die Fassung verloren habe, aber es ist passiert, und es tut mir leid.«

Ich kam langsam auf die Beine und warf meinem Dad einen kurzen Blick zu. »Schon okay.«

»Und noch eine Sache, Daf. Du weißt, dass das nicht deine Schuld war, ja? Was gestern passiert ist? Das hatte nur was mit mir zu tun.«

Er stand da, als würde er darauf warten, dass ich noch

was sagte, aber ich wusste nicht, was. »Können wir jetzt an meinem Ollie arbeiten?«, fragte ich. Ich stellte mich auf mein Board und ging in die Knie.

Einen Moment lang dachte ich, er würde darauf bestehen, weiter über ernste Themen zu reden, aber dann sagte er: »Ja, klar.« Er beugte sich nach unten und griff nach meinem linken Fuß. »Beweg den ein bisschen nach hinten zum Tail, direkt hinter die Vorderachse.« Er stand auf. »Okay, und ich weiß, dass es abgedroschen ist, über Beharrlichkeit und so ein Zeugs zu reden. Aber das ist das Tolle am Skaten: Es erinnert dich daran, wie du dein Leben leben sollst. Du musst Millionen Mal fallen, aber das gehört dazu.«

»Lass mich raten.« Ich sah ihn an und verdrehte die Augen. »Man muss lernen, immer wieder aufzustehen?«

»Hab ja gesagt, dass es abgedroschen ist.« Er lachte. »Aber ja, so ist es.«

Ich wippte wieder auf meinem Board auf und ab und dachte daran, wie gerne ich meinem Dad gestern Nacht Mut zugesprochen hätte. »Kann ich dir was sagen?«

»Aber klar«, sagte er, runzelte aber besorgt die Stirn.

»Ich will nur, dass du das nicht vergisst.« Ich sprach extra mit ernster und tiefer Stimme. »Du brauchst nur Geduld und Beharrlichkeit und darfst keine Angst haben zu fallen – dann findest du auch einen Job.« Ich stupste ihn an. »Aber du musst auch selbst dran glauben.«

Dad warf den Kopf zurück und lachte. »Kommst du mir mit meinen eigenen Worten, sehr lustig.« Sein Lächeln verschwand, und sein Blick wurde weich. »Danke, Daf. Das hilft tatsächlich.« Ich dachte, jetzt würde er rührselig werden, aber er zeigte auf mein Board. »Versuch es weiter.«

Ich nickte, froh, dass wir wieder beim Skaten waren. Aber etwas in mir, das in mir drin ganz angespannt gewesen war, seit ich gestern seinen Laptop hatte runterfallen hören, entspannte sich ein wenig. In Wahrheit war ich froh über das, was zwischen mir und meinem Dad passierte, abgedroschene Ermutigungen inklusive.

Also versuchte ich den Ollie.

Ich übte und übte und übte. Ich versuchte immer wieder, nach dem Poppen meinen Fuß in die Luft zu heben, aber ich war jedes Mal zu langsam. Oder ich versuchte, mit dem Vorderfuß nach vorne zu rutschen, und fiel dann immer nach hinten. Oder ich stolperte über meine eigenen Füße.

Ich vergaß meinen Dad und konzentrierte mich auf mein Board. Das Poppen klappte schon ziemlich gut. Ich hatte es nun so oft gemacht, dass ich mich traute, gleichzeitig meinen anderen Fuß zu verschieben.

»Poppen, rutschen, springen«, flüsterte ich. Ich versuchte es wieder. Und wieder und wieder.

Und dann passierte es: Alle vier Rollen hoben sich gleichzeitig ein kleines Stück in die Luft.

»Das ist es!«, jubelte Dad.

»Das gilt?«

»Ja!«, sagte er.

»Aber es war nicht besonders hoch«, protestierte ich.

»Hey. Dein Board war in der Luft, und du bist darauf gelandet. Das ist ein Ollie! Je öfter du es machst, desto höher kommst du, aber das Schwerste hast du schon geschafft: Du hast deinen ersten Ollie gemacht! Jetzt mach weiter.«

Das nächste Mal schaffte ich es nicht, aber danach, und dann wieder, ein wenig höher. Ich hielt an und sah meinen Dad an.

»Was?«, sagte er.

Ich wollte ihm nicht sagen, dass ich ihm nicht vertraut hatte. Das war mir bis jetzt gar nicht so klar gewesen. Aber er hatte mir den Ollie beigebracht, wie versprochen.

»Nichts«, sagte ich.

Vielleicht hatte er eine Ahnung davon, wie es mir gerade ging, denn er sagte: »Ich habe dir doch gesagt, du schaffst es. Ich hatte keinerlei Zweifel.«

»Ich habe es gefilmt!« Arlo kam auf uns zu und guckte auf den Bildschirm in seiner Hand. »Willst du es sehen?«

»Du hast mich gefilmt?« Ich stemmte die Hände in die Hüften. Aber so richtig sauer konnte ich nicht sein. Ich hatte den Ollie hingekriegt!

»Eigentlich eine gute Art, um seinen Stil zu verbessern«, sagte mein Dad. »Sieh es dir an. Sei kritisch. Und dann mach es besser.«

»Willst du es sehen?«, fragte Arlo und hielt mir die Kamera hin.

Ich wand mich ein wenig. »Ich hasse es, mich selbst zu sehen.«

»Das war nicht immer so.« Mein Dad lächelte. »Ich weiß noch, wie ich mal an Weihnachten ein Video von dir aufgenommen habe. Du konntest noch nicht richtig sprechen und hast ein kleines Lied gesungen. Und dann wolltest du dich immer wieder angucken. Das war ganz schön niedlich.«

Ich starrte ihn an und versuchte mir vorzustellen, dass er und Mom sich einmal so gut verstanden hatten, um zusammen Weihnachten zu verbringen. Ich konnte mich nicht daran erinnern. Komisch, dass er das konnte.

»Na los, machen wir weiter«, sagte Dad. »Den Ollie im Stehen zu machen, ist das eine, aber ich weiß, du willst jetzt darauf hinarbeiten, dich dabei zu bewegen.«

Rusty und Gus und Arlo gingen nach Hause, aber mein Dad und ich übten weiter.

Die Sonne stand hoch am Himmel, als er sagte: »Ich glaube, jetzt müssen wir mal aufhören. Ich muss noch ein paar E-Mails rausschicken.«

Als wir nach Hause kamen, war ich ganz schön verschwitzt und ging unter die Dusche. Danach kam ich zurück in die Küche, um mir was zu essen zu holen. Dad saß wieder am Küchentisch an seinem Computer. Als ich reinkam, drehte er sich zu mir um. »Ich habe ein zweites Bewerbungsgespräch!«

»Wirklich?«

»Ja. Und ich danke dir, Daf. Ich war ganz schön entmutigt, aber es hat mir tatsächlich geholfen, als du mich daran erinnert hast, dranzubleiben.«

Etwas peinlich berührt, zuckte ich mit den Schultern. »Das freut mich echt für dich, Dad.«

Er sah mich mit hochgezogenen Augenbrauen an, sein Grübchen kam zum Vorschein.

»Was denn?«

Er grinste und schüttelte den Kopf. »Nichts.«

Aber ich wusste, dass es ihm aufgefallen war.

Ich hatte ihn zum ersten Mal Dad genannt.

KAPITEL 17

Am nächsten Morgen wachte ich voller Sorge auf. War es einfach Glück gewesen, dass ich den Ollie hingekriegt hatte? Ich zog nicht mal meinen Schlafanzug aus, sondern schlüpfte gleich in meine Vans, nahm mein Board und öffnete die schmale Schiebetür zum Garten.

Glück war es nicht gewesen. Ich konnte den Ollie noch! Ich machte ihn wieder und wieder und versuchte, jedes Mal höher zu kommen.

Mir war gar nicht klar, wie viel Krach ich machte, bis Dad den Kopf zur Tür rausstreckte.

»Hey, Daf«, sagte er und fuhr sich mit der Hand durch das verstrubbelte Haar. »Vielleicht wartest du noch ein wenig damit, bis es nicht mehr ganz so früh ist.«

»Oh.« Ich hörte auf, einen Fuß auf dem Board und den anderen auf dem Boden. »Tut mir leid.«

Sein Gesicht verzog sich zu einem Lächeln. »Du machst das richtig gut! Ist nur noch ein bisschen früh.« Er wies mit der Hand auf den Zaun zwischen seinem Haus und dem von Gus. »Wir bekommen schon genug Beschwerden wegen der Bowl, dann wollen wir nicht auch noch um sieben

Uhr morgens so viel Krach veranstalten. Vielleicht fährst du zur Schule? Oder wenn du noch warten kannst, komme ich nachher mit. Ich muss heute Morgen erst mal ein paar Sachen erledigen.«

»Hilfst du mir dann nachher?«

»Aber klar.«

»Okay. Ich fahre jetzt trotzdem schon mal zur Schule.« Ich zog mich an. Aber anstatt bis zur Schule zu fahren, machte ich am Skatepark halt.

Ich sprang von meinem Board und blieb am Eingang stehen. Obwohl es noch früh war, skateten schon fünf Typen rum, bestimmt aus der Highschool. Ich sah ihnen eine Weile zu. Drei Stufen führten zu so einer Betonschutzwand, einem dieser Dinger, die man benutzt, um Straßen abzusperren. Ein Typ versuchte immer wieder, da drüberzufahren – über die Stufen und über die Schutzwand. Er schaffte es immer rüber, aber jedes Mal, wenn er landete, fiel er vom Board – wirklich jedes Mal. Dann blieb er kurz liegen, stand wieder auf und versuchte es wieder. Ein paar von seinen Kumpels standen am Rand und feuerten ihn an, und ein anderer Typ skatete auf der Mini-Rampe. Keiner von ihnen war besonders gut beim Skaten.

Aber sie schüchterten mich trotzdem ein.

Ich wandte mich ab und machte mich auf den Weg nach Hause. Ich war von mir selbst enttäuscht.

Als ich bei Dad ankam, hielt ich auf dem Bürgersteig. In mir drin war alles total angespannt, als würde eine Skaterin in die Knie gehen, bereit für einen Ollie, aber wie eingefroren, sodass sie nicht abheben konnte. Ich musste sie irgendwie befreien.

Ich sah auf das Haus. Dad würde später mit mir skaten, aber ich wollte das jetzt machen. Ich zog mein Handy raus und schrieb an Arlo. *Bist du wach?*

Nach einer Minute konnte ich die Punkte sehen, die anzeigten, dass er gerade schrieb, aber bevor seine Antwort kam, schickte ich gleich die nächste Nachricht: *Würdest du mit mir zum Skatepark gehen? Jetzt? Ich bin draußen.*

Ein paar Minuten später kam Arlo aus der Haustür. Er war angezogen, aber an seiner verwuschelten Frisur konnte ich sehen, dass er gerade erst aufgewacht war. Er machte den Mund auf, als wollte er etwas sagen, sah dann meinen Gesichtsausdruck und nickte. »Warte kurz.«

Er holte sein Board und seine Kamera, und wir fuhren los.

Ich dachte, ein Freund an meiner Seite würde mir die Portion Mut geben, die ich brauchte. Aber als wir wieder beim Park waren, sackten meine Schulter nach unten. Dieselben fünf Typen waren noch immer da. In der Bowl in meinem Bauch fiel die Skaterin in sich zusammen und gab auf. Meine Füße waren wie eingefroren. Ich konnte sie nicht bewegen, um in den Skatepark zu gehen.

Arlo folgte meinem Blick zu den älteren Jungs an der Halfpipe. »Komm, wir fahren da am Rand. Da ist keiner.«

»Nein«, knurrte ich.

Arlo hob die Hände und gab sich geschlagen. »Okay. Du bist diejenige, die uns hierhergebracht hat.«

Er hatte ja recht. Ich wusste, dass das keinen Sinn ergab. Ich *wollte* ja in den Park.

Aber ich konnte einfach nicht.

Der Gedanke daran trieb mir die Schamesröte ins Gesicht. Ich rieb meinen Ellbogen und starrte auf den Boden, die Zähne zusammengebissen. Ich kam mir so blöd vor. Ich konnte Arlo nicht ins Gesicht sehen. »Tut mir leid«, sagte ich.

»Okaaaay.« Arlo seufzte. »Lass uns da rübergehen.« Er zeigte auf unseren alten Picknicktisch. Wir lehnten uns dagegen, mit dem Blick auf den Skatepark. Arlo holte seine Kamera raus und hielt sie in verschiedene Richtungen, das Auge am Sucher. Ich legte mir das Skateboard über den Schoß und guckte ab und zu auf die Skater. Trotz allem lockte mich das Kratzen der Rollen auf dem Asphalt, eine Einladung, die ich ungern ablehnte.

»Ganz offensichtlich willst du ja im Park skaten«, sagte Arlo. »Warum machst du es also nicht?«

Ich drehte eins der Räder an meinem Board, hielt es an und setzte es dann wieder in Bewegung. »Ich glaube, ich kann einfach nicht …«, ich hob das Kinn in Richtung Skatepark, »mit denen skaten.«

Arlo lachte. »Natürlich kannst du das. Wir sind praktisch jeden Tag zusammen geskatet, seit du hier bist. Was ist jetzt anders?«

Wie sollte ich ihm das erklären? Ich zählte an meinen Fingern ab, während ich damit auf Arlo zeigte: »Ich kann keine Tricks. Ich kann keinen Drop In. Ich kriege gerade mal den Ollie hin.« Eine, zwei, drei hervorragende Ausreden.

»Es wird dich schon keiner benoten«, sagte Arlo. »Sie werden nicht mal auf dich achten. Jeder macht da sein eigenes Ding.«

»Ja, klar«, sagte ich in so sarkastischem Ton, dass Arlo richtig zusammenzuckte.

»Was auch immer«, sagte er. »Ich wollte dir nur helfen.« Er beugte sich so über seine Kamera, dass ihm die Haare ins Gesicht hingen.

Na toll. Jetzt hatte ich ihn verletzt. »Tut mir leid«, sagte ich schnell. »Es ist nur … das sagen Skater immer. Mein Dad hat mir genau das Gleiche gesagt, als ich klein war, dass es nur darum geht, Spaß zu haben und wieder aufzustehen, wenn man hinfällt, und einfach sein Ding zu machen – aber das stimmt nicht.« Ich schüttelte den Kopf.

Arlo sah auf und strich sich die Haare aus den Augen.

»Woher willst du das wissen, wenn du nie in den Park gehst?«

Ich streckte meine Füße aus und studierte meine Vans. Am Rand waren sie schon ganz abgewetzt, so wie Dad vorausgesagt hatte. »Ich war schon in Skateparks. Aber als ich das letzte Mal in einem war, lief es nicht so gut.«

»Warum? Was ist passiert?«

Ich hatte nie jemandem richtig von diesem Tag erzählt, nicht einmal, als ich Sam erklärt hatte, wie ich mir den Arm gebrochen hatte. Aber Arlo sah mich einfach nur neugierig an. Er hatte ja schon gesehen, wie panisch ich beim Gedanken, in den Skatepark zu fahren, werden konnte. Ich war mir ziemlich sicher, wenn jemand das Ganze verstehen würde, dann er.

Also erzählte ich ihm alles: Wie gern ich meinem Vater beim Skaten zugesehen hatte und wie glücklich ich war, als er mir zu meinem neunten Geburtstag mein erstes Board schenkte. Ich sagte ihm sogar den Refrain auf: *Ollie, Nollie, Kickflip, Shove It, Backside, Frontside, Fakie, Grind.*

Dann erzählte ich ihm von der Skatepark-Katastrophe.

Als ich fertig war, ließ Arlo einen langen Seufzer hören. »Ich weiß«, sagte ich schnell, bevor er es sagen konnte. »Es war blöd, da allein hinzugehen. Und ich hätte nicht so doof sein sollen, einen Drop In zu versuchen, ohne zu wissen, wie. Es war meine Schuld, dass ich mir den Arm gebrochen habe. Es war blöd …«

»Hör auf zu sagen, dass du blöd warst!«, unterbrach mich Arlo. Ich drehte wieder an den Rädern meines Boards und sah ihn nicht an.

»Du hast nichts falsch gemacht! Diese Typen waren Idioten! Die meisten sind nicht so.« Er ließ ein scharfes Lachen hören. »Nee, warte mal, ich nehm's zurück – du hast *wohl* was falsch gemacht. Du hast dich von ihnen fertigmachen lassen.«

Ich legte meine Hände über die Rollen und spürte das leichte Brennen, als sie aufhörten, sich zu drehen. Ich sagte nichts, aber ich hörte ihm zu.

»Tut mir ja leid, dir das sagen zu müssen, aber das war vollkommen überflüssig. Nur wegen diesem einen Mal war es nicht nötig, alle Skateparks zu meiden.«

Ich starrte ihn an. Das klang so einfach. Aber es ihn laut aussprechen zu hören, machte mir klar, dass er recht hatte: Diese Typen waren echt gemein zu mir gewesen! Sie sind abgehauen, nachdem ich mich verletzt hatte! Natürlich waren das Idioten! Es war so offensichtlich; das hätte mir schon vor langer Zeit klar werden können. Aber irgendwie musste ich das wohl erst von Arlo hören. Fast musste ich lächeln, weil mir plötzlich so schnell alles klar geworden war.

Aber ich lächelte nicht.

Denn obwohl er die Wahrheit gesagt hatte, lastete dieser Tag noch immer auf mir. Wieder studierte ich die Unterseite meines Boards und fuhr mit den Fingern über den Flammen-Sticker. »Ja, okay … ich meine, du hast recht. Aber irgendwie war das nicht alles … weißt du, mein Dad ist einfach nicht gekommen.« Ich schluckte. Ich wollte auf keinen Fall weinen. »Er hat gesagt, er kommt, und dann ist er nie aufgetaucht. Er hat sich nie entschuldigt oder mir eine Erklärung gegeben, als ich danach mit ihm telefoniert habe. Ich habe immer darauf gewartet, aber …« Ich schüttelte den Kopf. »Und ich habe ihn dann erst wiedergesehen, als ich diesen Sommer nach Oakland gekommen bin.«

»Puh.« Arlo stieß einen Pfiff aus. »Das ist ja echt scheiße.«

»Ja.« Diesmal gelang mir ein Lächeln. »Und zwar so was von.«

Und dann mussten wir aus irgendeinem Grund beide lachen. Keine Ahnung, warum es mir besser ging, weil wir beide fanden, dass mein Vater es vermasselt hatte. Aber ich fühlte mich besser.

Als wir aufhörten zu lachen, fummelte Arlo an einer Einstellung an seiner Kamera rum. »Kann ich dir was sagen? Wenn wir schon bei Scheißeltern sind?« Er sah mich nicht an, während er sprach.

»Aber klar.«

»Meine Mutter hat gelogen.«

Ich sah ihn verdutzt an. »Gelogen? Worüber denn?«

»Unser Vermieter hat uns nicht rausgeschmissen. Er ist schon irgendwie ein Idiot, und es hat ihm ganz sicher nicht gepasst, ein Kind im Gebäude zu haben, aber er hat meiner Mom nie gesagt, dass wir ausziehen müssen. Das hat sie Gus nur erzählt, damit er uns fragt, ob wir bei ihm einziehen.«

»Oh.« Ich musste Luft holen. »Wow.«

»Ja«, sagte er. »Ganz schön verkorkst, nicht?«

Ich wusste nicht, was ich sagen sollte. Wenn ich ihm zustimmte, würde ich damit sagen, dass ich seine Mutter auch verkorkst fände, und das wäre keine gute Antwort. Andererseits *war* es ganz schön verkorkst. »Warst du deswegen neulich so sauer auf sie?«

Arlo nickte. »Ich hab ihr gesagt, sie soll Gus die Wahrheit sagen, und als sie gesagt hat, das macht sie nicht, na ja … Ich hasse es, wenn sie sich Leuten so aufdrängt. Ich habe sie ganz schön fertiggemacht.« Arlo seufzte. »Sie hat angefangen zu weinen.«

»Was willst du jetzt machen?«

»Nichts. Sie hat Angst, er trennt sich von ihr, wenn er herausfindet, dass sie gelogen hat.«

»Glaubst du, das macht er? Er scheint euch ja wirklich zu mögen.«

Arlo zuckte mit den Schultern. »Ich weiß es nicht. Vielleicht? Typisch, da lernt sie endlich einen Typen kennen, der Wert auf Ehrlichkeit legt, und dann das.« Er versuchte, es witzig klingen zu lassen, aber ich konnte sehen, wie sehr er sich Sorgen machte. »Jedenfalls wollte ich sie nicht ständig damit nerven, denn was ist, wenn Gus sich dann wirklich von ihr trennt? Dann müssten wir wieder ausziehen.«

»*Deswegen* hast du dich nicht darüber gefreut, da einzuziehen«, sagte ich. Er scrollte noch durch die Bilder auf seiner Kamera, aber ich merkte, dass er gar nicht richtig hinguckte. Gerade hatte er dafür gesorgt, dass es mir so viel besser ging. Ich wollte dasselbe für ihn tun. »Gus ist wirklich so nett«, sagte ich. »Und ich glaube, dass er sehr froh ist, dass ihr bei ihm wohnt.«

»Er ist schon cool, nicht?«

»Ja, das ist er.«

Endlich lächelte Arlo. »Ich hasse es nur, wenn meine Mom weint.«

»Weinende Mütter sind das Schlimmste«, stimmte ich zu. Dann zeigte ich auf ihn: »Du könntest ihr ja die Füße massieren!«

»Das ist etwas«, sagte Arlo, »was ich nie tun werde.« Er hörte auf, an seiner Kamera rumzuspielen. »Hey, willst du was sehen?« Er hielt die Kamera vor mein Gesicht und drückte auf einen Knopf. Der Bildschirm war klein, und die Sonne blendete, deswegen musste ich ganz nah rangehen und mir die Hand über die Augen halten. Ich konnte ein Paar Füße und ein Skateboard sehen. Das war mein Skateboard. Ich sah zu, wie die Füße – meine Füße – versuchten, einen Ollie zu machen, es jedes Mal anders falsch machten, bis, viel schneller, als ich es in Erinnerung hatte, das Board abhob! Dann hob es wieder ab, diesmal in Zeitlupe.

Da musste ich einfach lächeln. »Das ist cool«, musste ich zugeben und gab ihm die Kamera zurück. »Auch die Art, wie alles aufgebaut ist. Du hast eine Geschichte erzählt.«

»Genau!«, rief Arlo. »Ich muss jetzt nur warten, bis du einen vollständigen Ollie hinlegst, um sie fertig zu erzählen. Ich habe mir gedacht …« Er hielt plötzlich inne.

Ich lachte. »Ich merk schon, du willst mich unbedingt davon überzeugen, in deinem Film mitzuspielen.«

»Ich hab nix gesagt!« Aber er lächelte.

Ich zuckte mit den Schultern. »Dann mach es halt.«

»Wirklich?« Arlo sprang auf.

»Ja.«

»Ich will ehrlich sein. Ich werde nicht nur deine Füße filmen. Das wäre langweilig. Dein Gesicht wird auch zu sehen sein.«

»Das ist okay. Damit kann ich umgehen.«

»Natürlich kannst du das! Du hast es im Blut! Du wirst ein Star sein, genau wie deine Mom.«

»Haha«, sagte ich und richtete mich auf. »Bist du bereit?«

»Ja, klar. Und, Daphne«, sagte Arlo, »mach dir keine Sorgen wegen dem Skatepark. Du wirst das schon irgendwann hinkriegen.«

»Ich weiß«, sagte ich und grinste ihn an. »Und zwar jetzt.«

Arlo machte so große Augen, dass ich lachen musste. Dann ließ ich mein Bord auf den Boden fallen und sprang drauf. Ich sah nicht zurück, um zu gucken, ob Arlo hinterherkam.

Ich wusste, dass er da war.

KAPITEL 18

Am Eingang wurde ich nicht mal langsamer. Ich skatete einfach rein.

Ich steuerte auf ein paar einfache Transitions zu und fuhr über sie drüber. So viel anders als bei den Bodenschwellen auf dem Parkplatz an der Schule war das nicht. Arlo und ich fuhren die Minirampen hoch und dann zu der kleinen Bowl. Es war nichts Besonderes, wir machten keine Tricks, aber ich war hier und skatete im Skatepark. Endlich war dieses komische Gefühl in meinem Bauch verschwunden. Meine innere Skaterin hatte sich befreit!

Ich musste laut über meine eigene Dummheit lachen und fuhr zu einer geraden Fläche, um meinen Ollie zu üben. Als Arlo zu mir rüberfuhr, um mich zu filmen, beachtete ich ihn nicht. Ich machte es wieder und wieder – und es wurde nie langweilig, weil es jedes Mal ein bisschen anders war. Manchmal kriegte ich es hin, manchmal fiel ich vom Board, manchmal gelang es mir, ein wenig höher zu kommen. Einmal blieb ich stehen und sah mich um. Außer Arlo achtete keiner auf mich. Die Typen aus

der Highschool versuchten noch immer, über die Betonschutzwand zu kommen.

Ich vergaß die Zeit, bis Arlo hinter seiner Kamera auftauchte und fragte: »Ist es schon Zeit für einen Boba?«

Ich hätte noch länger bleiben können, aber erst als ich
mein Handy rauszog, um auf die Uhr zu gucken, merkte
ich, dass wir seit Stunden hier waren. »Ja, klar«, sagte ich.

Als wir zum Bubble-Tea-Laden skateten, konnte ich
mir mein breites Grinsen nicht verkneifen. Was Skaten angeht, war das eben nichts Besonderes gewesen. Ich hatte
keine krassen Tricks gemacht. Aber ich war im Skatepark
geskatet, und nichts Schlimmes war passiert. Ich konnte
es kaum erwarten, Dad zu fragen, ob wir nächstes Mal
zum Üben dahin gehen könnten.

Endlich fühlte es sich an wie ein Ort, wo ich hingehör-
te.

In den nächsten paar Tagen gingen Arlo und ich, wenn
er von seinem Filmkurs zurückkam, immer in den Skate-
park. Und Dad kam dazu, wenn er alles, was er an dem
Tag erledigen musste, geschafft hatte. Ich versuchte, den
Ollie nicht im Stehen, sondern in Bewegung hinzube-
kommen. Dad brachte mir auch den Rock to Fakie bei.
Es machte mir einen Riesenspaß, die obere Kante der
Quarterpipe zu fahren, die Vorderachse über die Lip zu

legen und rückwärts wieder runterzufahren. Manchmal machte ich dazu noch einen Shove It, um das Ganze aufzumischen. Gus und Rusty kamen auch manchmal dazu, und Arlo filmte die ganze Zeit. Es wurde langsam zur Gewohnheit – eine herrliche, alltägliche, feste Gewohnheit. Sogar die Kamera bemerkte ich irgendwann nicht mehr. Und auch nicht, dass Dad dabei war. Es war selbstverständlich geworden, dass er jeden Tag mit mir übte.

Dad versprach, dass er mir, sobald ich den Ollie ganz entspannt machen konnte, den Kickflip beibringen würde. Wenn ich den draufhatte, würde ich eine richtige Skaterin sein.

»Jeder, der skatet, ist ein richtiger Skater«, sagte Dad eines Tages, als er hörte, wie ich das zu Arlo sagte.

»Ich weiß, ich weiß«, sagte ich. So langsam glaubte ich es selbst. Es hatte den Anschein, als könnte ich die Skatepark-Katastrophe endlich hinter mir lassen. Aber den Kickflip wollte ich unbedingt auch schaffen. Und da war noch etwas anderes.

»Dad, was ist mit dem Drop In?«, fragte ich. Wir waren alle drüben bei Gus. Arlo und ich strichen ein weiteres Zimmer, während Gus und Dad einen Einbauschrank rausrissen, um ihn in ein weiteres Badezimmer zu verwandeln. »Wann kann ich das lernen?«

»Wie wäre es mit heute?«

»Bei der Silver Bowl Session?«

Dad lachte. »Na, das wäre für den Anfang doch ein bisschen steil. Wie wäre es, wenn wir das erst mal im Skatepark versuchen?«

Als wir also fertig waren, machten wir uns auf den Weg.

Dad führte mich zu einem kleinen Hubbel. Da war ich schon oft drübergefahren, aber dieses Mal fing ich auf der ebenen Fläche oben an und tat so, als würde ich einen Drop In machen, auch wenn der Hubbel so niedrig war, dass ich fast sofort auf dem Boden landete. Dad zeigte mir, wie man das Board ausrichten musste, wie man es hinten mit den Zehen festhalten musste. Er lehnte sich nach vorne und ließ das Board rollen und fuhr dann davon. »Du bist dran!«, rief er, als er umkehrte.

Ich machte mich bereit, mein Board schwebte in der Luft, dann lehnte ich mich nach vorne … und fiel nach hinten. »Du musst darauf achten, dass deine Schultern zuerst runtergehen«, sagte Dad. Er machte es mir wieder vor, und dann kapierte ich es: Man musste sich richtig reinlehnen. Ich war gefallen, weil ich zu aufrecht gestanden hatte. Diesmal drückte ich mein Board mit dem vorderen Fuß runter und lehnte mich nach vorne. Mit einem befriedigenden Surren kam ich auf dem Boden auf.

»Ja, so ist es gut«, sagte Dad, als ich es wieder versuchte.

»Was kommt als Nächstes?« Ich dachte, es würde jetzt wie beim Ollie oder beim Shove It sein. Dad würde mir alles Schritt für Schritt erklären, dann würde ich versuchen, das Ganze zusammenzukriegen, und es so lange üben, bis ich es draufhatte.

Aber er schüttelte den Kopf. »Der nächste Schritt ist: einfach machen. Nicht zu viel drüber nachdenken. Mach es einfach. Du wirst es schon hinkriegen, keine Sorge.« Er lachte und ergänzte: »Und falls nicht, weißt du ja, wie man fällt.«

»Oh. Okay.« Ich versuchte, so zu tun, als wäre ich genauso zuversichtlich wie er, als wir hinüber zur Halfpipe skateten. Ich kletterte die Schräge hoch. Ich richtete meinen Blick auf die Spitze meines Boards und versuchte, nicht darauf zu achten, wie tief es runterging, und nicht an das letzte Mal zu denken, als ich einen Drop In versucht hatte.

Es funktionierte nicht. Wenn ich die Augen zumachte, um den Gedanken zu vertreiben, sah ich alles nur noch deutlicher vor mir: wie mein Ellbogen auf dem Boden aufschlug, meinen verbogenen Arm, mein blutendes Knie. Es sah aus, als hätte ich die Skatepark-Katastrophe wohl doch nicht hinter mir gelassen.

»Daf?«

Ich öffnete die Augen. Dad stand unten in der Halfpipe, nickte – für ihn stand außer Frage, dass es jetzt losgehen würde. Und da wurde mir etwas klar: Er hatte recht. Ich wusste, wie man fällt. Ich war nicht länger zehn Jahre alt und ahnungslos. Und noch viel wichtiger: Ich war nicht allein. Dad war da und Arlo und Gus auch. Wenn es nicht funktionierte, würde ich fallen, und das war keine große Sache. Zum ersten Mal nach langer Zeit sagte ich mir leise den alten Spruch auf: *Ollie, Nollie, Kickflip, Shove It, Backside, Frontside, Fakie, Grind.*

Dann lehnte ich mich nach vorne und machte den Drop In.

Wuuuusch. Ich stürzte in die Tiefe, und es fühlte sich so an, als würde mein Magen aus meinem Körper in die Luft fliegen, während ich die andere Seite hochrollte.

Arlo und Gus jubelten von der Seitenlinie. Dad klatschte in die Hände. »Ja! Perfekt!«

Ich grinste, während ich hin- und herrollte. »Kann ich es noch mal machen?«, rief ich ihm zu.

»Na, und ob!«

Ich machte den Drop In so oft hintereinander, dass meine Angst vollkommen verschwand. Ich dachte nur noch an den Rausch, den ich spürte, wenn mein Board auf dem Asphalt aufkam. Nach einer Weile sagten Dad und Gus, dass sie jetzt nach Hause mussten, um weiter am Haus zu arbeiten, aber Arlo und ich beschlossen, noch zu bleiben. Er wollte zu der Fläche mit den niedrigen Hubbeln zurück, damit er üben konnte zu skaten, während er die Kamera hielt. »Ich muss lernen, sie richtig ruhig zu halten«, sagte er.

Es war ganz schön interessant, Arlo zu beobachten, wie er neben mir in die Hocke ging, seine Kamera ausrichtete und filmte, während er sich bewegte. Am Anfang fiel er ständig hin und fuhr in die falsche Richtung, aber bald hatte er den richtigen Dreh raus, und mein Blick wanderte wieder zur Halfpipe. Ich wollte wieder dieses Gefühl im Magen spüren. Aber jetzt fuhren da ein paar Typen.

Arlo sah, wie ich rüberschaute. »Willst du noch mal hoch?« Ich zuckte mit den Schultern, und Arlo verdrehte die Augen. »Du hast es dir doch schon eine Million Mal bewiesen.«

»Alles gut. Vielleicht später.«

»Nö. Jetzt hast du mich überzeugt.« Er zerrte an dem Kameragurt um seinen Hals. »Du *musst* da hin. Es geht nicht darum, wie gut du bist. Es geht darum, dass es egal ist, was die Typen von dir denken. Na los.« Er fuhr zur Rampe rüber, und bevor ich ihn aufhalten konnte, rief er den anderen Skatern zu: »Hey! Kann meine Freundin mal fahren? Ich muss sie für ein Projekt filmen.«

Vier der Jungs zuckten mit den Schultern, als wäre es ihnen so oder so egal, aber der fünfte Typ sagte: »Ja, klar, komm ruhig zu uns hoch.«

Danach gab es kein Zurück mehr. Ich kletterte nach oben auf die Rampe, Arlo direkt hinter mir. Ihre Tricks kannte ich alle: eine Menge Rock 'n' Rolls, Ollies und 50-

50, alle richtig cool, aber nichts Besonderes. Einer schien sich auf seinem Board nicht besonders wohlzufühlen, und ich konnte Dads Stimme in meinem Kopf hören: »Er ist sich zu bewusst, wo seine Füße aufhören und wo sein Board anfängt.« Aber es war nicht wie bei der Silver Bowl Session, wo einer fuhr und die anderen zugucktten. Die Rampe war so breit, dass jeder einfach einen Drop In machte, wenn der Weg frei war. Niemand würde mir höflich zunicken und mir sagen, dass ich an der Reihe war.

Ich musste einfach losfahren.

Ich sah zu Arlo rüber, der durch den Sucher auf die Skater guckte. Dad hatte mir gesagt, ich sollte bloß nicht zu viel nachdenken, aber genau das tat ich. Ich rückte ein wenig zur Seite, damit ich nicht zu nah an dem Typen war, der gerade skatete, setzte mein Tail auf die Kante, und dann, *wuuusch*, fiel ich rein! Aus der Ferne hörte ich Arlo sagen: »Super!«, während ich die andere Seite hochrollte und wieder zurück. Dann versuchte ich mich am Ollie.

Das ging gründlich schief.

Gut, dass mir Dad beigebracht hatte, wie man fällt, denn das kam mir jetzt zugute: Ich kraxelte wieder auf die Füße, während mein Board von allein die Rampe hoch- und wieder runterrollte auf seinem erbärmlichen Weg. Ich wartete auf das Gelächter. Darauf, dass jemand mich nach Hause schicken würde.

»Der war gut! Schüttel es ab!«

»Ja, nächstes Mal schaffst du es!«

Ich sah auf. Ein paar Typen oben auf der Halfpipe hatten zugeschaut. Sie bewegten sich zur Seite, als ich wieder nach oben fuhr, als würden sie davon ausgehen, dass ich es noch mal versuchen würde. Und das tat ich.

Ich beschleunigte, glitt nach oben und hörte das befriedigende Klacken, als mein Board auf der Kante aufkam, und fuhr dann rückwärts wieder herab.

Als ich wieder oben war, sagte einer der Typen: »Nicht schlecht für ein Mädchen.«

»Ach, so ein Quatsch«, sagte der andere. »Sie ist viel besser als du, und das weißt du auch.«

»Stimmt«, sagte er. Er lachte und streckte mir die Faust entgegen. Unbeholfen berührte ich seine Knöchel mit meinen und wandte mich an Arlo: »Okay für dich, wenn ich noch weitermache?«

»Klar«, sagte er. »Wenn die Typen nichts dagegen haben, auch gefilmt zu werden.«

»Denk nur dran, uns zu taggen, falls du es irgendwo postest«, sagte derjenige, der sich für mich starkgemacht hatte. Arlo zog sein Handy raus, um ihre Kontaktdaten einzugeben, aber ich behielt den Blick auf der Halfpipe. Ich konnte es kaum erwarten, noch einmal einen Drop In zu machen.

Wir blieben im Skatepark, bis es dunkel wurde.

KAPITEL 19

Am Dienstag stand die nächste Silver Bowl Session an. Aber es war nicht so unangenehm wie beim ersten Mal. Alle wussten, dass Dad mir Sachen beibrachte, und alle erzählten mir Geschichten davon, wie sie angefangen hatten zu skaten, und ermutigten mich.

Aber heute Abend würde ich einen Drop In machen.

Ich stand am Rand der Bowl, mein Skateboard in den Händen, und guckte zu. Alle hatten ihren eigenen Stil. Bei Isaiah sah jeder Trick völlig mühelos aus, und Dad glitt, egal, was er auch machte, entspannt dahin. Gus legte seinen Körper bei jedem Trick immer so rein, dass man dachte, er würde nie im Leben hinkriegen, was er da gerade versuchte ... Aber dann tat er es doch. Ich fragte mich, wie mein Stil war und ob ich überhaupt schon einen hatte.

Dad tauchte neben mir auf, etwas außer Atem. »Und? Bereit, allen zu zeigen, was du draufhast?«

Ich nickte, fühlte mich aber nicht so weit. Das hier war viel steiler als die Halfpipe im Park. Ich sah mich um. Niemand war in der Bowl. Alle warteten auf mich. Ich wollte sagen, dass sie aufhören sollten, mich zu beobachten, aber das wäre albern gewesen. Wir waren hier, um uns gegenseitig zuzugucken. »Okay«, murmelte ich vor mich hin. Ich konnte das. Ich stellte das Tail meines Boards auf die Kante. Ich lehnte meine rechte Schulter nach vorne und machte den Drop In.

Ich hockte tief auf meinem Board, als ich unten aufkam. Ich konzentrierte mich so sehr darauf, mich nach links zu lehnen, damit ich die Kurve kriegte, dass ich einen Moment brauchte, um zu kapieren, was ich da hörte: den Klang der Skateboards auf der Coping. *Für mich!*

Ich zog Kreise in der Bowl, bis ich mich wieder ein bisschen beruhigt hatte, dann fuhr ich an der Seite hoch und landete neben Dad. Der Nächste stürzte sich rein, aber ich konnte nicht zugucken, weil mir Arlo die Kamera ins Gesicht hielt. »Hör auf!«, sagte ich und lachte. »Geh weg.«

»Was ist das für ein Gefühl, wenn man zum ersten Mal bei der berühmten Silver Bowl Session, auch bekannt als die Skate-Session der alten Männer, einen Drop In gemacht hat?«

»Hey!«, rief Gus. »Sei nicht so hart zu uns, Junge!«

Arlo lächelte hinter seiner Kamera. »Irgendeine Nachricht an unsere Fans?«

»Kein Kommentar.« Ich legte mir die Hände übers Gesicht und tat so, als wäre Arlo ein Paparazzi.

»Ach, komm schon, Daphne«, sagte Arlo mit seiner

normalen Stimme. »Es wäre schon gut, wenn ich deine Reaktion filmen könnte.«

Er wollte meine Reaktion sehen? Ich stellte mich direkt vor die Kamera und schob mein Gesicht vor die Linse. »Was das für ein Gefühl ist? Einfach toll! So. Reicht das?«

Arlo lachte und ließ die Kamera sinken. »Perfekt.«

Danach, als es Zeit war, sich zusammenzusetzen und Bier oder, in Dads Fall, Sprudelwasser zu trinken, sagte Gus: »Du bist jetzt eine von uns, Daphne. Du und Arlo, ihr müsst jetzt mit den alten Männern abhängen.« Ich grinste und war noch immer total beschwingt, weil ich den Drop In geschafft hatte. Ich setzte mich neben Dad, und Arlo kam auf meine andere Seite.

Alle fingen an, über mich zu reden: Diego fand es so cool, dass Dad mir Skaten beibrachte, und wollte nächstes Mal unbedingt auch eins seiner Kinder mitbringen. Rusty sagte, ich hätte so schnell Fortschritte gemacht, dass sie überlegte, es auch noch mal zu versuchen. Tyler sagte, ich sei ein Naturtalent. Isaiah wollte, dass Arlo und ich irgendwann mit ihm zusammen zum Skatepark fuhren. Es war irgendwie total nett, aber auch ganz schön viel auf einmal. Ich wandte mich an Gus, um das Thema zu wechseln. »Dad hat mir erzählt, dass ihr früher immer zelten wart und wie toll das war.«

»Ja?«, fragte Isaiah. »Klingt total cool. Sollten wir wieder einführen.«

»Du hast ihr von unseren Reisen erzählt?«, fragte Gus. Als Dad nickte, räusperte Gus sich. »Damals waren wir eine ganze Ecke jünger.« Er sah Dad mit hochgezogenen Augenbrauen an. »Und ganz schön wild.«

Ich sah Dad an. Ich war mir ziemlich sicher, worauf Gus eigentlich hinauswollte. »Damals habe ich eine Menge getrunken«, gab Dad zu. »Aber trotzdem waren diese Reisen mit dir damals eins der wenigen Dinge, die mir gutgetan haben.«

»Ja.« Als Dad das gesagt hatte, schien Gus sich wieder zu entspannen. Er wandte sich an Isaiah: »Joe lebte damals in L. A., also sind wir meistens in die Wüste gefahren, mit so vielen Leuten wie möglich, ein Wochenende, eine Woche – je nachdem, wie lange die Leute Zeit hatten. Dann suchten wir uns einen Skatepark aus, zogen los und zelteten auf dem Weg dahin. Diese Wüstenlandschaft …«, Gus stieß einen Pfiff aus, »… so was von schön! Ein paarmal sind wir auf heiße Quellen gestoßen. Und einmal haben wir nachts einen unglaublichen Sternschnuppenschwarm gesehen.«

»Daran erinnere ich mich noch«, sagte Dad, lehnte sich in seinem Stuhl zurück und sah zum Himmel auf, als könnte er ihn in diesem Augenblick sehen. »So viele Sternschnuppen auf einmal hatte ich noch nie zuvor gesehen.«

Ich stieß Arlo an: »Warst du schon mal zelten?«

Er schnaubte. »Natürlich. Mom und ich haben das die ganze Zeit gemacht, als sie …« Er sah Gus an. »Wir waren ein paarmal fischen, haben also an vielen Seen gezeltet und so.«

Gus lächelte in sich hinein. Ich war mir ziemlich sicher, er wusste, dass Arlo sich auf einen früheren Freund seiner Mutter bezog. »Es gibt nichts Schöneres, als unter den Sternen zu schlafen«, sagte er.

»Wir sollten es wieder machen.« Das sagte Dad erst ganz leise, wie zu sich selbst, aber dann wiederholte er es und sah sich im Kreis um, sah Gus, Arlo, mich, Isaiah, Diego, Tyler und Rusty an. »Wir sollten wieder so eine Reise machen. Vielleicht diesmal Richtung Norden.«

»In Portland und Seattle gibt es eine Menge Parks«, stimmte Tyler zu.

»Meint ihr das ernst?«, fragte Diego. »Denn dann würde ich mir dafür auf jeden Fall Urlaub nehmen.«

»Ich meine das wirklich ernst!«, sagte Dad. »Um ehrlich zu sein, würde ich so eine Reise gerne mal nüchtern machen. Und Daphne hier war noch nie zelten!« Seine Stimme schwoll vor Empörung an.

Tyler schlug mit der Faust auf den Tisch. »Na, das geht ja gar nicht! Das müssen wir ändern.«

»Ja, nicht?«, sagte Dad.

Plötzlich hingen alle über Gus' Handy, guckten auf

eine Karte und sprachen über die Orte, die sie schon immer hatten besuchen wollen. Rusty verdrehte die Augen und ging ins Haus. Als sie zurückkam, winkte sie mit einer altmodischen Karte aus Papier. »Das hier braucht ihr, wenn ihr eine Reise planen wollt. Fahrt einfach immer ans Wasser, das haben wir immer gemacht, stimmt's, Arlo?« Sie zerzauste sein Haar. Er versuchte ihr auszuweichen, aber er lächelte.

»Diese Reisen waren eigentlich ziemlich schön«, sagte er zu mir. »Fischen war zwar nie so mein Ding, aber in den Seen zu schwimmen und zu wandern, war richtig cool.«

Dad beugte sich über den Tisch, um mit den anderen auf die Karte zu gucken. Ich zupfte ihn hinten am T-Shirt: »Machen wir das also wirklich?«

Dad richtete sich auf und sah mich an. »Willst du wirklich mit einem Haufen alter, stinkender Skater-Typen unterwegs sein?«

»Hey«, sagte Rusty. »Ich komme schließlich auch mit! Wir sorgen dafür, dass es nicht zu stinkig wird, stimmt's, Daf?«

Ich grinste sie an. »Ja!« Ich wollte immer schon mal zelten gehen. Und dann auch noch skaten? Es klang himmlisch. »Können wir Marshmallows grillen?«, fragte ich. »Und Hot dogs und ...« Ich musste überlegen, was Sam mir sonst noch vom Ferienlager erzählt hatte. »Lieder am Lagerfeuer singen?«

»Und Gruselgeschichten erzählen«, warf Arlo ein.

»Und vergiss das Skaten nicht«, ergänzte Gus.

»Wann immer wir können!«, sagte ich.

Alle fingen an, ihren Senf dazuzugeben, was wir machen und wo wir hinfahren sollten. »So ein Skate-Trip macht doch gerade deswegen so viel Spaß, weil man nicht genau weiß, wo es einen hinführt«, gab Isaiah zu bedenken, als Gus alle Orte auflistete, die wir besuchen wollten. Tyler fand es gut, wenigstens ein paar Ideen zu sammeln. Dann holten alle ihre Handys raus, um in ihre Terminkalender zu gucken. Fast an jedem Wochenende hatte irgendjemand schon was mit der Familie vor oder musste arbeiten, aber schließlich einigten sie sich auf fünf Tage im August, die für alle passten.

Als sie alle über ihren Handys hingen, um den Termin einzutragen, zog mich Dad zur Seite: »Daf, ich werde deine Mutter fragen müssen, ob das in Ordnung ist. Daran hätte ich natürlich gleich denken können, bevor wir angefangen haben zu planen, aber ich habe mich hinreißen lassen.« Sein Grübchen blitzte kurz auf. »Außerdem, als ich vorhin gesagt habe, dass du noch nie zelten warst, wollte ich damit nicht sagen, deine Mom ist schuld oder so. Ich wollte damit sagen, dass ich eigentlich schon längst mit dir hätte zelten gehen sollen, mehr nicht.«

»Alles gut, Dad.« Ich war so aufgeregt wegen dieser Reise, dass mir alles egal war. »Und mach dir keine Sorgen. Mom wird schon nichts dagegen haben.« Das konnte sie einfach nicht. Auf keinen Fall würde ich diese Skater-Reise verpassen!

Doch Dad runzelte sorgenvoll die Stirn, als wir zurück nach Hause gingen. Als wir drinnen waren, sagte er: »Wenn du deiner Mutter heute Abend eine Nachricht schickst, dann lass sie wissen, dass ich mit ihr reden muss, ja? Ich glaube, es ist besser, wenn wir dazu telefonieren.«

»Ich mach das gleich jetzt«, sagte ich ihm. Ich hatte gerade noch genug Zeit, sie zu erwischen, bevor sie anfangen musste zu arbeiten. Dad ging in die Küche, und ich ließ mich auf die Couch fallen.

> Hi, Mom! Hast du kurz Zeit?

> Ich wollte gerade los zum Set. Wie geht's? Hat dein Dad schon einen Job gefunden? 😣

Ich hielt inne und musste daran denken, wie unglücklich ich noch vor ein paar Wochen gewesen war. Wir schickten uns noch immer jeden Tag Nachrichten oder skypten, aber Mom war so beschäftigt, dass es immer nur kurz war. Sie erzählte mir dann irgendwelche lustigen Begebenheiten und ich ihr von meinen Ausflügen mit Oma Kate und wie ich Gus und Arlo half, ihr Haus zu renovieren.

Skaten hatte ich nicht so wirklich erwähnt.

Zuerst, weil ich nicht so richtig wusste, ob ich dabeibleiben würde. Und als Dad und ich dann anfingen, zusammen zu fahren, hatte ich Angst, sie würde etwas sagen, das irgendwie Dads und meine Beziehung stören könnte. Wenn ich es ihr jetzt erzählen würde, fände sie es bestimmt komisch, dass ich noch gar nichts dazu gesagt hatte.

Nein, aber er wurde zu einem zweiten Bewerbungsgespräch eingeladen.

Ich hatte Mom vor einer Weile von seiner Jobsuche erzählt, und immer wieder fragte sie nach. Jetzt fühlte ich mich jedes Mal schlecht, wenn ich ihr wieder erzählte, dass er noch immer nichts gefunden hatte – als würde ich ihn irgendwie verraten. Bevor sie noch was anderes dazu schreiben konnte, tippte ich schnell:

Wir gehen zelten! Dad will mit dir sprechen, um sicherzugehen, dass das wirklich in Ordnung ist. Kannst du uns heute nach der Arbeit anrufen?

Uah, zelten! Du weißt, was das heißt, oder? Insekten, Dreck, auf dem harten Boden schlafen und verbrannte Hotdogs. ☺ Das fällt mir ein, wenn ich an die paar Male denken, die ich mit deinem Vater zelten war.

Bitte, Mom! Ich will unbedingt mit!

Aber klar, Babygirl. Das passt gut. Ich muss auch mit ihm über etwas reden. Etwas Aufregendes! ☺ Ich rufe euch morgen Vormittag, eure Zeit, an, okay? Muss los. Hab dich sehr lieb! ☺

Hab dich lieb, Mom. ♥

Dad saß am Küchentisch und starrte auf den Bildschirm seines Computers.

»Mom sagt, sie ruft dich morgen früh an«, sagte ich zu ihm.

Er nickte langsam und hob seinen Blick vom Computer.

»Dad, alles in Ordnung?« Sein Blick war so abwesend, als würde er mich gar nicht richtig sehen. Ich erstarrte. Passierte gleich wieder was Schlimmes?

Aber er nickte immer noch. »Alles gut. Ich … ich habe einen Job bekommen.« Er blinzelte, und sein Blick wurde wieder klar. »Ich kann es nicht fassen. Ich habe tatsächlich einen Job bekommen.«

»Hast du? Dad, wie toll!«

Er schloss seinen Laptop und stand auf. »Danke. Das ist wirklich toll, nicht wahr? Du kannst dir gar nicht vorstellen, wie erleichtert ich bin.« Er strahlte mich an. »So allmählich wird dieser Sommer immer besser.«

»Ja.« Ich wollte gerade zurücklächeln, da fiel mir etwas ein. »Warte mal. Du kannst doch dann trotzdem noch zelten gehen, oder?«

Dad runzelte die Stirn und nickte dann. »Ich kann denen bestimmt sagen, dass ich das schon geplant habe. Und es sind ja nur fünf Tage. Das sollte klappen.«

KAPITEL 20

Am nächsten Morgen saßen Dad und ich zusammen in der Küche, ein Haufen Werkzeug auf dem Tisch und mein Board vor uns, mit den Rollen nach oben. Dad hatte mir gesagt, dass ich als Skaterin auch wissen musste, wie ich mein Board pflege und wie ich es einstelle. Er ließ mich an der Achse rütteln. »Merkst du, dass sie ein bisschen locker ist?« Er reichte mir einen Schraubenschlüssel. »Guck mal, ob du sie festkriegst.«

Gerade hatte ich den Schraubenschlüssel angelegt, als mein Handy klingelte. Ich warf einen Blick darauf. »Es ist Mom.«

Dad sah wieder genauso nervös aus wie gestern Abend schon. »Rede du zuerst mit ihr«, sagte er.

»Hi, Mom!«

»Hallo, Schatz! Hör mal, ich habe nicht viel Zeit«, sagte Mom. Sie sprach von irgendwelchem Filmmaterial, das sie sich noch ansehen musste, aber ich war von Dad abgelenkt. Er war so unruhig! Er hatte seinen Stuhl zurückgeschoben und stand vor dem Kühlschrank. Er öffnet ihn, schloss ihn wieder, ging dann zur Spüle, setzte sich wieder hin. Ich wandte mich ab und sah durch die Schiebetür in den Garten. »Mom«, unterbrach ich sie. »Hast du darüber nachgedacht? Ob ich zelten gehen kann? Ich kann doch fahren, oder? Dad will deswegen noch mit dir reden.«

»Ach ja. Klar, gib ihn mir. Aber dann muss ich noch mal mit dir sprechen, okay? Ich muss dir was er-zäh-len!« Die letzten Wörter sang sie geradezu.

Ich gab mein Handy an Dad weiter.

»Hey, Edy. Tut mir leid, Eden!« Er räusperte sich. Ich hätte nicht gedacht, dass Mom ihn so nervös machen würde. Dachte er echt, sie würde mich nicht fahren lassen? Sie hatte doch im Prinzip schon zugestimmt. Die Art, wie er sich die Haare raufte, während er mit ihr sprach, mochte ich überhaupt nicht. Das machte *mich* nervös. Ich ging in mein Zimmer, aber es dauerte so lange, dass ich den Kopf wieder zur Tür rausstreckte.

»Darüber haben wir nicht gesprochen.« Dads Stimme klang angespannt, sogar wütend. Ich verschwand wieder in meinem Zimmer. Sie stritten sich.

Ein paar Minuten später kam Dad zu mir rein und gab mir mein Handy zurück. Ich hob die Augenbrauen: Hatte sie mir erlaubt, zelten zu gehen? Dad setzte kurz ein Lächeln auf. »Rede einfach mit ihr.« Er ging.

Das klang nicht gut. Ich hielt das Handy an mein Ohr. »Hallo, Mom. »

»Daphne.« Oh-oh. An ihrer Stimme konnte ich hören,

dass etwas nicht stimmte. »Du hast mir nicht erzählt, dass das eine Skate-Reise ist.«

»Äh, ja.« Hatte Dad deswegen so geguckt? War Mom sauer auf ihn, weil er mich skaten ließ?

Schweigen und dann ein Seufzer. »Schatz, dein Vater hat nicht viel Übung darin … nun, ein Vater zu sein. Er liebt Skaten, und es ist ihm immer schwergefallen, zu verstehen, dass es nicht allen so geht.« Wieder Schweigen. »Du bist seit Jahren nicht Skateboard gefahren. Magst du es überhaupt? Ich will nicht, dass dein Vater dich unter Druck setzt. Er soll sich um dich kümmern, während du ihn besuchst, und nicht mit seinen Kumpels durch die Gegend ziehen und dich mitschleifen.«

»Mom, nein!« Erleichterung flutete durch mich durch und machte es einfach, die Wahrheit zu sagen. Sie wollte nicht Nein sagen, sie wollte nur sichergehen, dass das für mich in Ordnung war. »Ich will mit! Ich will skaten! Es macht mir total Spaß!«

»In Ordnung«, sagte sie mit einem kleinen Lachen. »Dann habe ich das wohl falsch verstanden! Und mit mir wirst du sicher nie unter den Sternen schlafen, also in Gottes Namen, fahr mit!«

»Juhu! Danke, Mom!«

»Nicht so schnell. Du musst mir drei Sachen versprechen.«

»Okay.«

»Erstens musst du mir weiterhin jeden Tag eine Nachricht schreiben, so wie wir das sowieso schon machen, und zweitens musst du einen Helm tragen.«

»Natürlich«, sagte ich. »Was noch?«

»Ich muss sichergehen, dass du weißt, was zu tun ist, falls dein Vater aus dem Ruder läuft, während du nicht in der Nähe deiner Großeltern bist.«

»Aus dem Ruder?«

»Du weißt schon. Falls er trinkt.«

»Mom! Alles gut! Er macht das schon.« Von der Nacht, als ich Oma Kate anrufen musste, hatte ich ihr nicht erzählt.

»Hoffentlich! Aber trotzdem, du musst wissen, was im Notfall zu tun ist. Und wenn dein Vater wieder anfängt zu trinken, ist das ein Notfall. Dann kannst du immer noch deine Großeltern anrufen, aber auf dieser Reise ist Gus derjenige, an den du dich wendest. Ich verlasse mich darauf, dass Gus gut auf dich aufpassen wird.«

»Kennst du Gus?«

Mom lachte. »Natürlich kenne ich Gus! Er ist der beste Freund deines Vaters, seit die beiden Kinder waren. Wir haben früher viel zusammen unternommen, weißt du?«

Ich versuchte mir Mom wie Rusty vorzustellen, wie sie eine jüngere Version meines Dads beim Skaten anfeuert. Ich konnte es nicht. »Mom?«

»Ja, mein Schatz?«

Ich musste einfach fragen. »Du bist nicht sauer, oder? Dass ich Skateboard fahre?«

»Nein, ich bin nicht sauer. Nur ein bisschen überrascht, dass du mir nichts davon erzählt hast, das ist alles.«

»Ja. Tut mir leid.« Begeistert war sie ganz offensichtlich nicht davon, aber wenigstens wollte sie es mir nicht verbieten.

»Also. Bist du bereit für meine Neuigkeit?«

»Ja, klar!«

»Du kommst nach Prag!« Mom kreischte.

»Ich komme nach Prag?« Ich versuchte, genauso begeistert wie sie zu klingen, aber so ganz kriegte ich das nicht hin.

»Ja! Ich habe es endlich geschafft! Ich habe einen der Produzenten gefragt, ob du uns besuchen darfst, und wie sich herausgestellt hat, passt das perfekt in meinen Terminplan – das Wetter hat diese Woche nicht so mitgemacht, also musste die Regisseurin meine letzten Szenen aufschieben, um wieder im Zeitplan zu sein. Das bedeutet, ich werde ein paar Tage freihaben! Es wird nicht viel Zeit sein, aber das ist mir egal! Du fehlst mir, Babygirl!«

Sie redete und redete, aber ich konnte mich nicht auf das konzentrieren, was sie sagte. Es war so komisch. Ich hatte sie angefleht, sie besuchen zu können, und nun passierte es tatsächlich. Ich hätte gedacht, ich würde mich mehr freuen. Stattdessen kam mir das Gefühl, hier wegzumüssen, ganz fremd vor. Das Einzige, was ich jetzt denken konnte, war: Prag bedeutete weniger Zeit mit meinen Großeltern. Prag bedeutete weniger Zeit zum Skaten. Und das Wichtigste: Es bedeutete weniger Zeit mit Dad.

Es war nicht so, dass ich Mom nicht mehr vermisste – ich vermisste sie auf jeden Fall! Ich war noch nie so lange von ihr getrennt gewesen. Aber es fühlte sich so an, als würden Dad und ich am Anfang von etwas stehen. Von etwas Gutem. Was wäre, wenn alles wieder anders wäre, wenn ich zurückkam?

»Fand Dad das in Ordnung, dass ich komme?« Ich unterbrach Mom, die mir gerade irgendetwas von einem Museum erzählte, wo sie mit mir hinwollte.

»Ja, natürlich. Ich habe ihm gesagt, wie wichtig das für dich ist, dass es eine einmalige Gelegenheit ist.« Ich dachte an sein gezwungenes Lächeln, als er mir mein Handy gereicht hatte. Er wollte nicht, dass ich nach Prag fuhr.

Ich wollte auch nicht, dass ich nach Prag fuhr.

Aber ich musste. Ich hatte Mom deswegen angefleht. Sie wollte niemanden um einen Gefallen bitten, aber sie hatte es trotzdem gemacht, meinetwegen. Wie konnte ich dann Nein sagen?

»Ich habe schon alles geplant«, redete Mom weiter. »Du kommst am Sonntag an, verbringst ein paar Tage auf dem Set mit mir, und dann entdecken wir zusammen die Stadt! Ich kann es kaum erwarten, dich allen vorzustellen! Freust du dich?«

»Ja. Danke, Mom.« Ich versuchte, so zu klingen, als würde ich das auch so meinen.

Einen Moment lang herrschte Schweigen am anderen Ende. »Daphne, ist alles in Ordnung?«

»Ja!«, wiederholte ich und zwang mich, mehr Begeisterung in meine Stimme zu legen. Mom kannte mich einfach zu gut. »Wann soll ich kommen?«

»In der zweiten Augustwoche«, sagte Mom. »Du wirst sehen, bis dahin vergeht die Zeit wie im Flug.«

»In der zweiten Augustwoche?«, wiederholte ich, und mein Herz sank mir in die Hose. »Aber das ist doch …« Ich schloss die Augen. »Da fahren wir zelten.«

»Oh.« Es wurde so still, dass ich mir nicht sicher war, ob Mom noch da war. Endlich sagte sie: »Dann musst du ein andermal zelten gehen. Das hier ist wichtiger. Das hier ist *Prag*, Schatz!« Sie schien sich so sicher zu sein, dass es das war, was ich immer noch wollte.

Ich starrte aus meinem Schlafzimmerfenster in den Garten. Vor ein paar Wochen war das noch mein sehnlichster Wunsch gewesen! Aber jetzt war mein sehnlichster Wunsch, hierzubleiben und mit Dad zu skaten. Ich wollte, nein, ich *musste* auf diesen Skate-Trip gehen. Aber wie konnte ich Mom erklären, wie viel mir das bedeutete, ohne ihre Gefühle zu verletzen? »Es ist nur, alle haben so lange gebraucht, um einen gemeinsamen Termin zu finden. Wir fahren in einer großen Gruppe. Wir können das nicht verlegen.«

»Also kommst du nicht? Nach Prag? Nachdem du mich so oft angebettelt hast?«

»Kann ich nicht in einer anderen Woche kommen?«

Mom ließ einen tiefen Seufzer hören. »Nein, Schatz. Für mich geht das nur in der Woche.«

Ich biss mir auf die Unterlippe. Ich hatte Mom noch nie etwas ausgeschlagen. Ich konnte nicht so richtig sagen, dass ich nicht kommen wollte.

»In Ordnung«, sagte sie tonlos. »Ganz offensichtlich ist dir diese Reise mit deinem Vater sehr wichtig. Dann storniere ich deinen Flug.«

Ich konnte es nicht ertragen, dass Mom sauer auf mich war. »Es tut mir echt leid.«

Vielleicht hörte Mom das Wackeln in meiner Stimme, denn diesmal klang sie halbwegs überzeugend: »Das macht doch nichts, Süße! Du fahr mal zelten. Wir sehen uns sowieso schon ganz bald!« Im Hintergrund konnte ich gedämpfte Stimmen hören. »Hör mal, ich muss los. Wir sprechen bald wieder, Babygirl!«

»Danke, Mom«, sagte ich. »Hab dich lieb.«

»Hab dich lieb!«

Wir legten auf, aber mir ging es nicht besonders gut.

Ich ging zurück in die Küche, wo Dad noch am Tisch saß und den Schraubenschlüssel in der Hand drehte. Er ließ ihn auf den Tisch fallen, als ich reinkam. »Alles gut?«

»Ja.« Ich ließ mich auf meinen Stuhl fallen.

»Ich muss zugeben, ich bin ein wenig überrascht, Daphne.«

Ich sah ihn an. Er fuhr sich mit der Hand durchs Haar, wie immer, wenn er nervös war. »Warum?«

»Deine Mutter hat gesagt, du hast sie angefleht. Ich dachte … ich dachte, wir kommen gut miteinander aus.«

»Das tun wir.« Ich spürte, wie ich rot im Gesicht wurde. Wusste er, dass ich das von Anfang an geplant hatte?

»Ich meine, ich verstehe es schon«, sagte mein Dad. »Auf eine Reise nach Prag zu verzichten, wäre für jeden schwer. Und hey, es sind ja nur ein paar Tage. Wenn du wieder zurück bist, machen wir einfach da weiter, wo wir aufgehört haben.« Er nahm den Schraubenschlüssel wieder in die Hand, zwirbelte ihn zwischen den Fingern und hielt den Blick darauf gerichtet. »Ich finde es schade, auch die paar Tage nicht mit dir verbringen zu können, aber wie schon gesagt, ich kann dich auch verstehen.«

»Dad.« Ich lehnte mich in meinen Stuhl zurück, weil es mir allmählich dämmerte. »Ich fahre nicht.«

»Nicht?« Er wischte sich mit der Handfläche übers Gesicht, als wüsste er nicht, was er sagen sollte. »Warum nicht?«

»Das ist in derselben Woche wie unser Skate-Trip«, sagte ich. »Ich habe Mom gesagt, dass das nicht geht.«

»Das hast du?«

Ich nickte.

»Na, das ist ja … einfach großartig!« Dad strahlte über das ganze Gesicht. »Also, ich meine, ich wünschte, du könntest nach Prag, aber …«

»Alles gut.« Ich strahlte ihn genauso an. Es war schwer gewesen, aber ich war froh, dass ich zu Mom Nein gesagt hatte. »Auf einem Filmset dabei zu sein, ist eigentlich ganz schön langweilig.« Ich guckte auf den Tisch runter. »Wollen wir jetzt wieder an mein Skateboard?«

»Ja, klar.« Er reichte mir den Schraubenschlüssel. »Und danach skaten?«

»Perfekt.«

KAPITEL 21

Am nächsten Tag nahm Dad mich zu einem Outdoor-Laden mit, um Sachen für unsere Camping-Ausrüstung zu kaufen. Das meiste hatte er schon, aber er kaufte mir einen warmen Schlafsack und ein kleines Zelt. »Du kannst mit uns draußen schlafen, aber manchmal ist es gut, wenn man einen Ort hat, an den man sich zurückziehen kann, besonders, also, du weißt schon, für ein Mädchen. Du wirst da mit einem Haufen Männer unterwegs sein, Daf. Und manchmal, das will ich dir nicht vorenthalten, sind die, äh, etwas ungeschliffen.« Ich lachte, aber ich war froh, dass er daran gedacht hatte. Ich hatte mich schon gefragt, wo ich mich dann umziehen sollte.

Später kam Arlo rüber, und ich zeigte ihm meine neuen Sachen. Als er hörte, dass ich noch nie ein Zelt aufgebaut hatte, bestand er darauf, einen Probelauf zu machen. Nachdem wir es mitten im Wohnzimmer aufgestellt hatten, ging ich einmal drum herum und konnte die Augen nicht von der strahlend blauen Nylon-Kuppel wenden.

Arlo hielt den Regenschutz hoch. »Den wirst du brauchen. Da oben regnet es viel. Sollen wir ihn befestigen?«

»Nö.« Dad hatte darauf bestanden, ein Zelt zu kaufen, das Mesh an der Decke des Innenzeltes hatte. »Ich will die Sterne sehen!«

Als Dad reinkam, lagen Arlo und ich im Zelt und guckten durch das Netz an die Zimmerdecke. »Na, was macht ihr da?«, fragte er und hockte sich vor den Zelteingang.

»Wir üben Sterne gucken«, sagte ich. »Willst du auch?«

Er kroch zu uns rein und schaffte es, sich zwischen mich und Arlo zu quetschen. »Das ist eindeutig kein Drei-Personen-Zelt«, sagte Arlo.

»Du weißt schon, dass du nicht mit Daphne in diesem Zelt schlafen wirst, oder?«

»Dad! Du bist so unhöflich!« Ich stieß ihm den Ellbogen in die Seite.

»Ich habe dir dieses Zelt gekauft, damit du ein bisschen Privatsphäre haben kannst.« Mit einem Seufzer legte er sich zurück. »Ganz schön nett hier drin.«

Wir lagen da und guckten durch das Zelt an die Decke.

»Ich kann es kaum erwarten«, flüsterte ich.

Abends räumte ich meine neue Ausrüstung ordentlich in den Schrank in meinem Zimmer. Ich ließ die Tür offen, damit ich die Sachen weiter bewundern konnte, und zählte die Tage, bis ich sie in den Van packen konnte, den wir gemietet hatten, damit wir alle zusammen fahren konnten.

An dem Morgen, als Dad mit seinem neuen Job anfing, konnte er weder seine Schlüssel noch sein Handy finden. »Du wirst toll sein«, sagte ich ihm, fischte die Schlüssel aus seiner Jackentasche und legte sie ihm in die Handfläche. Ich zeigte auf sein Handy auf der Küchentheke. »Und mach dir um mich keine Sorgen.«

In dieser Woche verbrachte ich viel Zeit bei meinen Großeltern. Dad war nach der Arbeit so müde, dass wir nicht so oft zusammen Skateboard fuhren, aber das störte mich nicht besonders. Arlo und ich gingen fast jeden Tag in den Skatepark, und außerdem hatte Dads neuer Chef ihm die Tage für unsere Reise freigegeben. Beim Zelten würden wir massenhaft Zeit haben. Und ich war nicht die Einzige, die sich so darauf freute: Bei der Silver Bowl Session wurde über nichts anderes geredet. Wir waren alle mehr als bereit, am kommenden Samstag aufzubrechen.

Am Donnerstag kochten Rusty und Gus einen riesigen Topf Chili, und Arlo lud uns zum Essen ein.

»Wir können doch zu ihnen gehen, oder?«, fragte ich Dad, als er von der Arbeit nach Hause kam. »Ich hab schon zugesagt.«

»Was?« Er stand in der Küche und starrte ins Nichts. »Ja, klar, natürlich.«

Sobald wir nebenan waren, sagte Dad, dass er Gus sprechen musste, und ich gesellte mich zu Arlo in der Bowl.

Eine Weile später streckte er seinen Kopf über den Rand der Bowl. »Hey, Daf«, rief er, »kann ich dich mal kurz sprechen?«

Arlo und ich kletterten beide die Leiter runter. Dad winkte mich zu der Bank unter der Bowl, und Arlo ging rein, um zu gucken, ob er beim Abendessen helfen konnte. Dad lächelte mich an, aber es wirkte gezwungen. Er fuhr sich mit den Händen die Beine auf und ab. Ich hatte gedacht, dass er aufgehört hatte, in meiner Gegenwart nervös zu sein. »Alles gut, Dad«, beruhigte ich ihn. »Was ist los?«

»Tja«, sagte er. »Es, also, äh ...« Er ließ einen langen Seufzer hören. »Bei der Arbeit läuft es ganz schön gut, weißt du? Sie scheinen mich zu mögen.«

»Das ist doch toll, Dad.«

»Ja. Darüber wollte ich mit dir reden. Einer meiner Kollegen muss nächste Woche überraschend operiert werden. Er wird für eine Woche ausfallen. Sie haben gesagt, wenn ich ihn vertrete, stufen sie mein Gehalt hoch, und ich will es machen.«

»Super!« Ich lehnte mich auf der Bank zurück und atmete den würzigen, leckeren Duft ein, der aus dem Haus strömte. Ich freute mich aufs Abendessen.

»Ja.« Er zupfte an seiner Kappe. »Aber das bedeutet, dass ich nicht zelten gehen kann.«

Ich lachte, sicher, mich verhört zu haben. »Was?«

Dad räusperte sich. »Äh, ich kann nicht mit zelten gehen«, wiederholte er.

»Dad.« Ich richtete mich langsam auf. »Das ist nicht lustig.«

»Ich meine es ernst. Es tut mir wirklich leid, Daf. Ich werde den Kollegen vertreten.«

Ich starrte ihn ungläubig an. »Dad, nein. Du hast gesagt, sie haben gesagt, du kannst fahren.«

»Ich weiß.« Er fuhr sich mit der Hand durchs Haar. »Aber ich könnte das Geld echt gebrauchen.«

Ich konnte es immer noch nicht fassen. »Einfach so. Das war's also mit unserer Reise? Mit all unseren Plänen?«

»Nein, nein! Die Reise findet statt! Ich muss das mit deiner Mutter klären, aber ich habe alles schon mit Gus besprochen. Du hast dein Zelt, Rusty wird sich um dich kümmern, falls du irgendwas brauchst … du weißt schon, Mädchenkram und so. Du bist also bestens gerüstet.«

»Du kannst nicht fahren«, wiederholte ich. »Aber die Reise findet trotzdem statt?«

»Ich wünschte, ich könnte mit dir mitkommen, aber ich versuche, hier verantwortungsbewusst zu handeln«, flehte Dad mich an. »Ich mache es wieder gut, versprochen. Und wie schon gesagt, du kannst fahren.«

Ich starrte ihn an, blinzelte wieder und wieder und versuchte, nicht zu weinen. Ein Teil von mir wusste, dass das, was er sagte, irgendwie Sinn ergab. Ich wusste, wie sehr er sich um einen Job bemüht hatte. Aber dann stellte ich mir vor, wie ich mit all den Leuten von der Silver Session in den Van stieg, Dad mir vom Bürgersteig zum Abschied zuwinkte und kleiner und kleiner wurde.

Die Hintertür knallte auf. »Das Chili ist fertig!«, sang Rusty. Sie hatte riesige Topflappen an den Händen und trug einen großen orangefarbenen Topf. Gus tauchte hinter ihr auf, mit einem Stapel Schüsseln und einer Handvoll Löffel. »Alles okay?«, sagte Gus, und sein Blick wanderte von Dad zu mir und wieder zu Dad.

Rusty stellte den Topf auf den Tisch. »Na kommt, ihr beiden«, rief sie. »Lasst uns essen.«

Essen war das Letzte, was ich tun wollte, aber ich mochte Rusty gegenüber nicht unhöflich sein. Ohne Dad anzugucken, sprang ich von der Bank auf und setzte mich neben Arlo. Rusty und Gus unterhielten sich angeregt, während sie das Essen rumreichten, aber ich sagte kein Wort.

Als wir alle eine Schüssel Chili mit Käse und saurer Sahne vor uns stehen hatten, lächelte Dad mich an. »Daf, das wird gut. Du hast beim Skaten solche unglaublichen Fortschritte gemacht. Dein Ollie ist einfach fantastisch, und bald hast du auch den Kickflip drauf!«

Ich starrte ihn ungläubig an. »Du denkst, ich mache

mir wegen dem Skaten Sorgen?« Meine Stimme zitterte. Verstand er nicht, was diese Reise mir bedeutete?

Dad stieß ein Lachen aus, aber seine Augen waren weit aufgerissen, und er guckte ganz nervös.

»Was ist los?«, fragte Arlo.

Ich hielt den Blick auf mein Chili gerichtet. »Mein Dad kann nicht mitkommen«, murmelte ich. »Er muss zu Hause bleiben und arbeiten.«

Gus räusperte sich. »Ich verstehe, dass du enttäuscht bist, Daphne, aber du kannst nur zu gerne mit uns mitkommen und …«

Mir war klar, dass Gus bloß helfen wollte, aber er machte es nur schlimmer. »Schon gut. Ich fahre auch nicht.« Ich wusste gar nicht, dass ich das sagen wollte, da waren die Wörter schon aus meinem Mund geplatzt. Doch es war das einzig Richtige. Nie im Leben würde ich ohne meinen Dad fahren.

»Was?« Arlo lachte. »Du kannst mich doch nicht mit diesen alten Männern allein fahren lassen. Ich will nicht das einzige Kind sein. Du kommst mit.«

Ich schüttelte den Kopf. Ich hatte Angst, sofort in Tränen auszubrechen, wenn ich noch ein Wort sagen würde.

»Aber das sollte doch das Ende von meinem Film werden, unsere große Reise durch die Skateparks des Nordwestens!«, sagte Arlo. »Ich verstehe ja, dass du enttäuscht bist, dass dein Dad nicht mitkommen kann, aber er will es

sich halt nicht bei seiner neuen Arbeitsstelle verderben.«
Er sagte das so ruhig, als würde das alles Sinn ergeben.

Und das tat es auch. Deswegen fühlte ich mich ja auch
so furchtbar. Ich wünschte, ich wäre keine Spielverderbe-
rin. Aber ich konnte einfach nicht anders. »Nein«, wiederholte ich. »Ich fahre nicht mit.«

»Na, das ist ja toll«, murmelte Arlo. »Nur weil dein Dad
dich hängen lässt, lässt du jetzt mich hängen? Das ist nicht
wie bei der Skatepark-Katastrophe, weißt du?«

Ich stand so schnell auf, dass mein Stuhl umkippte. Ich
konnte es nicht fassen, dass er das gesagt hatte. »*Hör auf,*
mich so unter Druck zu setzen!«, sagte ich. »Wie kannst
du nur so penetrant sein! Wo du es doch selbst so schrecklich findest, wenn man sich jemandem aufdrängt.«

Entsetzt sah Arlo mich an.

Oh nein. Wir sahen beide seine Mutter an. Rusty hatte
sich die Hand vor den Mund geschlagen.

Ganz offensichtlich wusste sie genau, was gemeint war.

Als mein Blick wieder auf Arlo fiel, sah er ganz ange-
widert aus. Er stand auf und verschwand nach drinnen.

»Arlo?« Rusty rannte ihm hinterher. »Was war *das* denn?«

Gus stand auch auf. »Ich, äh, ich schau mal lieber nach
ihnen.« Er folgte Rusty ins Haus.

»Daphne«, sagte Dad. »Was geht hier vor?«

Ich rieb mir den Ellbogen und presste die Lippen zusammen.

»Na, komm schon, Daf«, sagte er. »Sprich mit mir.«

»Mit dir?« Es war schrecklich, dass er absolut keine Ahnung hatte, warum ich mich so aufregte. »Okay.« Aber dann bekam ich kein Wort mehr heraus.

Dad wartete, ganz ruhig.

»Es ist nur«, sagte ich schließlich mit zitternder Stimme, »das fühlt sich so typisch an für dich. Du versprichst mir etwas, und dann lässt du mich hängen.«

»Daf, wovon redest du?«

Ich ließ ein scharfes Lachen hören. »Vom Skatepark natürlich.«

»Vom Skatepark?« Dad blinzelte. »Von welchem Skatepark?«

»Du hast mich an meinem zehnten Geburtstag angerufen? Du hast versprochen, mich dort zu treffen? Du wolltest mir den Ollie beibringen!«

Er schüttelte den Kopf. »Ich kann mich nicht daran erinnern.«

»Du kannst dich nicht erinnern?« Ungläubig starrte ich ihn an. »Ich habe Mom angelogen und bin allein hingegangen. Ich habe gewartet und gewartet.« Seinen verständnislosen Gesichtsausdruck konnte ich kaum ertragen. »Du bist nicht gekommen. *Ich habe mir den Arm gebrochen, als ich den Drop In versucht habe!*«, schrie ich.

Seine Augen wurden dunkel vor Schock. »Das ist beim Skaten passiert?«

»Ja. Und jedes Mal, wenn du angerufen hast, habe ich darauf gewartet, dass du mir erklärst, warum du nicht aufgetaucht bist. Aber das hast du nie gemacht.« Ich umklammerte meinen Ellbogen, völlig außer Atem. Wie konnte er einfach so dasitzen, nachdem er mich so verletzt hatte? Ich wollte ihm auch wehtun. »Weißt du was?« Ich beugte mich nach unten und nahm mein Board. »Ist doch egal. Mir ist Zelten sowieso total egal. Ich fahre nach Prag.«

Er krümmte sich so, als hätte ich ihn tatsächlich geschlagen. Gut. Dann wusste er endlich, wie sich das anfühlte.

Draußen auf dem Bürgersteig holte ich mein Handy aus der Tasche. Warum hatte ich je gedacht, dass es besser wäre, bei meinem Dad zu bleiben, anstatt meine Mom zu besuchen? Mit zitternden Fingern schrieb ich ihr eine Nachricht.

Weißt du was? Ich komm doch nach Prag!

Dann fuhr ich, so schnell ich konnte, auf meinem Skateboard davon.

KAPITEL 22

Ich fuhr zum Skatepark. Die nierenförmige Bowl war leer, und ich skatete darin herum, hin und her und rauf und runter. Ich wollte jeden Gedanken aus meinem Kopf wegskaten. Den Streit mit Arlo, die Szene, die ich gemacht hatte. Das war schlimm. Aber das Schlimmste, das, was ich wirklich vergessen wollte, war der verständnislose Ausdruck in den Augen meines Vaters. Er konnte sich nicht an meinen zehnten Geburtstag erinnern?

Ich weiß nicht, wie lange ich schon gefahren war, als ich schließlich müde wurde und aufhören musste. Der Abendwind kühlte mir den Schweiß, und ich atmete tief aus. So richtig besser fühlte ich mich nicht. Aber ruhiger. Ich sah mich um. Der Park war leer, bis auf einen Typen am Rand der Bowl, der mich beobachtete.

Dad.

Ich überlegte, einfach wegzufahren, ihn ohne ein Wort stehen zu lassen. Würde ihm recht geschehen. Aber das wollte ich nicht. Ich kletterte die Rampe hoch.

»Du hast dich ja da unten ganz schön angestrengt.« Er reichte mir eine Flasche Wasser.

Ich nickte vorsichtig und nahm sie entgegen. Ich hatte echt Durst.

»Können wir reden?«

Ich zuckte mit den Schultern, aber als er sich hinsetzte, die Beine in die Bowl baumeln ließ, setzte ich mich neben ihn. Ich trat mit den Fersen meiner Vans gegen die Betonwand.

»Du hattest gerade den Gips abbekommen, als ich anfing, mit dir zu telefonieren. Du hast mir nie gesagt, dass das beim Skaten passiert ist.«

Er streckte die Hand aus, als wollte er meinen Ellbogen tätscheln, aber ich zuckte zurück.

Wenn du da gewesen wärst, hättest du es gewusst, wollte ich am liebsten sagen, aber ich biss einfach die Zähne zusammen.

»Daf, ich kann mich nicht daran erinnern, dass ich dir das versprochen habe.« Er setzte seine Kappe ab, kratzte sich am Kopf und zog sie dann wieder auf. »Wenn ich trinke ... als ich getrunken habe, habe ich viel versprochen und nicht gehalten.« Er seufzte lang und tief. »Ich weiß, dass das keine Entschuldigung ist. Manchmal, wenn ich an all das zurückdenke, was ich getan habe – oder nicht getan habe, wie dich im Skatepark zu treffen, wie ich es dir versprochen hatte –, dann kann ich nicht fassen, dass ich so ein Idiot war. Es ist, als wäre das ein anderer Mensch gewesen. Jemand, den ich nicht besonders gerne mag.« Er hielt inne. »Es tut mir wirklich leid, dass ich dich im Skatepark allein gelassen habe.«

Es gab eine Zeit, da war das alles, was ich wollte: sein Eingeständnis, dass er an diesem Tag hätte da sein sollen. Aber dafür war es zu spät. Das half überhaupt nicht weiter. Ich erinnerte mich an das, was er neulich gesagt hatte, als wir über Wiedergutmachung gesprochen hatten. »Wiedergutmachung ist mehr, als nur zu sagen, wie leid es einem tut«, murmelte ich und trat wieder mit meinen Vans gegen die Bowl.

Dad ließ ein kurzes Lachen hören. »Kommst du mir schon wieder mit meinen eigenen Worten.« Einen Augenblick lang sagte er nichts. Dann platzte es aus ihm heraus: »Daphne, bitte fahr nicht nach Prag. Das sollte unser gemeinsamer Sommer sein. Selbst wenn du sauer auf mich bist, will ich, dass du bleibst.«

Endlich hob ich das Gesicht und schaute ihn an. »Weißt du, was ich echt nicht kapiere?«, fragte ich. »Warum bist du plötzlich so daran interessiert, mit mir Zeit zu verbringen? Warum diesen Sommer?«

Erst dachte ich, ich hätte ihn wieder verletzt. Aber sein Gesichtsausdruck war eher … mitleidig? »Daf, soll das ein Witz sein? Ich kann an nichts anderes denken, als dass ich Zeit mit dir verbringen will.«

»Das stimmt nicht«, sagte ich. Dachte er etwa, ich wüsste nicht Bescheid? »Ich weiß noch, wie Mom dich gebeten hat, mich einmal im Monat anzurufen, aber es war immer ziemlich offensichtlich, dass du mich nicht *sehen* wolltest.«

Er runzelte die Stirn. »Wie kommst du denn darauf?«

Ich stieß ein bellendes Lachen aus. »Weißt du, wie du angefangen hast, mich anzurufen? Ich habe dich gefragt, wann du zu Besuch kommst, und du hast dich rausgeredet.« Ich senkte die Stimme, um ihn nachzumachen. »›Äh, ich glaub, das geht im Moment nicht.‹ Nur weil ich erst zehn war, heißt das nicht, dass ich nicht kapiert habe, dass du mich abgewiesen hast!«

Dad ließ einen langen Seufzer hören. »Hör zu«, sagte er. »Ich wollte dir das eigentlich nicht erzählen, aber ich glaube, du solltest das wissen. Vor fast zwei Jahren habe ich deine Mutter gefragt, ob du mich besuchen kannst. Als ich gerade trocken geworden war.«

Ich starrte ihn an. »Ach, wirklich.« Dachte er echt, ich würde ihm das abnehmen?

Er sprach weiter. »Als deine Mutter mir dann gesagt hat, du kannst mich nicht besuchen, da wusste ich, dass sie recht hatte. Es war noch zu früh, ich war noch nicht lange genug nüchtern. Aber dann habe ich gefragt, ob ich zu Besuch kommen kann, dich für eine Woche besuchen, ein Wochenende, eine Stunde – was auch immer sie erlaubt hätte. Sie hat Nein gesagt. Zu allem.«

»Das ist nicht wahr«, sagte ich. »Das würde Mom nicht machen, nicht, ohne mir das zu sagen.« Da war ich mir sehr sicher. Ich war nur hier mit Dad, weil sie verzweifelt gewesen war und sich an niemand anderen wenden konnte. »Sie ist diejenige, die dafür gesorgt hat, dass du mich anrufst. Sie dachte, es würde uns guttun.«

Dad schüttelte den Kopf. »Sie hat gesagt, ich darf dich einmal im Monat anrufen – das war *alles*, was ich tun konnte –, also habe ich das gemacht. Auch wenn du mir immer zu verstehen gegeben hast, dass du nicht mit mir sprechen willst – das war sehr deutlich. Jedes Mal, wenn du das Telefon zurück an deine Mutter gegeben hast, habe ich sie gefragt, wann ich dich sehen kann, aber sie hat mich immer vertröstet. Deswegen ist dieser Job so wichtig für mich.« Die Hände auf seinen Knien ballten sich zu Fäusten, und dann ließ er wieder locker. »Hör zu, ich bin nicht gerade stolz darauf, aber ich habe zugelassen, dass meine Eltern mir über die Jahre immer wieder aus der Patsche geholfen haben. Sie haben sogar angeboten, den Unterhalt für dich zu zahlen, aber deine Mom hat gesagt, dass wäre meine Aufgabe, nicht ihre.«

Ich starrte ihn an. Mom hätte doch nicht verhindert, dass meine Großeltern uns unterstützten. Oder?

»Die Sache ist, sie hatte absolut recht. Ich sollte selbst für dich sorgen. Ich habe es verdient, auf die Probe gestellt zu werden. Aber sogar, nachdem ich zwei Jahre lang trocken war, hat deine Mutter immer wieder gesagt, dass ich dich nicht sehen darf. Bis zu diesem Sommer.«

»Nein. Du lügst.«

Er sah mich einfach nur an, noch immer mit diesem mitleidigen Blick. »Es tut mir leid, Daf. Ich weiß nicht, was ich dir sonst sagen soll. Ich schwöre, es ist die Wahrheit.«

Ich kraxelte auf die Beine und wich vor ihm zurück. Mir fiel plötzlich ein, wie er darauf gehofft hatte, dass Mom die Rolle bekommt. Diese Blicke, die er und Oma sich zugeworfen hatten. Mein Zimmer, das neu gestrichen auf mich wartete. Und wie nervös er die ganze Zeit war, als ich gerade angekommen war.

»Ich glaube dir nicht«, beharrte ich. Aber eigentlich war ich mir nicht so sicher.

Dad stand auf. »Daf, lass uns nach Hause gehen, ja? Lass uns morgen weiterreden. Ich bin nur … ich bin total erschöpft.«

Er sah wirklich schrecklich aus. Ich zögerte und nickte dann kurz.

Wir fuhren nach Hause, ich direkt hinter ihm her.

Wenn ich sonst auf dem Skateboard stand, war ich nur auf mein Board konzentriert und vergaß alles andere um mich herum.

Aber heute Abend funktionierte das nicht.

Heute Abend konnte ich gar nichts vergessen.

Als wir nach Hause kamen, ging ich in mein Zimmer, schloss die Tür hinter mir und rief den einzigen Menschen an, bei dem ich mich darauf verlassen konnte, die Wahrheit zu hören.

»Stimmt das?«

»Daphne? Bist du das?«

»Stimmt es, dass Dad mich seit über zwei Jahren sehen will und meine Mom es ihm nicht erlaubt hat?«

Schweigen.

»Oma?«

Ich hörte sie seufzen. »Ja, mein Schatz. Das stimmt.«

Ich versuchte, die Tränen wegzublinzeln. Ich blinzelte und blinzelte. Es nutzte nichts.

»Er hat mir gesagt, dass ich dir das nicht erzählen soll. Er wollte keine Probleme mit deiner Mutter verursachen«, sagte Oma. Die Tränen rannen mir schneller übers Gesicht, als ich sie mit dem Ärmel meines T-Shirts wegwischen konnte. »Daphne? Alles in Ordnung?«

Zitternd holte ich Luft, aber ich bekam kein Wort heraus.

»Möchtest du zu uns kommen und heute bei uns übernachten, Schätzchen?«

Ich dachte an die Nachricht, die ich Mom vorhin geschickt und auf die sie noch immer nicht geantwortet hatte. Als Dad mir gesagt hatte, dass er nicht mit zelten kommt, wollte ich wenigstens nach Prag reisen. Aber jetzt war Mom der letzte Mensch, den ich sehen wollte. Und von Dad weg zu sein, wäre eine Erleichterung.

»Ja, bitte«, sagte ich Oma mit leiser Stimme.

Ein paar Minuten später saß ich am Rand meines Bettes, als Dad den Kopf durch die Tür steckte. »Alles okay bei dir?«

Ich versuchte, den Kalten Fisch heraufzubeschwören, aber er war nirgends zu finden. Also behielt ich meinen Blick auf meinem Skateboard, das ich mit meinen Füßen auf dem Boden hin- und herrollte. An der einen Ecke löste sich schon das Griptape. Ich ließ die Sohlen meiner Vans darübergleiten, damit es wieder festklebte. »Ich schlafe heute bei Oma und Opa.«

»Oh.« Dad nickte, und er sah noch müder aus als sowieso schon. »Okay, klar.«

Und wie bestellt hupte jemand vor dem Haus. Ich stand auf, warf mir meinen Rucksack über die Schulter und poppte mir mein Board in die Hand.

Ich hatte gehofft, dass es sich gut anfühlen würde, zu gehen.

Aber es war einfach nur schlimm.

Alles war schlimm.

Ich kletterte in Omas Auto, und sie stieg aus, um mit Dad zu reden. Ich wollte nicht hören, was die beiden sagten. Bestimmt erzählte er ihr gerade, wie schrecklich ich war, eine verwöhnte Göre, die nicht verstehen wollte, dass er arbeiten musste, und das Abendessen bei seinem Freund hatte ich auch verdorben.

Arlo. Das Gespräch mit meinem Dad hatte mich Arlo vergessen lassen, aber als mir jetzt sein Gesichtsausdruck einfiel, als er vom Tisch aufgestanden war, wurde mir ganz heiß. Ich zog mein Handy raus und schickte ihm eine Nachricht: *Tut mir leid*. Das reichte nicht, aber zu mehr war ich gerade nicht in der Lage.

»Bereit?«, fragte Oma mit einem zu fröhlichen Lächeln. Ich schob das Handy zurück in meine Tasche und nickte, aber zurücklächeln konnte ich nicht. Sie griff nach meiner Hand und drückte sie. »Alles wird wieder gut, mein Schatz.«

So was Nettes konnte nur eine Großmutter sagen. Ich wollte ihr so gerne glauben.

Tat ich aber nicht.

KAPITEL 23

Meine Großeltern taten so, als könnten sie sich nichts Schöneres vorstellen, als den ganzen Tag mit mir zu verbringen. Am nächsten Morgen machte Opa Pfannkuchen zum Frühstück, und danach ging ich mit Oma zur Maniküre. Wir gingen mit Lady Gassi und spielten Karten.

Ich versuchte es zu genießen. Dass sie sich so um mich bemühten, wusste ich sehr zu schätzen. Aber mir gingen immer wieder dieselben Gedanken durch den Kopf. Als wäre mein Gehirn noch immer im Skatepark und würde wieder und wieder durch die Bowl fahren.

Wie konnte Mom mir nicht erzählen, dass Dad mich sehen wollte? Wusste sie nicht, wie sehr er mir fehlte?

Und Dad. Ich konnte immer noch nicht richtig fassen, was er mir da erzählt hatte. Zu wissen, dass er versucht hatte, mich zu sehen, und dass er sich dafür entschuldigt hatte, nicht im Skatepark gewesen zu sein, hatte auf jeden Fall etwas verändert. Und natürlich verstand ich, dass sein neuer Job wichtig war. Aber ich dachte trotzdem die ganze Zeit, dass ihm irgendetwas hätte einfallen können, damit er doch noch mit zelten fahren könnte.

Egal, wie oft ich mir klarmachte, dass diese Situation ganz anders war, fühlte ich mich wieder wie bei der Skate-park-Katastrophe. Als hätte ich es besser wissen sollen, mich nicht darauf verlassen, dass er sein Versprechen hält, mit mir zelten zu gehen. Wenigstens hatte Mom ihr Versprechen gehalten, dass ich nach Prag kommen konnte.

Aber auch Mom hatte mich im Stich gelassen.

Und jetzt würde ich nirgendwo hinfahren. Ich wünschte, ich könnte mit Arlo reden. Ich hatte ihm noch zwei weitere Nachrichten geschickt. Während ich darauf wartete, dass Oma sich fertig machte – wir wollten zusammen einkaufen gehen –, holte ich mein Handy raus, um zu gucken, ob er geantwortet hatte.

Ich hatte eine Nachricht bekommen. Aber sie war von Mom, die endlich meine Nachricht von gestern beantwortete.

Babygirl, es tut mir leid. ☹ Für Prag ist es zu spät.
Das Flugticket würde jetzt ein Vermögen kosten. 💰
Und wir müssen im Plan aufholen, weil das Wetter so
schlecht war. ☂ Muss viiiiel arbeiten, 15, 16 Stunden
am Stück. ⏰

Ich warf mein Handy auf die Couch. Natürlich sagte sie Nein.

Aber jetzt würde ich sowieso nicht fahren.

Selbst wenn sie mich anflehen würde.

Bis zu diesem Sommer hatte ich genau gewusst, wie ich zu meinen Eltern stand: Dad machte sich nichts aus mir, und Mom würde alles für mich tun. Jetzt war alles durcheinander. Ich wusste nicht, wie ich mich fühlen sollte.

Ich nahm wieder das Handy in die Hand. Ich überlegte, Mom zu schreiben, wie sehr ich Dad all die Jahre vermisst hatte, wie ich gedacht hatte, dass er mich nicht besucht, weil ich ihm egal bin. Stattdessen tippte ich eine Frage: *Warum hast du Dad nicht erlaubt, mich zu treffen, als er mich sehen wollte?*

Und drückte auf *Senden*.

Dann fragte ich meine Großeltern, ob ich noch eine Nacht bleiben könnte. Ich wollte am nächsten Morgen wirklich, wirklich nicht bei Dad sein.

Denn das war der Tag, an dem wir zelten fahren wollten.

Ich könnte es nicht ertragen, zuzusehen, wie alle in den Van stiegen und ohne mich davonfuhren.

Oma brachte mich am nächsten Nachmittag zurück zu Dad. Sobald mein Dad die Haustür aufmachte, sagte Oma, sie würde Kaffee machen, und verschwand in der Küche. *Echt gar nicht auffällig, Oma.*

Dad und ich standen mitten im Wohnzimmer. »Ich bin froh, dass du wieder da bist«, sagte er.

Ich konnte ihn nicht ansehen. »Ich fahre nicht nach Prag.«

»Habe ich gehört.« Wieder Schweigen. »Daf, es tut mir wirklich leid, alles.«

»Schon okay«, murmelte ich.

»Vielleicht können wir …«

»Ich geh jetzt auf mein Zimmer«, unterbrach ich ihn.

»Oh.« Er nickte. »Okay.« Ich konnte sehen, dass er enttäuscht war, aber ich konnte mir jetzt keine weiteren Entschuldigungen anhören. Ich rannte praktisch den Flur hinunter.

Das war nicht der Kalte Fisch. Damit wollte ich nicht ausdrücken, dass er mir egal war.

Er war mir ganz bestimmt nicht egal.

Ich wusste nur nicht, was ich machen sollte.

Ich setzte mich auf mein Bett, drückte meine Knie gegen meine Brust und umschlang sie mit den Armen. Als ich gerade hier angekommen war, bin ich jedes Mal in mein Zimmer geflohen, wenn ich Dad aus dem Weg gehen wollte. Das jetzt war anders. *Wir* waren anders. Also, warum konnte ich mich nicht mit ihm auseinandersetzen? Ich drückte meine Stirn auf meine Knie. Meine Gedanken rasten. Ich musste ständig an unsere Reise denken. Jetzt waren alle schon längst losgefahren, auch Arlo, der mich bestimmt hasste. Ich umfasste meine Knie noch enger und stellte mir vor, wie sie jeden Tag einen anderen

Skatepark besuchten, dem Klang der Rollen auf dem Asphalt lauschten. *Schrapp-knall! Schrapp-knall!* Es war bestimmt himmlisch.

Moment mal. Ich stand von meinem Bett auf und
drückte mein Ohr ans Fenster. Ich hatte es mir nicht ein-
gebildet – ich konnte diesen Klang tatsächlich hören. Jemand war in der Bowl von Gus!

»Dad?«, rief ich den Flur runter. Im Wohnzimmer saß
Oma neben ihm auf der Couch, einen Kaffeebecher in
der Hand. Als ich reinkam, hörten sie beide sofort auf zu
reden, also hatten sie über mich gesprochen, aber das war
mir egal. »Wer skatet drüben bei Gus?«

»Na, Gus oder Arlo, würde ich sagen«, sagte Dad.

»Aber ... sie sind doch weggefahren?«

Dad schüttelte den Kopf. »Sie sind nicht gefahren.«

»Sie sind nicht gefahren? Warum?« Aber während ich
fragte, wusste ich schon die Antwort. Wegen mir. Ich
hatte Arlo die Reise verdorben, so wie Dad mir die Reise
verdorben hatte.

Es fiel mir nicht leicht, Freundschaften zu schließen. Je-
denfalls nicht enge Freundschaften. Als ich klein war, sind
Mom und ich so oft umgezogen, dass dafür nie genug
Zeit blieb. Dann, als ich in der fünften Klasse war, erklärte
Mom mir, dass sie ihr Bestes geben würde, damit wir an
einem Ort blieben oder zumindest im selben Schulbezirk.
In dem Jahr lernte ich Sam kennen, und obwohl ich vor-

her noch nie eine beste Freundin gehabt hatte, wusste ich gleich, dass sie die Richtige war.

Ich kannte Arlo ja noch gar nicht lange, aber ich hatte das Gefühl, dass es bei uns auch so sein könnte. Den ganzen Sommer lang war er an meiner Seite gewesen, hatte Witze gerissen und mich ermutigt. Er wirkte nur unglücklich, wenn er von seiner Mutter sprach, und anstatt für ihn da zu sein, hatte ich alles nur noch schlimmer gemacht.

Ich hatte keine Ahnung, wie ich das mit Dad regeln sollte, aber was Arlo anging, wusste ich ziemlich sicher, was ich zu tun hatte. »Ich gehe mal kurz rüber, okay?«

Dad schenkte mir ein halbes Lächeln. »Das ist bestimmt eine gute Idee.«

Als ich an die Tür klopfte, schlug mir das Herz bis zum Hals. Ich konnte noch immer jemanden in der Bowl skaten hören, also war ich mir nicht sicher, ob jemand im Haus war. Als keiner kam, klopfte ich lauter. Gerade wollte ich um das Haus herum in den Garten gehen, als die Tür aufschwang.

»Hey, Daphne. Du bist zurück.« Täuschte ich mich, oder war sein Lächeln nicht ganz so strahlend wie sonst? War auch Gus sauer auf mich?

Ich holte tief Luft. »Tut mir leid, dass ich neulich unser gemeinsames Abendessen verdorben habe. Ich wollte nicht alles durcheinanderbringen …« Ich brach ab. Ich hatte das eigentlich schnell sagen wollen, es hinter mich bringen, aber irgendwie blieben mir die Worte im Hals stecken, und ich konnte nicht weitersprechen. Meine Augen brannten, und ich hatte Angst zu blinzeln, weil mir sonst die Tränen gekommen wären. Ich guckte auf meine Vans runter. »Es tut mir leid.«

Ich wartete darauf, dass Gus etwas sagen würde, und als er das nicht tat, sah ich auf. Rusty hatte sich neben ihn gestellt, und Gus legte ihr den Arm um die Schultern. Das machte mir ein wenig Hoffnung.

»Alles gut, Daphne«, sagte Gus. »Ich versteh schon. Du warst von deinem Vater enttäuscht. Glaub mir, ich kenne das.« Er lächelte, und diesmal strahlte er wirklich.

»Arlo hat mir erzählt, wie unglücklich er darüber ist, dass ich so sehr darauf gedrängt habe, bei Gus einzuziehen«, platzte es aus Rusty heraus. »Also habe ich ein Geständnis abgelegt.« Sie sah zu Gus auf und lachte. »Ich will nicht lügen – das war erst mal ganz schön hart! Aber jetzt ist alles gut, nicht, Gus?«

»Jup. Alles in Ordnung.« Gus lächelte sie an.

»Und, Daphne, du weißt hoffentlich, dass weder du noch Arlo daran schuld seid, okay? Ich hätte ehrlich sein sollen, und das hatte nur was mit mir zu tun.«

Ich nickte. Das sorgte dafür, dass ich mich ein wenig

besser fühlte. Aber mein Blick wanderte immer wieder zum Garten. »Hasst Arlo mich jetzt?«, fragte ich mit leiser Stimme.

»Nein!«, sagte Rusty. »Rede einfach mit ihm. Das wird schon.«

Ich ging in den Garten, zur Bowl, und kletterte die Leiter hoch.

Arlo fuhr auf seinem Skateboard.

Als er für einen Grind nach oben fuhr, blickte er hoch und sah mich dort stehen. Sein Körper zuckte zusammen, und halb fiel er, halb ließ er sich in die Bowl fallen. Er konnte sich gerade noch schnell genug fangen, um auf seinem Board zu bleiben, und skatete eine Weile herum. Vielleicht würde er mich komplett ignorieren. Vielleicht würde er nie wieder mit mir reden. Dann tauchte er genau neben mir auf dem Deck auf.

»Hi«, sagte ich.

»Hi.« Kein Lächeln, kein Zeichen, dass er froh war, mich zu sehen.

»Du bist nicht zelten gefahren.«

Er schüttelte den Kopf, die Lippen fest zusammengepresst. »Nö.«

»Ähm. Weil ich nicht gefahren bin?«

»Zum Teil.« Noch immer derselbe angespannte Gesichtsausdruck.

Ich war wirklich davon ausgegangen, dass ich einfach

auftauchen müsste, und, wie Rusty gesagt hatte, dann würde es schon werden. Aber ganz eindeutig würde es jetzt nicht reichen, einfach einen Witz über Lego oder so zu machen.

Ich musste das wieder geradebiegen. Aber wie? Mein Blick irrte durch die Bowl, als würde ich da eine Antwort finden. Und das tat ich. Denn es erinnerte mich daran, wie Dad mir den Drop In beigebracht hatte. Denk nicht zu viel, hatte er gesagt, mach es einfach.

»Es tut mir leid, dass ich das gesagt habe!«, platzte ich heraus. »Dass du mich unter Druck gesetzt hast. Ich wollte nichts Schlechtes über deine Mom sagen.«

»Sie hat sofort gewusst, was du gemeint hast«, sagte Arlo. »Sie hat mir ganz schön die Hölle heißgemacht, weil ich dir das erzählt habe.«

Ich starrte auf meine Füße runter. »Tut mir leid«, murmelte ich noch einmal. Ich fühlte mich schrecklich.

»Tja, also.« Arlo verlagerte sein Gewicht. »Meine Mom hat auch gesagt, dass ich dich zu sehr unter Druck gesetzt habe. Sie hat gesagt, ich hätte merken sollen, wie sehr dich das mitnimmt. Also … mir tut es auch leid.«

Überrascht sah ich auf. »Echt?«

»Ja.« Er zuckte mit der Schulter. »Ich wollte nur wirklich zelten fahren, weißt du?«

»Ja«, sagte ich traurig. »Ich auch.«

Wir starrten beide in die Bowl.

»Ich weiß!« Arlo schnippte mit dem Finger. »Komm, wir schieben alles auf unsere Eltern, anstatt uns gegenseitig die Schuld zu geben.«

Ich musste lachen. »Ein guter Plan.«

»Im Ernst jetzt, Mom hat sich schließlich tatsächlich bei mir entschuldigt. Ihr war nicht klar, wie unglücklich mich das gemacht hat. Sie hat Gus alles erzählt.«

»Wow.« Ich sah zum Haus rüber. »Zwischen ihnen scheint es aber ziemlich gut zu laufen.«

»Ja. Eigentlich war es Gus, der gesagt hat, wir sollen das mit der Reise lassen, damit wir alles zwischen uns klären können. Er hat gesagt, wir müssen ehrlich zueinander sein, wenn wir …«, Arlo räusperte sich, »… wenn wir so was wie eine Familie sein wollen.«

Ich holte tief Luft. »Wow.«

»Ja.«

Wir starrten wieder in die Bowl.

»Hey, ich dachte, du fliegst nach Prag?«, sagte Arlo.

»Nee. Meine Mom hat zu viel zu tun.«

»Das ist aber schade.«

»Ach, eigentlich …«, sagte ich. »Weißt du noch, wie ich dir erzählt habe, dass ich meinen Dad drei Jahre lang nicht gesehen habe?« Arlo nickte. »Nun, wie sich herausgestellt hat, bittet er meine Mom schon seit einer ganzen Weile, mich sehen zu können. Und das hat sie mir nie gesagt.«

Arlo stieß einen Pfiff aus. »Das ist ja krass.«

»Ja. Ich bin gerade ganz schön sauer auf meine Mom.«

»Was ist mit deinem Dad? Alles gut mit ihm?«

Ich zuckte mit den Schultern. »Irgendwie schon? Nicht wirklich.« Wieder zuckte ich mit den Schultern. »Ich weiß es nicht!«

Arlo lachte. »Das klingt nicht so gut.« Er klimperte mit seinen Fingern auf der Nose seines Skateboards rum. »Weißt du, als Gus gesagt hat, wie wichtig es ist, dass wir uns zusammensetzen und miteinander reden, habe ich das zuerst für totalen Quatsch gehalten.« Er verdrehte die Augen. »Aber es hat irgendwie schon geholfen.«

Ich seufzte. Ich mochte solche Gespräche nicht. Überhaupt nicht. Aber ich wusste, dass Arlo recht hatte. Das war die einzige Antwort auf die Frage, die ich mir selbst gestellt hatte. Ich musste mit Dad reden. Und mit Mom wohl auch.

Arlo nickte in Richtung meiner leeren Hände. »Hast du dein Board nicht mitgebracht?« Als ich den Kopf schüttelte, sagte er: »Na, dann hol es. Ich warte hier auf dich.«

So war das mit Arlo. Er wusste immer, wann man reden und wann man skaten musste.

KAPITEL 24

Ich wusste, ich sollte ins Haus marschieren und Dad verkünden: »Wir müssen reden!«

Aber als ich von meiner kurzen Skate-Session mit Arlo nach Hause kam und er fragte: »Hast du Lust, noch ein bisschen zu skaten?«, sagte ich Ja.

Das stimmte, aber ich war auch froh, unser Gespräch noch ein bisschen vor mir herzuschieben. »Wo gehen wir hin?«

»Wirst du sehen.«

Als wir im Auto saßen, überlegte ich, wo er wohl hinfahren würde. In Oakland gab es einige Skateparks, oder vielleicht wollte er auch nach Berkeley oder in eine andere Stadt in der Nähe. Aber als er anhielt, konnte ich nirgendwo einen Skatepark sehen. Wir standen auf einem riesigen Parkplatz neben einem S-Bahnhof unter der Autobahn. Sogar im Auto konnte ich das Geräusch der Züge hören, wenn sie über unseren Köpfen anhielten und weiterfuhren. »Wir fahren mit dem Zug irgendwo hin?«

Mit einem kleinen Lächeln schüttelte Dad den Kopf. »Nö. Nimm dein Board.«

Wir warfen unsere Skateboards auf den Boden und fuhren den Parkplatz entlang. Ich hörte den Klang der Rollen auf dem Asphalt, noch bevor ich die Gruppe Skater entdeckte.

»Das ist eigentlich der Ort, wo ich angefangen habe«, sagte Dad. »Street Skating – sich die Straße erobern, die Hindernisse nutzen, die da sind.« Wir sahen zu, wie ein Typ in unserer Nähe eine Ollie auf einem Treppengeländer machte und dann etwas unsicher runtergrindete, eine Kombination aus 50-50 und einem Boardslide.

»Das mache ich sofort nach«, witzelte ich.

»Bestimmt schneller, als du denkst«, sagte Dad. »Du bist genau an dem Punkt, wo alles zusammenkommt, und die Tricks werden dir viel leichter fallen.«

»Glaubst du wirklich?«, fragte ich und richtete meinen Blick wieder auf den Skater, der abermals das Geländer runterrutschte.

»Das weiß ich. Aber lass uns jetzt nicht darüber nachdenken. Lass uns einfach skaten.«

Zuerst war ich ein wenig nervös, an einem neuen Ort zu fahren, aber als ich mich umsah, achtete keiner im Geringsten auf mich. *Ich bin genau so eine Skaterin wie alle anderen hier auch*, sagte ich mir. Ich versuchte, einen Ollie über den Bordstein hinzukriegen, und Dad segelte davon, um sein eigenes Ding zu machen. Weil ich mich so darauf konzentrierte, bekam ich erst gar nicht mit, dass mir jemand zusah, bis eine Stimme sagte: »Sieht gut aus!«

Eine Frau auf einem Skateboard zeigte mir den Daumen nach oben, ein breites Grinsen im Gesicht. Ich grinste zurück, und sie fuhr davon.

Arlo und ich hatten ein paar Filme über Skaterinnen geguckt, und Dad hatte mir von den Pionierinnen Cara-Beth Burnside und Jaime Reyes erzählt. Aber die Wahrheit war, dass ich im wirklichen Leben selten eine weibliche Person auf dem Skateboard sah. Ich sah mich um und stellte fest, dass das hier nicht der Fall war. »Cool«, sagte ich. Ich musste an die beiden Mädchen denken, die ich mit Oma in San Francisco gesehen hatte. Vielleicht würde ich das auch eines Tages machen: durch die Gegend fahren und andere Mädchen ermutigen, auch mitzumachen.

Dad fuhr zu mir zurück und sprang von seinem Board. Er nahm seine Kappe ab und wischte sich das verschwitzte Gesicht an seinem T-Shirt ab. »Ist es okay, wenn wir eine Pause machen?«, fragte er.

Ich nickte, und wir überquerten die Straße, wo wir in ein Café gingen, um uns etwas zu trinken zu holen – Sprudelwasser für Dad und einen Boba für mich. Zurück auf dem Parkplatz, setzten wir uns auf eine niedrige Betonmauer und sahen den Leuten beim Skaten zu.

»Und … ist jetzt mit Arlo alles wieder gut?«, fragte Dad.

»Ja.« Ich nickte. »Alles gut zwischen uns.«

Ehrlich gesagt war es einfach herrlich, hier mit Dad zu sitzen, müde vom Skaten, die anderen zu beobachten und zu wissen, dass wir gleich wieder weiterfahren würden. Es wäre ganz einfach gewesen, es dabei zu belassen. Aber ich wusste, dass Arlo recht hatte. Ich musste mit Dad reden. Das Problem war, dass ich nicht richtig wusste, wie ich anfangen sollte.

Vor uns versuchte sich ein Typ an einem Kickflip, aber das Board rutschte unter seinen Füßen weg, und er fiel auf den Hintern. »Aua!«, sagten Dad und ich gleichzeitig und lachten. Dad lehnte sich zu mir rüber und flüsterte mir ins Ohr: »Der hat nie gelernt zu fallen.« Ich musste wieder lachen, aber dadurch musste ich daran denken, wie wir das erste Mal zusammen geskatet waren und wie Dad darauf bestanden hatte, mir die Kunst zu fallen beizubringen. So war es auch gerade: Es war nicht wirklich wichtig, was genau ich zu ihm sagte. Selbst wenn ich hinfallen sollte, wusste ich ja, wie es ging.

»Also.« Ich biss mir auf die Unterlippe, versuchte, meinen Mut zusammenzusammeln. »Warum wolltest du mich wieder besuchen … du weißt schon, damals, vor ein paar Jahren?«

Er setzte seine Wasserflasche ab und hustete. »Wie meinst du das? Ich wollte dich immer sehen.«

Ich warf ihm einen Blick zu. »Dad.«

»Im Ernst, Daf. Bevor ich trocken wurde, war mein

Leben ein einziges Durcheinander, aber einen Lichtblick gab es immer: dass ich dich zu sehen bekam. Als ich dann wirklich aufgehört hatte zu trinken, warst du das Allerwichtigste. Ich musste nur darauf warten, dass mir deine Mutter wieder vertraut.«

Ich guckte weiter auf die Skater um uns herum, aber eigentlich sah ich sie gar nicht richtig. Was Dad sagte, klang gut. Als würde er immer nur daran denken, was am besten für mich war. Aber irgendwas daran überzeugte mich nicht so wirklich. Ich spielte mit dem Strohhalm in meinem Plastikbecher und versuchte, darauf zu kommen, was es war.

Ich hatte Dad endlich von der Skatepark-Katastrophe erzählt. Er hatte sich dafür entschuldigt. Es sollte mir eigentlich jetzt besser gehen. Tat es aber nicht.

Und dann verstand ich, was eigentlich das Problem war. Das war die wichtigste Regel beim Skaten, die Dad mir beigebracht hatte: Du kannst nicht erwarten, dass dir ein Trick gelingt, wenn du in letzter Sekunde kneifst. Du musst dich richtig drauf einlassen.

So war es jetzt auch. Ich konnte Dad nicht nur einen Teil der Geschichte erzählen. Ich musste mich richtig darauf einlassen.

»Ich habe früher immer gedacht …«, sagte ich und wandte mich wieder dem Parkplatz zu. Es war einfacher, die Skater zu beobachten, als ihn anzugucken. »Früher, als ich noch klein war, war es für mich immer irgendwie magisch, wie du plötzlich aufgetaucht bist, wenn ich dich vermisst habe. Gerade wenn ich dachte, du hast mich vergessen, warst du plötzlich da! Du bist mit mir in den Skatepark gegangen oder zum Strand, oder wir haben einen Burger zusammen gegessen, oder was auch immer. Am nächsten Tag habe ich immer vor meinen Freundinnen mit dir angegeben, ihnen erzählt, was für ein unglaublich toller Vater du bist. Und ich weiß, dass ich mich immer gefragt habe: ›Woher weiß er eigentlich, dass ich ihn in diesem Moment brauche?‹ Ich dachte, du könntest meine Gedanken lesen oder so.«

»Wirklich?«, sagte Dad. Er lächelte, als hätte ich etwas total Niedliches gesagt. Er kapierte es nicht.

»Dad.« Ich stellte meinen Becher ab. »Es war nicht magisch. Warum musste ich mich immer so verzweifelt danach sehnen, dich wiederzusehen? Es waren nicht nur mein zehnter Geburtstag und die Skatepark-Katastrophe. Es waren all die Jahre davor. Ich wusste einfach nie, wann du auftauchen würdest! Ich hatte Freundinnen, die haben das ganze Wochenende mit ihrem Vater verbracht. Ich hatte höchstens ein paar Stunden mit dir.« Sein Lächeln war verschwunden. »Und ich dachte, das wäre meine Schuld. Dass ich dir nicht wichtig wäre.« Ich fasste nach meinem Ellbogen.

»Nein, Daf, ich schwöre, das war nicht der Grund«, sagte Dad. »Damals hat deine Mom mir nur erlaubt, dich zu sehen, wenn ich nüchtern war, dann hatten wir beide unseren Spaß. Sie hatte natürlich recht damit. Das Problem war, ich war nicht oft nüchtern.« Er ließ ein bellendes Lachen hören. »Ich habe mir irgendwie eingeredet, dass es gut ist, wenn ich dich nicht besuche, dass ich es so allen leichter mache.« Er schüttelte den Kopf. »Was Alkoholiker richtig gut können, ist, Ausreden zu finden, warum sie sich so scheiße verhalten.«

Ich konnte spüren, wie Dad mich beobachtete, aber ich hielt meinen Ellbogen fest und richtete meinen Blick auf den Skater, der vor uns über den Bordstein segelte. »Dann war also der Grund dafür, dass ich dich so selten gesehen habe, dass du Alkoholiker warst?«

»Ja«, sagte mein Dad. »Es hatte absolut nichts mit dir zu tun, sondern nur mit mir und meinen Problemen.« Er seufzte. »Hör zu. Ich erwarte nicht, dass du diese Jahre vergisst. Es ist passiert, und ich werde immer bereuen, dass ich damals nicht mehr Zeit mit dir verbracht habe. Aber wie ich schon gesagt habe, und das meine ich auch so: Ich will es wiedergutmachen. Und nicht nur, indem wir Skateboard fahren. Sondern überhaupt. Was meinst du? Glaubst du, das ist so in Ordnung für dich?«

Ich presste die Lippen zusammen. Ich war wirklich total erleichtert, dass ich ihm endlich erzählt hatte, was ich mir in all den Jahren für Gedanken gemacht hatte. Aber ich musste noch etwas fragen: »Du wirst nicht wieder trinken, oder?«

Er verzog das Gesicht. »Das kann ich dir nicht versprechen, Daf. Ich werde mein Allerbestes versuchen, um nicht mehr zu trinken, aber ich kann nur einen Schritt nach dem anderen tun. So machen wir das.«

Sehr beruhigend war das nicht.

Er stieß mich an. »Weißt du, es ist ein bisschen wie Skaten.«

»Wie meinst du das?«

»Skateboard fahren ist so toll, weil es darum geht, Fehlschläge hinzunehmen und dann einfach weiterzumachen. Du weißt doch, wie es ist, wenn du versuchst, einen Trick hinzukriegen, und selbst wenn er dir nicht gelingt, versuchst du es trotzdem immer weiter?« Ich nickte. Das hatte ich auf jeden Fall verstanden. »Und so ist es bei mir mit dem Trinken. Falls ich es je wieder vermasseln werde, bleibe ich trotzdem dran. Ich werde nicht aufgeben. Glaubst du, du kannst damit leben?«

»Ja«, sagte ich. »Damit kann ich leben.« Und dann wurde mir etwas klar. Ich vertraute Dad. Er war nicht perfekt, aber wer war das schon? Das Wichtigste war, dass ich wusste, er würde immer für mich da sein. Ich ließ meinen Ellbogen los und hatte gleichzeitig das Gefühl, alles loszulassen: die Wut und den Schmerz, den ich all die Jahre auch mit mir rumgetragen hatte.

»Dad, ich habe noch eine Frage.«

Er wandte sich mir zu und guckte mich besorgt an.

»Können wir noch ein bisschen skaten?«

Er grinste er. »Immer.«

Später am Abend bekam ich eine Nachricht von Mom. Die Nachricht war lang und ohne ein einziges Emoji.

Daphne, es ist meine Aufgabe, dich zu beschützen. Als du noch klein warst und dein Vater dich wieder und wieder enttäuscht hat, war das schwer, mit anzusehen. Ich wusste, wie wichtig es für dich war, ihn zu treffen. Obwohl er so unzuverlässig war, habe ich mich also darauf eingelassen. Aber als du dir dann den Arm gebrochen hast, weil du auf ihn warten musstest, hat das mein Fass zum Überlaufen gebracht. Nie im Leben wollte ich noch einmal zulassen, dass er dich so verletzt – egal ob körperlich oder psychisch. Ich habe das getan, was ich für richtig hielt. Und das tut mir nicht leid.

Ich las die Nachricht ein paarmal hintereinander. Mom konnte nie zugeben, wenn sie mal falschlag. Sie verstand nicht, wie sehr es mich verletzt hatte, zu glauben, dass mein Vater mich nicht sehen wollte.

Ich legte mein Handy mit dem Bildschirm nach unten auf den Nachttisch.

Ich war noch nicht so weit, ihr zu antworten.

Aber am nächsten Tag saß ich in meinem Zimmer, mein Skateboard auf dem Schoß, und fuhr mit der Hand über all die Kratzer unten auf dem Deck. Ich weiß noch, wie am Anfang meines Besuchs nur ein paar Spuren darauf zu sehen gewesen waren, als ich Mom jeden Tag geschrieben oder sie angerufen hatte, um ihr zu sagen, wie sehr ich es hasste, hier zu sein. Ich hatte mit Dad mein Gespräch geführt; dann konnte ich das auch mit Mom tun.

Ich rief sie über Video an.

»Babygirl!«

Ich hatte mich noch immer nicht an ihr blondes Haar gewöhnt, aber es tat gut, ihr Gesicht auf dem Bildschirm zu sehen, trotz allem. Also musste ich es sofort loswerden, bevor mich der Mut verließ. »Mom, du hattest kein Recht, mich anzulügen!«

Erschrocken zuckte sie zurück. »Ich habe nicht *gelogen*.«

Wut stieg in mir auf. »Du hast mir nie gesagt, dass Dad mich sehen will. Das ist genauso wie Lügen. Ich dachte deswegen, dass er mich nicht sehen wollte.«

»Mein Schatz.« Ihre Stimme war sanft. »Du weißt nicht mehr, wie schlimm das war. Wie oft er dich versetzt hat. Du warst noch zu klein.«

Ich hatte plötzlich einen Kloß im Hals, das machte es

schwer zu sprechen. Aber ich wollte unbedingt, dass sie verstand. »Das heißt nicht, dass du ihn mir wegnehmen kannst. Das war nicht *deine* Entscheidung!«

»Daphne.« Jetzt war ihre Stimme nicht mehr sanft. »Es *war* meine Entscheidung. Ich bin deine Mutter. Es ist meine Aufgabe, auf dich aufzupassen.«

»Aber …«

»Hör zu. Deinem Dad scheint es ja jetzt gut zu gehen, deswegen kannst du dir das wohl nicht vorstellen. Weil ich dich von ihm ferngehalten habe, wenn er sturzbetrunken war. Wenn er …« Mom brach ab. »Egal. Die Details musst du nicht wissen.«

Ich biss die Zähne zusammen. »Aber was ist, als er aufgehört hat zu trinken? Warum hast du ihm dann nicht eine zweite Chance gegeben?«

»Ich habe ihm damals viele zweite Chancen gegeben, glaub mir. Ich hatte keinen Grund, ihm zu glauben, als er behauptet hat, er ist jetzt trocken. Das hatte ich alles schon mal gehört.«

Mir ging so viel durch den Kopf. All die Gedanken, die ich hatte, seit ich wusste, dass sie mich davon abgehalten hatte, meinen Dad zu sehen. *Wegen dir habe ich gedacht, dass ich ihm egal bin. Wenn ich das gewusst hätte, hätte ich vielleicht mit ihm über die Skatepark-Katastrophe gesprochen. Vielleicht wäre ich am Telefon ein bisschen netter zu ihm gewesen.* Ich seufzte. Ich war mir ziemlich sicher, dass, was ich auch sagen würde, nichts daran ändern könnte, wie Mom auf die Vergangenheit schaute. Aber vielleicht könnte ich ihren Blick auf die Zukunft ändern.

»Mom. Das ist jetzt anders. Dad bleibt Teil meines Lebens. Was auch immer passiert, wenn wir zusammen sind, geht nur uns beide was an.«

»Daphne, du bist zwölf Jahre alt. Wie willst du damit umgehen, wenn er es wieder vermasselt?«

Ich dachte daran, wie Dad mir gesagt hatte, dass er mir nicht versprechen könne, nie mehr zu trinken. Ich hätte das gerne gehört, aber ich musste damit leben. Und Mom auch. »Wenn Dad wieder Mist baut, kannst du mich nicht davor schützen. Und glaub mir, sollte das passieren, wird er ganz genau wissen, was ich davon halte.«

»Das glaube ich dir sofort, Babygirl.« Mom lachte. »Okay. Ich verspreche, dass ich ihn nicht mehr von dir fernhalte.« Sie wischte sich die Augen.

»Weinst du etwa?«, wollte ich wissen.

»Ein bisschen vielleicht.« Sie lachte wieder. »Es ist nur … Du wirst erwachsen! Du entwickelst dich zu einer starken jungen Frau, weißt du das? Du fehlst mir.«

Ich lächelte. Es war wieder alles gut zwischen uns. »Danke, Mom. Du fehlst mir auch.«

KAPITEL 25

Mein Besuch in Oakland war fast vorbei. Dad musste viel arbeiten, also war ich tagsüber bei meinen Großeltern oder bei Arlo. Wenn Dad von der Arbeit nach Hause kam, gingen wir meistens in den Skatepark. Den Kickflip konnte ich inzwischen einigermaßen, jedenfalls manchmal. Ich hatte verstanden, wie ich beim Ollie das Board um 360 Grad drehen musste, bevor ich darauf landete. Von dem Gefühl, wenn er mir dann gelang, konnte ich nie genug bekommen.

Aber noch besser, als einen Kickflip hinzukriegen, war es, mit Dad abzuhängen, so lange zu skaten, bis wir müde wurden, und uns dann hinzusetzen und die anderen Skater zu beobachten, bis es dunkel wurde, manchmal ihre Tricks zu analysieren, manchmal über anderen Kram zu reden.

Ein bisschen sprachen wir auch über die Zukunft. Ich sagte ihm, dass ich nächsten Sommer gerne zu diesem Skate-Camp gehen würde, von dem Oma mir erzählt hatte.

»Das fände ich wunderbar, wenn du das machst«, sagte Dad. »Solange deine Mutter einverstanden ist, dass du nächsten Sommer zu mir kommst.«

Die Einzelheiten unseres Gesprächs hatte ich ihm nicht erzählt, aber er wusste, dass Mom und ich gesprochen hatten. »Sie wird kein Problem damit haben«, versicherte ich ihm.

Dad lachte. »Irgendwie glaube ich dir.«

Zum Ende von Arlos Filmkurs wurde ein »Filmfestival« veranstaltet, bei dem alle ihr Abschlussprojekt in einem Theatersaal der Highschool vorführen sollten. Dad und ich gingen natürlich hin.

Man würde ja meinen, dass man in drei Minuten nicht viel hinkriegen kann, aber jeder der fünfzehn Filme, die wir sahen, war völlig anders. In manchen traten Leute auf und führten etwas auf. Ein paar waren ausgesprochen künstlerisch, schwebten von einer Aufnahme zur nächsten. In einem Film spielten sogar Lego-Figuren mit. Ich tippte Arlo auf den Arm und flüsterte: »Das hättest du sein können!«, und er grinste zurück.

Schließlich zeigten sie Arlos Film. Ein paar kleine Ausschnitte hatte ich schon gesehen, als er ihn an seinem Computer geschnitten hatte. Aber ich durfte ihn nie ganz sehen. Es machte mich ein bisschen nervös, dass gleich mein Gesicht dort oben auf der großen Leinwand zu sehen sein würde, und das vor einem Saal voller Menschen, selbst wenn das hauptsächlich die Eltern der anderen Teilnehmer waren. Aber sobald der Film anfing, vergaß ich alles andere.

Die Eröffnungsszene zeigte einen winzigen Punkt, der so langsam rangezoomt wurde, dass man eine Weile brauchte, um zu kapieren: Das ist ein Mädchen, das oben auf einer Halfpipe steht, sein Skateboard hält und ein paar Typen dabei zuguckt, wie sie ihre Tricks machen.

Ich.

Irgendwie allein dadurch, wie die Kamera das einfing, konnte man erkennen, dass ich unbedingt mitmachen wollte. Die nächste Szene zeigte uns beide, wie wir über die Bodenschwellen donnern. Er hatte das Ganze mit schrabbeliger Gitarrenmusik unterlegt, aber hin und wieder hörte die Musik auf, und man hörte jemanden sprechen. Einmal hörte man Dad sagen: »Versuch es wieder«, dann versuchte ich den Ollie, dann »Versuch es wieder«, und das sah man dann unendlich oft. So oft, dass es fast genauso frustrierend war, zuzugucken, wie, es wirklich zu versuchen. Aber dann war er da: mein erster kleiner Ollie! Plötzlich erschien Arlos Gesicht vor der Kamera, und er sagte: »Geil.« Die Zuschauer lachten.

Dann ein paar schnelle Schnitte, ich oben am Rand der Bowl, die Nose von meinem Board hängt in der Luft, dann ein Skater, der sagt: »Die packt das«, und wieder zu mir zurück, wie ich immer noch zögere, und dann jemand anderes, der sagt: »Die packt das.« Als ich endlich losfuhr, jubelte mein Dad neben mir laut auf. »Schhh!«, sagte ich, aber ich guckte auf mein Gesicht auf der Leinwand. Dort grinste ich, und es war klar, dass ich mir keine Gedanken darüber machte, ob ich wirklich dazugehörte. Noch ein paar Aufnahmen von mir im Park – in einer gelingt mir gerade der Kickflip – und dann die letzte Einstellung: wie ich durch den Skatepark gleite, während sich die Kamera immer mehr entfernt, bis ich nur noch ein winziger Punkt bin, genau wie am Anfang.

Alle klatschten am Ende, und als Arlo aufstand, um sich zu verbeugen, wie ihm gesagt worden war, zog er mich von meinem Sitz hoch. Mein Gesicht wurde knallrot, aber es war trotzdem irgendwie nett. Besonders die Art, wie Dad mich anlächelte.

Dennoch war ich froh, als der Applaus verebbte und der nächste Film anfing. Ich saß dort im Dunkeln und staunte darüber, wie seltsam es war, sich dort oben auf der Leinwand zu sehen.

Ich dachte an den Anfang meines Besuchs bei Dad und wie ich nicht zugeben wollte, dass ich totale Lust hatte zu skaten. Meine Liebe zum Skateboard war irgendwie verstrickt gewesen mit meiner Liebe zu Dad, und ich hatte gedacht, dass ich das eine nicht ohne das andere haben konnte. Dad und ich hatten eine Menge geklärt, und darüber war ich sehr froh. Und es hatte mir klargemacht, dass es an mir und nicht an ihm lag, ob ich eine Skaterin sein wollte oder nicht. Aber mich dort oben auf der Leinwand zu sehen, war eine Bestätigung: Ich war eine richtige Skaterin, ein für alle Mal.

An meinem letzten Sonntag in Oakland gaben Gus und Rusty eine ihrer Grillpartys – eine Mischung aus Abschiedsparty für mich und Filmabend, weil die Jungs von der Silver Session und meine Großeltern darauf bestanden hatten, Arlos Film zu sehen. Danach sagte Oma Kate: »Vielleicht kommst du ja doch nach deiner Mutter, was? Du bist wirklich ausgesprochen fotogen.« Ich verdrehte die Augen. So schlimm war es zwar nicht gewesen, in Arlos Film aufzutreten. Aber Skaten interessierte mich viel mehr.

Natürlich fuhr ich ein letztes Mal durch die Bowl. Diego hatte seine zwei kleinen Jungs mitgebracht, und ich kriegte mit, wie sie mich voller Bewunderung beobachteten. Das kam mir doch sehr vertraut vor. Ich grinste und fragte sie, wann sie denn bei uns mitmachen würden. Da wurden sie ganz schüchtern, aber Diego versicherte mir, dass er schon mit beiden übte.

Als wir uns zum Essen hinsetzten, fingen die alten Männer an, sich gegenseitig die Fotos von der Skate-Reise auf ihren Handys zu zeigen. »Zu schade, dass du diesmal nicht dabei warst, Daphne«, sagte Isaiah. »Nächstes Mal musst du unbedingt mitkommen. Und du auch, Arlo.«

»Ganz bestimmt nächsten Sommer«, stimmte ich zu, und zum Glück nahm ich es nicht mehr so schwer.

»Was das angeht«, sagte Dad. »Ich habe nachgedacht. Wie wäre es, wenn wir am Labor-Day-Wochenende eine kurze Skate-Reise unternehmen würden?«

»Ich bin dabei!«, sagte Isaiah.

»Ich auch«, sagte Diego. »Diesmal bringe ich meine Kinder mit.«

Alle fingen gleichzeitig an zu reden, genau wie als wir die erste Reise geplant hatten. Ich stieß Dad an. »Was ist mit deiner Arbeit?«, fragte ich leise. »Und mit Mom?« Ich wollte mir nicht schon wieder Hoffnungen machen, wenn das dann doch nicht klappen sollte.

»Tja.« Dad ließ sein Grübchen aufblitzen. »Das habe ich beides schon geklärt.«

Arlo und ich grinsten uns an. »Diesmal fahren wir beide«, versprach ich ihm. »Egal, was passiert.«

Als die Party vorbei war, musste ich mich von allen verabschieden. Die Skater verabschiedeten sich mit einem Fistbump und sagten, sie könnten kaum erwarten, was ich nächstes Mal alles anstellen würde. Rusty und Gus umarmten mich beide, und auch Opa Jim. Oma Kate drückte mich ganz fest, aber wir würden uns noch mal am nächsten Tag sehen, deswegen war es kein endgültiger Abschied.

Aber von Arlo musste ich mich verabschieden.

»Wir sehen uns in ein paar Wochen. Und Thanksgiving komme ich auch«, sagte ich ihm.

»Cool, ich werde da sein«, sagte er. »Weihnachten bin ich dieses Jahr bei meinem Dad. Gus hat gesagt, er bringt mir bei, wie man mexikanisches Mole-Hähnchen macht. Damit werde ich meine *abuela* überraschen.«

Ich wusste nicht, was ich dann tun sollte. Ihn in den Arm nehmen? Ihm die Hand schütteln? Ihn abklatschen? Arlo löste mein Problem, indem er kurz einen Arm um mich legte und mir kumpelhaft die Schulter tätschelte. »Tschüs, Daphne.«

»Tschüs, Arlo.«

Mein Flug zurück nach L. A. war am nächsten Tag. Oma Kate würde mich zum Flughafen fahren, weil Dad arbeiten musste. Aber irgendwie war ich froh darüber. Es wäre leichter, sich jetzt zu verabschieden und es hinter sich zu bringen.

Ich sah mich zum letzten Mal in meinem Zimmer um. Ich hatte schließlich doch überall Bilder aufgehängt. Eine

Wand war nur dem Skaten gewidmet: ein Filmplakat von *Skater Girl* und ein paar Fotos aus der Zeitschrift *Thrasher* – in einer Ausgabe hatte ich endlich ein paar Aufnahmen von Mädchen entdeckt. Ich hatte mir einen alten Schnappschuss von Dad auf dem Skateboard angeeignet, und Arlo hatte mir ein Foto gegeben, das er von mir gemacht hatte: ich, in der Luft, während ich den Ollie mache.

»Deine Großmutter wartet im Auto«, sagte Dad und steckte den Kopf durch die Tür. Als er sah, dass ich mich umguckte, sagte er: »Du kannst das alles mitnehmen, wenn du willst.«

»Ach nee«, sagte ich. »Das soll ruhig alles hierbleiben. Aber … hast du das ernst gemeint, als du gesagt hast, ich kann das Skateboard mitnehmen?« Ich hatte es schon auf meinen Koffer gelegt.

Da kam Dads Grübchen zum Vorschein. »Ich verrate dir mal was. Das habe ich extra für dich gekauft.«

»Wirklich?« Ich lächelte zurück. Das hatte ich mir schon fast gedacht.

»Jup.«

»Danke schön.« Ich streichelte das Board. Ich hatte nicht vor, mein altes zu entsorgen, aber jetzt hatte ich eins extra, falls Sam mal mitfahren wollte. Und falls ihr Skaten nicht so gefiel wie mir, wäre das auch nicht schlimm.

Aber ich wollte, dass sie es wenigstens einmal ausprobierte.

Dad nahm meinen Koffer, und wir gingen zum Auto.

»Hey«, sagte ich, als er mein Gepäck in den Kofferraum lud. »Glaubst du, meine Freundin Sam könnte mich hier nächsten Sommer besuchen?« Ich wusste, sie und Arlo würden sich gut verstehen.

»Ja klar.« Dad nickte, aber irgendetwas an seiner Stimme ließ mich ihn genauer ansehen.

»Dad! Du weinst doch nicht gerade, oder?«, sagte ich. »Wir sehen uns schon am Labor-Day-Wochenende wieder! Für den geilsten Wochenendausflug aller Zeiten!«

»Tut mir leid«, sagte er und wischte sich die Augen. »Es ist nur ... es war so schön, dich bei mir zu haben, Daf. Ich weiß, ich bin kein perfekter Vater, aber ...«

»Weißt du ...«, ich drohte ihm mit dem Finger, »Vater zu sein ist ein bisschen wie Skaten. Es geht einfach darum, Fehlschläge zu akzeptieren und weiterzumachen.«

»Haha, sehr lustig«, sagte Dad. Er nahm mich in die Arme und hielt mich fest. »Du wirst mir ganz schön fehlen, Daf.«

Ich schlang meine Arme um ihn und drückte ihn fest. »Du wirst mir auch fehlen, Dad.«

Ich öffnete die Autotür, drehte mich aber noch mal zu Dad um.

»Warte mal. Ist eigentlich alles wie Skaten?«

»Ja«, sagte Dad. »Alles.«

Als ich mich auf den Beifahrersitz neben Oma schob,

musste ich lächeln. Ich musste daran denken, wie ich das erste Mal mit Dad geskatet war. Wie blöd ich mir vorgekommen war, als er mir beigebracht hatte zu fallen, aber es stimmte wirklich: Wenn man das nicht lernte, dann würde man nie wirklich wissen, ob man wieder aufstehen konnte.

Und ich wusste jetzt, dass ich das konnte.

DANK

Ein riesiges Dankeschön an meine Agentin Jennifer Unter, die mir drei Bücher lang die Treue gehalten und dafür gesorgt hat, dass sie auf die bestmögliche Art verwirklicht wurden. Ohne dich hätte ich es nicht geschafft. Bedanken möchte ich mich auch bei Jen Nadol für ihre kritische und moralische Unterstützung. Ein großer Dank geht auch an meine Lektorin Liz Kossnar, die so liebevoll mit Daphne und ihrer Geschichte umgegangen ist. Du hast genau verstanden, was ich vorhatte, und hast dafür gesorgt, dass ich es noch besser gemacht habe. Es war mir eine Freude, mit einer Lektorin zu arbeiten, die so gut zum Ausdruck bringen kann, was noch fehlt, und die mir die Freiheit gibt, meinen eigenen Weg zu finden!

Ich danke dem fantastischen Team von Little, Brown Books for Young Readers: Lektoratsassistentin Aria Balraj, Programmleiterin Jen Graham, Marketingleiterin Sasha Illingworth, Grafikdesignerin Gabrielle Chang, Stefanie Hoffman und Shanese Mullins aus der Marketingabteilung, Pressereferentin Shivani Annirood, Mara Brashem für das digitale Marketing, Patricia Alvarado für die Herstellung und Sherri Schmidt und Tracy Koontz fürs Korrekturlesen.

Chris Danger, vielen Dank, dass du Daphne mit deiner Illustration für den Buchumschlag zum Leben erweckt hast! Es macht mich so glücklich, ihr Gesicht zu sehen!

Ohne den Panama Math und Science Club wäre ich nicht die Autorin, die ich heute bin – seit sieben Jahren bin ich Teil dieser Arbeitsgruppe: Katherine Rothschild, Lisa Moore Ramée, Lydia Steinauer, Rose Haynes und Stacy Stokes. Ich habe das große Los gezogen, als ich diese talentierten Autor*innen und außergewöhnlichen Freund*innen kennengelernt habe! Und ich freue mich nach vor wie vor daran, wie viel ich von euch lerne, und darüber, dass wir immer etwas zu lachen haben.

Ich danke meiner langjährigen Freundin und ersten Leserin Lori Wilkinson Baldwin, die mich immer unterstützt und auf die ich immer zählen kann.

Ich weiß die Arbeit der Bibliothekar*innen dort draußen zu schätzen; danke, dass ihr eure Liebe zu Büchern an die Kinder weitergebt. Ganz besonders gilt das für meine Burger Buddies: Erica Siskind, Michelle Waddy, Annabelle Blackman und Celia Jackson. Ein Dank geht auch an die Bibliothekar*innen der Oakland Public Library für ihre Unterstützung und weil sie einfach wunderbar sind!

Ganz besonders möchte ich mich auch bei diesen Ladys bedanken: Amalie Hazelton, Caitlin Higginbotham, Erica Siskind (noch mal) und Sabrina Siskind. Danke für eure moralische Unterstützung und dass es euch nie gestört hat, wenn ich absagen musste, weil ich gerade an meinem Buch saß.

Danke an die Skater von den echten Silver Bowl Sessions, besonders an Jeff Bell, der mir zwei Jahre lang mit seinem Fachwissen zur Seite stand und all meine Fragen beantwortete, und an Scott Hewitt, der die Bowl besitzt, die mich hauptsächlich dazu inspiriert hat, diese Geschichte zu schreiben. Ich will meinen Dank auch gegenüber den gemeinnützigen Organisationen *Skate Like a Girl* und *Skateistan* zum Ausdruck bringen, die alle jungen Skater*innen in der Bay Area und auf der ganzen Welt unterstützen, egal, welches Geschlecht sie auch haben mögen.

Ein Dank auch an all die Skater*innen, die ihre Reise auf dem Skateboard von Anfang an dokumentiert haben, einschließlich ihrer Stürze, ganz besonders an @opheliaskatesplymouth, @thepritchardsisters, @ollic_zzolli, und @trinspace.

Im Lauf der Jahre habe ich bei vielen Schreibworkshops mitgemacht, war auf vielen Tagungen, die mir auf die eine oder andere Art weitergeholfen haben, aber nur in einem Fall habe ich eine neue Perspektive auf den

Prozess des Schreibens gewonnen, und dafür möchte ich mich bei Nina LaCours Slow Novel Lab bedanken!

Als Bibliothekarin macht es mir große Freude zu recherchieren, aber manchmal muss man mit einem echten Menschen sprechen, um sich Klarheit zu verschaffen; ein Dank also an die, die alles auf Richtigkeit überprüft haben: an Essi Westerman, die ihr Fachwissen über Kameras mit mir geteilt hat, an Brenda Membreño, die wirklich jede Figur aus *Star Wars* kennt, an Ruby und Stella Hewitt, die mir erklärt haben, wie man einen Boba bestellt, und an D'Arcy Carden für ihre Kenntnisse über Filmsets. Auch Don Rich möchte ich danken, der meinen Vater zu den Anonymen Alkoholikern mitgenommen hat und seine Wiedergutmachung mit Kuchen zum Ausdruck gebracht hat, und an Laney Erokan-Footman, die mir mit dem Text auf meiner Website geholfen hat.

Ich bedanke mich bei allen Engelfrieds und den vielen weiteren Angehörigen für ihre Unterstützung und dafür, dass sie sich fast genauso sehr wie ich darüber gefreut haben, dass mein Buch verlegt wird!

Mom, bist du noch dabei? Ich weiß, dass du solche langen Danksagungen nicht magst, deswegen hast du vielleicht gar nicht bis hierhin gelesen, aber du sollst hier nicht fehlen. Du bist der Grund dafür, dass so viele deiner sieben Kinder, fünfzehn Enkelkinder und neun Urenkel (als ich das letzte Mal gezählt habe) Bücher lieben und Worte. Du hast meine ersten Geschichten abgetippt, mir einen ordentlichen Schreibtisch besorgt, mir erklärt, wie man ein Synonymwörterbuch benutzt – du hast die Grundlagen dafür geschaffen, dass ich Schriftstellerin werden konnte. Danke schön!

Ich danke meinen Töchtern Ellie Ryan und Neva Ryan für ihre Liebe und Unterstützung. Ich liebe euch so sehr!

Und am meisten bedanke ich mich bei David Ryan. Ich hoffe, dass du mich noch viele Jahre lang fragen wirst: »Und? Hast du was geschafft?« oder »Noch einen Kaffee?«. In diesem Fall sind Worte nicht genug. Vielleicht sollte ich was malen? Das wäre so viel einfacher!

Die Autorin
Sally Engelfried arbeitet als Kinderbibliothekarin in Oakland, Kalifornien, wo sie mit ihrem Mann, zwei Katzen und einem Hund, der gerne Hausschuhe stiehlt, lebt. *Die Kunst zu fallen* ist ihr Debüt.

Die Übersetzerin
Barbara König, aufgewachsen in Asien, Irland und den USA, studierte Slavistik, Politik und Geschichte in Bonn und Moskau. Bücher begleiten sie schon ihr ganzes Leben lang, erst als Leserin, dann als Lektorin, Programmleiterin und Verlagsleiterin. Heute lebt sie als freie Literaturübersetzerin und Lektorin in Hamburg.

EIN SOMMER,
DER ALLES VERÄNDERT

Kate Allen
Tage der Mondschnecke
Aus dem Englischen von
Meritxell Janina Piel
Mit Schwarz-Weiß-Illustrationen
von Xingye Jin
Gebunden | 464 Seiten
18,00 € [D] | 18,50 € [A]
ISBN 978-3-96177-096-0

Eigentlich interessiert Lucy sich nicht besonders für Natur-
wissenschaft, obwohl ihre Mutter eine bekannte Meeresbio-
login war. Statt ihre Nase in Biologiebücher zu stecken, sitzt
Lucy viel lieber mit ihrem Zeichenblock am Strand. Aber als
einheimische Fischer einen riesigen Weißen Hai an Land
ziehen, ist ihre Neugier doch geweckt: Wie ist der Hai so
weit nach Norden gekommen? Je länger Lucy sich mit den
faszinierenden Tieren beschäftigt, desto mehr wird ihr bewusst, wie wenig Erinnerungen sie an ihre Mutter hat – und
sie beschließt, den Haien zu folgen …